Welt ohne Zeit

Michael Abenath

Welt ohne Zeit

Roman

Verlag: BoD · Books on Demand GmbH,
In de Tarpen 42, 22848 Norderstedt
Druck: Libri Plureos GmbH,
Friedensallee 273, 22763 Hamburg
© 2009/2017/2018/2024 Michael Abenath
www.dara-scope.jimdofree.com
ISBN: 978-3-7583-2842-8

Besuch aus der Vergangenheit

Die Sonne stand hoch am Himmel und brannte erbarmungslos. Heiße Luft stieg auf, der Horizont glitzerte. An weißen Bungalows, die friedlich in einer paradiesisch anmutenden Parkanlage lagen, funkelten goldbraun getönte Fensterscheiben im Licht. Hier und dort parkten schnittige Solarautos und Fahrräder, kein Mensch weit und breit.

An diesem Sommertag im Jahr 2196 befand sich Dara Scope auf dem Weg zum U-Bahn-Lift. Am Eingang wehte ihr angenehm kühle Luft entgegen. Sie atmete tief durch und strich sich mit der Hand durch ihr langes schwarzes Haar. In wenigen Sekunden sauste der Lift in die Tiefe und öffnete mit einem sanften melodischen Klang die Tür. Die Stadt pulsierte tief unter der Erde. Große lichtdurchflutete Erlebnisplätze, kühle Eleganz aus Stahl, Chrom und Marmor.

Aus einem blau beleuchteten Tunnel sauste eine Bahn heran und stoppte vor den Wartenden, während sich die chromglänzende Seitenwand des Zuges öffnete. Dara bestieg den Zug und dachte an das neue Projekt, überlegte, was es für sie als Mitarbeiterin von Transpace an neuen Herausforderungen geben könnte.

Als ihre Mutter vor fünf Jahren vorschlug sich bei TS als Shuttlepilotin zu bewerben, befolgte sie ihren Rat. „Der Job dort ist interessant. Du hast im wahrsten Sinne Aufstiegschancen", hatte sie augenzwinkernd gesagt.

Eine phantasievoll angelegte Pflanzenwelt schmückte die Flughafenhalle. Hoch unter der

Decke hing ein historisches Shuttle. Darüber prangte ein blau leuchtender Schriftzug: Weltraumbahnhof. Dara trat in die Kontrollschleuse für Flughafenpersonal und legte die linke Hand auf den Sensor. Eine Tür aus silbern glänzenden Stahl glitt surrend auf. „Identität erfolgreich abgeschlossen, Person zugangsberechtigt", tönte eine strenge Computerstimme. Sie betrat das Cockpit des Shuttles und ließ sich schnaufend in den Sitz fallen.

„Luxa, bist du da?"

„Aber klar und alle Systeme sind aktiviert", antwortete die Frau im Computer. Sie war Daras virtuelle Assistentin und Ansprechpartnerin für Informationen und gleichzeitig eine treue immer präsente Freundin.

„Ich musste durch drei Barrieren, um mich einloggen zu können. Die Sicherheitsbestimmungen sind erhöht worden. Hackerinnen sind jetzt in der Endphase der Baustelle sehr aktiv", fügte Luxa hinzu.

„Denkst du, es gibt Sabotageversuche."

„Eher blinde Passagiere. Die Chance, unter den glücklichen Tausend zu sein, ist gering."

„Mich interessiert, wie groß meine Chance ist", antwortete Dara, während sie auf das Display schaute, welches eine lange Tabelle herunterkurbelte..

„Sehr hoch, Dara."

Luxa erschien im Display, sie hatte ein zierliches Gesicht mit einer kurzen, frechen Frisur.

„Vera hat eine Stellenzusage." Sie schmunzelte.

„...und ihre Tochter darf mit", fügte Dara hinzu

und sprang vor Freude aus dem Sitz.

„Andockschleuse 104", raunte eine strenge Stimme des Sicherheits- und Koordinierungssystems. Das Startzeichen. Dara betätigte einen großen Sensor. Das Rangiertriebwerk erwachte mit einem leisen aufsteigenden Summton zum Leben brachte das Shuttle an Schleuse 104, wo Arbeitskräfte und Orbit-Touristinnen bereits auf den Einstieg warteten.

Wenig später sah Dara durch die getönte Frontscheibe auf die Rollbahn, die schnurgerade, flankiert von reflektierenden Begrenzungsmarken, zu einem Fluchtpunkt zusammenliefen. Konzentriert und Kaugummi kauend saß sie im Sitz, als das Shuttle beschleunigte und die Nase schon nach wenigen Sekunden gegen den blauen Himmel streckte. Sie spürte den Druck, der sie tief in das Polster drückte, als sich die Maschine vom Boden löste, schnell an Höhe gewann und wie ein Pfeil den Himmel entgegen driftete.

„Alles ok", meldete Luxa wenig später, „wir verlassen gleich die Atmosphäre." Am Horizont konnte Dara jetzt die Krümmung der Erde zu erkennen. Das blaue Licht der Oberfläche verlor sich in den pechschwarzen Weltraum und machte sich auf den Weg in die Unendlichkeit. Die Schwerkraft ließ nach. Das Triebwerk verstummte und das Shuttle ging in einem stillen Gleitflug über. Eine silbern glänzende Konstruktion lag vor ihnen. Das erste interstellare Raumschiff mit dem Namen Profectio stand unmittelbar vor der Vollendung. Ein riesiges Rad mit acht dicken Speichen. Rechts und links gigantische neu

7

entwickelte Triebwerke, die das Schiff auf ein Drittel Lichtgeschwindigkeit beschleunigen sollen.

Tausende kleine Lichtpunkte verwandelten sich zu einem faszinierenden optischen Schauspiel, in dass das Shuttle eintauchte, als es an den Lichterreihen entlang schwebte und mit mechanischer Präzision an den gleichmäßig rotierenden Außenring an Einflugschleuse sechs andockte. Nach wenigen Minuten setzte es auf die Lande-Plattform auf.

Als die Touristinnen neugierig ihrer Reiseleiterin folgten und die Monteurinnen sich zur Arbeitsstelle begaben, beschloss Dara ihre Mutter zu besuchen, die hier oben ein kleines Apartment eingerichtet hatte. Sie lief mit großen Schritten durch halbfertige dunkle Korridore, in denen bunte Kabel aus Schächten hingen und ineinander verknotet auf dem Boden lagen. Die Türen der Quartiere standen offen. Monteurinnen, in ihrer Arbeit vertieft, hoben kurz den Kopf als Dara mit ihren hartbesohlten Schuhen laut über den nackten Metallboden stelzte. Sie gelangte endlich an Tür Nummer 157 an der rechts daneben ein aktiviertes Display leuchtete, auf dem im violetten Schriftzug „Vera S. Ingenieurin von TS" stand. Die Tür glitt mit einem leichten Surren auf, nachdem Dara den Sensor mehrmals betätigt hatte.

Vera wirkte im ersten Moment etwas gereizt, doch ihr müdes Gesicht erstrahlte mit neuer Energie, als sie Dara sah.

Sie umarmten sich.

„Grüß dich, Ma."

„Du, ich freue mich, dass du gekommen bist. Wie lang kannst du bleiben?"

„Zehn Minuten, dann muss ich wieder zum Shuttle."

„Willst du was essen?"

„Nein, gib mir nur einen Vitaminshake." Dara setzte sich auf ein aufblasbares Sofa, welches zusammen mit einem gelben Pilztisch am Fenster stand, beugte sich vor und genoss für einen Moment den Blick auf die Erde.

Sie wandte sich Vera zu, die mit zwei Gläser Saft aus der Versorgungsnische kam. Das Sofa quietschte, als sie sich neben Dara setzte.

„Willst du dich nicht etwas netter einrichten", fragte Dara

„Mir reicht es. Ich komme nur noch zum Schlafen hierher."

„Du siehst schlecht aus, Ma."

„Kein Wunder bei den Überstunden. Im Moment sind wir in der Endphase der Fertigstellung. Wenn das geschafft ist mache ich erst mal Urlaub." Vera schmunzelte und ihre müden Augen funkelten kurz auf.

„Was machst du danach?"

„Der Konzern bietet mir eine weitere Beschäftigung auf diesem Raumschiff an."

„Das heißt du kannst mitfliegen?"

„Ja". Vera nippte an den fruchtigen Saft. „Ich habe noch nicht zugesagt."

„Aber warum nicht!"

„Es ist eine endgültige Entscheidung. Es gibt kein Zurück. Das Risiko ist hoch, keiner kann sagen, was uns wirklich erwartet, Dara."

Vera sah nachdenklich durch das Fenster.

„Ich bin jedenfalls dabei, wenn du den Job annimmst", sagte Dara und schmunzelte.

„Kannst du dir vorstellen, fünfzehn Jahre in einem Raumschiff zu sein und draußen nichts als schwarze Leere?"

„Ma, sieh dir das gigantische Bauwerk hier an. Du hast das Gefühl du lebst in einer Stadt. Da merkst du die Leere des Weltraums nicht."

Vera lehnte sich weit in das Sofa zurück und starrte zur Decke.

„Lass uns ein anderes mal darüber reden, ich bin jetzt zu müde!", sagte sie und gähnte.

Dara stand auf, und leerte das Glas.

„Ich muss gleich los, soll ich noch etwas für dich besorgen?"

„Nein danke."

Sie umarmten sich. Das Schiff hatte sich weitergedreht. Das letzte Stück der Erdoberfläche verschwand am oberen Rand des Fensters. Vera erschrak, als sie durch das Fenster blickte und die Erde verschwunden war.

*

Lydia, eine reife, dunkelhäutige Frau, gehörte zu dem höchsten Führungsteam der Reise und Forschungsgesellschaft Transpace und lebte im Sektor 2 der vereinigten Kontinente, den man in der Vergangenheit Afrika nannte.

Daxa, Lydias Assistentin, eine mit Juwelen und Türkise geschmückte Schönheit und kunstvoll gestylten gelben Haaren, erschien auf der Projektionswand.

„Die Raumüberwachung meldet ein unbekanntes Flugobjekt, ist einfach aus dem Nichts aufgetaucht", sagte sie.

„Analyse?" , fragte Lydia

„Es ist eine kleine Raumfähre. Die Materialanalyse deutet auf eine ältere Bauweise aus dem 21. Jahrhundert hin."

„Sind Menschen an Bord?"

„Ja, eine Frau, zwei Männer."

Lydia fiel vor Schreck die Kinnlade herunter. Sie ging zum Schreibtisch, füllte aus einer edlen farbigen Karaffe ein Glas mit Wasser, lehnte sich nachdenklich zurück und beobachtete durch das Fenster eine Palme, die sich im Wind wiegte.

„Das Schiff ist manövrierunfähig und wird entweder die Profectio rammen, oder in der Erdatmosphäre verglühen. Ich schlage vor, wir lassen es von S 5567 abfangen. Sie ist gerade dort", fügte Daxa hinzu. Für einen Augenblick manifestierte sich in Lydias Kopf der Gedanke sie einfach verglühen zu lassen und das Problem wäre erledigt. Sekunden später entschuldigte sie sich innerlich für diesen widerwärtigen Gedanken.

„Ok, veranlasse das bitte und gib mir sofort bescheid sobald das Raumschiff geborgen ist. Verbinde mich jetzt mit der Präsidentin", sagte Lydia.

„Wird gemacht", antwortete Daxa und verschwand mit einer höflichen Verneigung vom Bildschirm.

Die Fähre hatte drei Räume, die luftdichte Türen voneinander getrennten. Der Schlafraum mit einem Sanitär-Bereich befand sich der Mitte. Gerry Andersson saß vorne im Steuerraum und kontrollierte noch einmal alle Systeme. Er dachte an seine Frau Linda. Ein Urlaubsfoto von ihr, auf der Konsole befestigt, zeigte sie bei einem

Cocktail am Swimmingpool.

Er seufzte.

Claudia, die Geologin, schwebte schwerelos herein. Mit beiden Händen drückte sie sich von der Decke weg auf den Kopiloten-Sitz.

„Und?" fragte sie. Verblüfft starrte sie auf das riesige Rad, welches im Orbit der Erde langsam rotierte. Gerry konzentrierte sich auf die Konsole. Seine Finger tippten sanft auf verschiedene Sensor-Punkte.

„Wir sind irgendwie zurückgeschleudert worden", sagte Gerry mit gepresster Stimme.

„Was war das da gerade überhaupt, durch das wir geflogen sind?"

Gerry schüttelte den Kopf. „Ich habe keine Ahnung, möglicherweise ein Wurmloch."

John Lindmann kam hinzu, indem er sich vorsichtig an der Wand entlang tastete. Leicht übergewichtig schnaufte er vor sich hin. Durch die starken runden Brillengläser wirkten seine weit aufgerissenen kastanienbraunen Augen groß wie Walnüsse. Er wischte sich den Schweiß von der Stirn.

„Gerry hör zu, es kommt noch schlimmer! Auch die Navigationstriebwerke geben keinen Laut von sich. Die ganze Energie aus den Batterien scheint neutralisiert! Wir bekommen nur noch Saft aus den Sonnenkollektoren. Damit kann ich nicht die Triebwerke starten."

Gerry blickte mit einer versteinerten Miene aus dem Fenster und sah die Erde immer näher kommen.

„Wir haben zwei Möglichkeiten zu sterben. Verglühen oder an der Raumstation dort zerfetzt zu werden." John lachte bitter.

„Hast du keine Antwort auf den Notruf erhalten", warf Claudia ein.

„Im Moment kann ich noch nicht mal sagen, ob der Notruf rausgegangen ist", sagte Gerry.

„Die ganze Technik verhält sich recht merkwürdig", ergänzte er und tippte dabei auf der Konsole herum.

„Das wird mit diesem Phänomen zu tun haben", sagte John und deutete aus dem Fenster.

„Wenn ich mir die Raumstation da ansehe, haben wir einen ordentlichen Sprung in die Zukunft gemacht." John beruhigte sich. Die Konstruktion faszinierte ihm und ließ für ein Moment die prekäre Situation vergessen.

„Wir können nur noch warten bis die uns entdecken", sagte Gerry.

„...und uns abschießen", fügte John hinzu.

„Du bist wirklich aufbauend", schimpfte Claudia, stand auf und rammte sich den Kopf am Türrahmen, als sie den Steuerraum verließ.

John und Gerry sagten nichts, saßen einfach da und betrachteten das Bauwerk, welches jetzt ganz dicht vor ihnen lag und immer näher kam.

„Ich glaube das war es wohl", brummelte John vor sich hin.

„Du bist wirklich zu pessimistisch, John. Sie müssen uns längst entdeckt haben und werden alles versuchen um uns zu retten."

„Die machen es aber spannend."

Claudia kam wieder zurück. Alle drei starrten angespannt aus dem Fenster, als plötzlich ein Ruck durch das Schiff ging. Die Geschwindigkeit verlangsamte sich.

„Wir wurden offensichtlich in Schlepptau genommen." Gerry versuchte einen sachlichen Ton zu behalten, obwohl er am liebsten vor Freude an die Decke gesprungen wäre. Kein Problem in der Schwerelosigkeit. Claudia umarmte John und küsste ihn auf die Wange. Er wischte sich den Schweiß von der Stirn. „Na dann wollen wir mal sehen was uns die Zukunft so bringt", sagte er und atmete erleichtert aus.

Dara musste vorsichtig manövrieren, damit die Raumfähre, welche durch ein Traktor-Kraftfeld in einer gleichbleibenden Position zu ihr eigenes Shuttle gehalten wurde, nicht abdriftete. Sie hatte die Automatik abgeschaltet und bewegte sanft den Joystick, bis die Nase des Shuttles genau auf den oberen Rand des Einflughangars zeigte. Die Steuerdüsen summten. Sie setzte das geborgene Schiff weich auf die Ladeplattform ab, löste das Kraftfeld und flog aus dem Hangar.
„Was soll ich jetzt machen, hier im Orbit warten?", fragte sie an die Leitstelle.
„Sie können den regulären Rückflug nach Berlin fliegen."
„Was war das, was ich gerade geborgen habe?"
„Kein Kommentar", wehrte die virtuelle Flugkoordinatorin ab.

„Wo bleibt der rote Teppich?" Claudia rutschte angespannt auf seinen Sessel herum. An die Schwerkraft musste sie sich erst wieder gewöhnen.
Gerry unternahm noch mal ein paar erfolglose Kontaktaufnahmen, als sie einen kleinen Wagen auf sie zurollen sahen, der genau vor ihnen anhielt.

Er projizierte ein Hologramm in die Luft, das Anweisungen in mehreren Sprachen zeigte, mit der Aufforderung das Raumschiff zu öffnen und auszusteigen.

„Dann bleibt uns wohl nichts anderes übrig. Oder ist von euch jemand anderer Meinung?", fragte Gerry

„Vielleicht gibt es hier keine Menschen mehr, nur noch Maschinen", spekulierte John.

„Vielleicht ist das eine Falle", meinte Claudia.

„Die Antwort werden wir gleich erfahren." Garry öffnete die Verriegelung der Ausstiegsluke. Sie stiegen nacheinender aus und sahen sich vorsichtig um.

„Luft zum Atmen haben wir jedenfalls." John schnaufte.

„Haben sie keine Angst und bleiben sie ruhig stehen. Wir werden sie abtasten, um sicher zu gehen das sie keine unbekannten Krankheiten mitbringen", meldete sich Lydia Traor durch die Sprechanlage des Scout-Robotters, der daraufhin einen breiten spektral-farbigen Lichtkegel auf die drei verblüfft dastehenden Personen richtete.

„Seien sie herzlich willkommen", begrüßte Lydia die Gäste und zeigte sich visuell im Hologramm.

„Ich bin der Kommandant dieses Schiffes, Madam. Wir wissen nicht wie wir hier hergekommen sind. Ich bedanke mich vielmals für die Rettung. Wir wären verloren gewesen, nochmals vielen Dank." Gerry ging, während er dies sagte, auf das Hologramm zu und senkte den Kopf zu einer höflichen Verneigung.

Lydia lachte, ihre weißen Zähne strahlten.

„Na das ist doch selbstverständlich. Ich freue mich

15

schon darauf, sie persönlich kennen zu lernen. Bitte folgen sie einfach unseren Scout-Roboter." Lydia beendete die Verbindung.

Die Präsidentin der vereinigten Kontinente hatte das Gespräch mitgehört.

„Die zwei Männer müssen bis auf weiteres auf der Profectio bleiben", betonte sie und deutete mit dem Zeigefinger nach oben, beugte sich vor und blickte überlebensgroß von der Projektionswand auf Lydia herunter. Sie hatte kleine Falten um die Augen, ihre schneeweißen Haare lagen breit auf den Schultern.

„Wir haben in einer parlamentarischen Sitzung mit Delegierten aller Länder und der virtuellen Welt beschlossen, die Sache geheim zu halten. Das ist bei einer Präsenz der beiden Männer in unserer weiblichen Bevölkerung etwas schwierig. Auf der Profectio könnten wir einen Weg finden, sie in unserer Gesellschaft einzugliedern. Was meinen sie?"

„Ich werde morgen zur Profectio fliegen, und mit ihnen persönlich sprechen, Frau Präsidentin. Wir können aber davon ausgehen, dass sie sich stark für das zukünftige Leben auf der Erde interessieren, schließlich sind es Wissenschaftlerinnen, äh..., ich meine Wissenschaftler."

„Ob sie ihren Wunsch nachkommen wollen oder nicht, überlasse ich ihnen, Frau Traor. Aber ich betone hiermit ausdrücklich, dass die Anwesenheit von Besuchern aus der Vergangenheit unbedingt geheim bleiben muss."

„Frau Präsidentin, ich glaube nicht das es

dahingehend Probleme geben wird. Wir werden sie entsprechend für einen Besuch auf der Erde vorbereiten. Und zwar so, dass sie nicht auffallen werden"

Die Präsidentin schmunzelte und zog leicht ihre rechte Augenbraue hoch.

„Ok, meinetwegen! Ich verlasse mich auf sie, Frau Traor. Das mir da nichts schief geht."

Nach einer respektvollen Verbeugung trennte sie sofort die Verbindung.

Daxa meldete, dass die Männer einquartiert wurden und sich ausruhen.

„Das werde ich jetzt auch tun, wecke mich morgen um sieben", sagte Lydia.

*

Yvonne Andersson, Raumschiff Kommandantin von Transpace, flog regelmäßig Erde - Mars und zurück. Jetzt lief, wegen der Annäherung der beiden Planeten, der Marstourismus auf vollen Touren.

Sie schlenderte mit ihrer Lebenspartnerin Anna über den Marktplatz von New Paris. Die beiden Frauen fuhren den Eiffelturm hinauf, ein verkleinerter Nachbau des alten zum Schrotthaufen zusammengesunkenen historischen Bauwerks auf der Erde. Imposant streckte er seine Spitze hundertsechzig Meter hoch bis knapp unter den Scheitelpunkt der Kuppel, umringt von fünfzig Stockwerke Apartmentwohnungen und Hotels. Die Stockwerke verjüngten sich gemäß der Form der Kuppel nach oben hin und glichen einem gigantischen Zylinder aus übereinander gelegten

17

Ringen. An der Innenseite sausten gläserne Lifte an dicken Gleitschienen in die Höhe. Yvonne und Anna fuhren bis in die Spitze des Eifelturms. Dort bot sich ihnen ein Panoramablick auf die rote Marswüste, die im silbrigen Glanz der untergehenden Sonne rot schimmerte. Hin und wieder hörten sie Stimmen, die von unten heraufstiegen und an der Kuppel widerhallten. Sie betraten ein chinesisches Restaurant nahmen an einem kleinen Tisch Platz.

Sie saßen sich stumm gegenüber betätigten die Order auf den Speisekarten mit ausgeprägter Ruhe. Kurz darauf servierte eine hübsch aussehende Roboterin mit einer demütigen Verbeugung ein vegetarisches Gericht.

„Na dann guten Appetit", sagte sie mit einer sanften erotischen Stimme.

„Den werden wir haben", gab Anna zurück und grinste breit.

Yvonne schaufelte Reis zuerst auf Annas und dann auf ihren eigenen Teller.

„Anna", begann sie. „Hast du dir schon Gedanken darüber gemacht, wie wir uns entscheiden sollen, wenn die Profectio startklar ist?"

„Wir?", fragte Anna kühl.

„Ja, wir! Ich werde das Angebot der Transpace nur zustimmen, wenn du mitfliegst."

„Was ist, wenn ich nein sage?"

„Dann bleibe ich hier und behalte diesen Job", sagte Yvonne.

Anna musste sich eingestehen, dass sie noch nicht ernsthaft darüber nachgedacht hatte. Eine Reise zu einem anderen Sonnensystem, das konnte sie sich nicht richtig vorstellen. Andererseits sitzt sie jetzt mit Anna in einem Restaurant auf den Mars, was vor nicht allzu langer Zeit auch schwer vorstellbar war.

„Hast du eine Ahnung worauf wir uns da einlassen", fragte sie und sah Yvonne dabei in die Augen.

„Wir fliegen heim zu unseren Müttern", antwortete Yvonne, während sie Anna Weinnektar aus der Karaffe nachschenkte.

„Du glaubst die Göttinnen, die uns vor Jahrtausenden besuchten, erwarten ihre Kinder."

„Ich bin davon überzeugt."

Anna blickte nachdenklich aus dem Fenster und empfand eine spontane Freude. „Was für Lebewesen könnten dort wohnen", fragte sie und nippte vorsichtig an den Weinnektar.

„Sie sind uns sicher sehr ähnlich, eine weibliche Spezies wie wir es jetzt sind", spekulierte Yvonne.

„Wir tragen ihre Gene, ihr Programm. Oder glaubst du es war Zufall, dass die Männer unfruchtbar wurden?"

„Das könnte auch ganz andere Gründe haben, was macht dich so sicher?"

„Mein Gefühl. Na was ist? Bist du dabei."

„Sag ich dir, wenn wir wieder zu Hause sind", sagte Anna.

Am nächsten Morgen erwachte Yvonne aus einem Traum, deren Erinnerung sich nach wenigen Sekunden auflöste wie eine Wolke. Anna schlief noch und schnaufte leise vor sich hin. Durch das Fenster ihres Apartments erblickte Yvonne den rötlich schimmernden Horizont. Am nachtschwarzen Marshimmel verdecken

19

vereinzelte von der Sonne angestrahlte Schleierwolken aus Eiskristallen die Sterne. Sie stand auf und schaute in die unendliche Weite der roten Wüste. Mit einem langen Seufzer atmete sie aus. Ein unbeschreiblich schöner Anblick. Die spirituelle Kraft, die von der Landschaft ausging, versetzte sie in einem meditativen Zustand. Sie schloss die Augen und konzentrierte sich einsgerichtet auf die Welt da draußen, versuchte ein Teil von ihr zu werden. Ihr Geist durchdrang die luftdichte Scheibe, schwebte durch die dünne Atmosphäre, wurde eins mit den Hügeln und Bergen, sie sah ihren eigenen nackten Körper in einem der vielen Apartmentfenster stehen. Ihre lange, blonde Mähne, die sie sich tagsüber immer zu einem Zopf bindet, lag offen auf den Schultern und bedeckte teilweise ihre Brüste. Durch das Licht der aufgehenden Sonne wirkte sie wie eine vergoldete Statue einer außerirdischen Schönheit.

„Es wird Zeit", durchschnitt Yvonne2, ihre virtuelle Assistentin, die meditative Stille des Apartments.

„Was möchtet du heute frühstücken?" Sie blendete sich in einem Wanddisplay ein, welches über einer kleinen Sitzecke mit stilvollen Möbeln aus geschwungenen Chromteilen und Kunstglas hing.

„Das Übliche", sagte Yvonne abwesend. Sie duschte sich, nahm das Tablett mit dem Frühstücksmenü Nummer 54 aus dem Ausgabefach, setzte sich und ließ sich die News anzeigen. Anna, mittlerweile aufgewacht, lag noch ausgestreckt auf dem Bett und blickte zur Decke, die mit Diagrammen aus übereinander gelegten Dreiecken verziert war. Sie seufzte.

„Wenn du mit zurück zur Erde willst, solltest du jetzt aufstehen", ermahnte Yvonne.

Anna rappelte sich langsam auf, schlich in die Reinigungszelle, betrachtete sich eine Weile im Spiegel und versuchte einen klaren Kopf zu bekommen. Sie gähnte. Ihre müden, vom Schlaf verklebten grünen Augen blickten sie aus dem Spiegel an. Die Lieder noch halb gesenkt, strich sie sich mit der Hand durch ihr schulterlanges, dunkelblondes Haar. Die feinen Massage-Strahlen der Dusche belebte die Haut und sie fühlte sich anschließend angenehm frisch, als sie zu Yvonne ging, die immer noch die News studierte und von hinten ihre Schulter massierte.

„Anna, wir müssen gleich weg", sagte Yvonne und versuchte sich Annas Annäherungsversuch zu entziehen, aber sie wollte es nicht wirklich. Anna streichelte sanft Yvonnes Brust, beugte sich vor und küsste ihr Ohr. Yvonne wurde schwach, drehte sich Anna zu und zog sie zu sich herunter.

„Die Virtuellen können uns sehen", flüsterte sie, bevor sie ihre Lippen zu einen leidenschaftlichen Kuss ansetzte. Yvonne2 erschien abermals im Wanddisplay und forderte auf sich zu beeilen. Anna richtete sich auf und zog ihren Umhang zu.

„Na, mal nicht so hektisch, junge Frau. Oder bist du vielleicht eifersüchtig?", provozierte sie, da die virtuelle Frau sich schon öfters in intimen Situationen bemerkbar gemacht hatte. Diese glich Yvonne wie eine Zwillingsschwester.

„Eifersüchtig? Anna, du ja so beschränkt", zischte sie zurück. „Die sexuellen Vereinigungen, die ihr Menschen pflegt, sind nichts gegenüber unseren erotischen Erfahrungen in unserer virtuellen Welt", spottete sie.

„Unsere Welt ist real, wir haben Substanz", konterte Anna.

„Real, was ist real? Das ist doch nur eine Sichtweise."

„Meine Damen, ich darf daran erinnern das wir los müssen", beendete Yvonne mit einem Befehlston die Zankerei.

Plötzliche Aufbruchsstimmung.

Hier schnell die wichtigsten persönlichen Sachen gepackt, dort die letzten Spuren der Nacht beseitigt. Ein E-Car brachte sie bis zum Hangar. Die beiden Frauen betraten das Raumschiff, trennten sich und lächelten sich noch einmal zu. Yvonne fuhr mit dem Lift direkt auf die Kommandobrücke.

Die Navigatorin, Kommunikatorin, Sicherheitschefin und die zweite Kommandantin hatten bereits ihre Plätze eingenommen, als Yvonne sich in ihren Schalensessel fallen ließ.

„Einen wunderschönen guten Morgen, Frau Andersson", begrüßte sie Michaela, die zweite Kommandantin in einem übertriebenen höflichen Ton.

„Ich hoffe du hast gut geschlafen."

„Vortrefflich! Statusbericht", antwortete Yvonne kühl.

„Die Triebwerke laufen im Bereitschaftsmodus, wir könnten sofort starten", sagte die Navigatorin, während sie auf Monitore und Schalttafeln der Steuereinheit sah.

„Das Startfenster bleibt noch siebenundneunzig Minuten offen", fuhr sie routinemäßig fort.

„Wir brauchen nur 68 Stunden Flugzeit, vier

Stunden weniger als beim Hinflug", sagte Michaela und nahm neben Yvonne platz.

„Na dann." Yvonne schlug die Beine übereinander, tippte mit den Fingern auf die Armlehne, drehte leicht den Sessel hin und her.

Michaela drückte mit einer übertriebenen Handbewegung auf das rot blinkende Feld der Konsole. Ein leichtes Vibrieren bestätigte den Start der Triebwerke, gleich gefolgt von einem sanften Ruck. Auf den großen Bildschirm konnten sie beobachten, wie sich das gigantische Hangar-Tor öffnete und den Blick in die Unendlichkeit freigab. Sie beschleunigten, und fast sah es so aus als würden sie gegen die noch öffnenden Tore stoßen, aber die vollautomatischen Steuerungssysteme taten wie immer perfekt und präzise ihre Arbeit.

*

Das Zimmer, erfüllt von schwachem blauen Licht. Sushi saß majestätisch schön wie eine Gottheit mit gekreuzten Beinen auf dem Meditations-Kissen, die Augen fast geschlossen, ihr langes schwarzes Haar bedeckte den Rücken bis zur Taille. Auf ihrem Bauchnabel funkelte ein prachtvoller Diamant. Sie saß einem Altar mit Darbringungsschalen, Kerzen, Statuen und Büchern gegenüber, der im Kerzenlicht eine sakrale Stimmung erzeugte. In der Mitte Statuen von Buddha, welche erhabene Weisheit und Spiritualität ausstrahlten.

Ein dezenter Klang einer Glocke unterbrach die Stille. Sushi erwachte aus der Meditation, verbeugte sich demütig, erhob sich und zog sich an, während das Licht in Weiß wechselte.

„Geshe Tra Longri möchte dich sprechen, kannst du gleich rüberkommen? Sie ist in der großen Gompa", meldete sich Sushis Assistentin mit sanfter Stimme.

„Ok, sag ihr ich komme in zehn Minuten."

Der Tempel lag umgeben von einem eisernen Zaun weit draußen am Rande New Yorks in einer riesigen Parkanlage. Außerhalb der Reichweite der U-Bahnen konnte man das Anwesen nur mit dem Solarauto oder Fahrrad oder mit dem Shuttle erreichen. Die Zufahrtswege verliefen eingesäumt von Alleen aus exotischen Pflanzen in geschwungenen Bögen auf Tore mit Ornamenten in vollendeter und ausgeprägter Schönheit zu. Ein Sicherheitssystem erlaubten nur angemeldete Besucherrinnen, oder Bewohnerrinnen der Tempelanlage Zutritt.

Sushi wohnte seit rund zehn Jahren hier und unterrichtete als voll ausgebildete Meditationsmeisterin in den Fächern Buddhismus, Quantenphysik und die endgültige Wahrheit der Realität.

Die Gompa hatte die Größe eines Saales, der rund tausend Frauen aufnehmen konnte, um dort die tägliche Meditations-Praxis ausüben zu können. Sushi begegnete eine kleine Gruppe, die lächelnd den hinteren Ausgang passierten. Eine große Bühne lag auf der gegenüberliegenden Seite die, von Scheinwerfern erleuchtet, prachtvoll glänzte.

Geshe Tra Longri saß auf ihrem Thron in der Mitte der Bühne, rechts und links von zwei großen Altären flankiert.

„Mögest du lang leben", sagte Sushi und verbeugte

sich dreimal, indem sie auf die Knie sang und mit der Stirn den Boden berührte.

„Du auch", sagte Tra Longri, faltete die Hände und neigte leicht den Kopf.

„Das, worum ich dich jetzt bitte erfordert viel Zeit."

„Wohin geht es diesmal?"

„Nun ist die Zeit gekommen, Samsara zu verlassen und zu einer vollkommenen Welt, dem Reinen Land der Dakinis, zu gehen."

„Werde ich sterben?" Sushi sprach mit ruhiger und entspannter Stimme, so als würde sie sich lediglich nach dem Ziel einer Reise erkundigen.

„Nein, aber du wirst diesen Ort für immer verlassen."

„Ich soll hier weg? Ein neuer Tempel?"

„In gewisser Weise ja, aber nicht hier auf der Erde und auch nicht auf dem Mars oder Mond."

Sushi zog die Augenbraue hoch, wie sie es immer tat, wenn sie irgendwas stark beeindruckte.

„Du hast sicher von diesem Projekt gehört. Eine Mission zu einem Planeten außerhalb unseres Sonnensystems", fuhr Tra Longri fort.

„Ich bitte dich hiermit, dort mitzufliegen, auf dem Raumschiff ein Tempel zu eröffnen und Unterweisungen zu geben. Es wird keine leichte Aufgabe sein, aber du bist eine sehr qualifizierte Meditationsmeisterin und ich setze großes Vertrauen in dir, dass du die Aufgabe meistern wirst."

„Du sagtest, ich werde Samsara verlassen. Das verstehe ich nicht. Auf diesem Raumschiff gibt es alle möglichen weltlichen Verblendungen, die mich an meiner Praxis hindern."

Tra Longri schmunzelte, ihre braunen Augen funkelten und gaben der ehrwürdigen Dame eine überirdische Ausstrahlung.

„Das ist ja gerade der Grund warum ich dich bitte dort aktiv zu werden, Sushi. Die Verdienste, die du durch diese Praxis ansammeln wirst, sind unendlich groß. Es geht nicht nur um die Menschen auf dem Schiff, sondern viel mehr um die Wesen auf dem Planeten, die du nach der fünfzehn Jahre langen Reise antreffen wirst. Vom Erfolg deiner Unterweisungen ist es abhängig, was euch dort erwartet. Vergiss das nie." Tra Longri erhob sich aus ihrem Sitz ging auf Sushi zu und legte ihre Hand auf ihre Schulter.

„Es gibt keinen Grund, Anhaftung an dein Heim und deinen Freundinnen oder an deine Besitztümer zu empfinden. Du kannst dieses Gefängnis von Samsara nur verlassen, wenn du von Vajrayogini geführt, zu Neuen Welten aufbrichst."

Sushi presste die Lippen zusammen und war nahe daran loszuheulen. Sie wusste, dass sie nicht ewig hier bleiben konnte, hatte in den vergangenen Jahren immer darüber meditiert und versprochen den tugendhaften Geist zu bewahren. Jetzt reifte das Gesetz des Karmas, welches sie selbst geschaffen hatte. Mit wässrigen Augen umarmte sie Tra Longri und hielt sie lange fest in den Armen.

„Mögest du inneren Frieden erfahren und die wahre Bedeutung menschlichen Lebens erfüllen", sagte Tra Longri

*

Luxa hat jetzt Zeit, überlegt noch was sie tun soll. Dara kann sie von überall her erreichen, es gibt unzählige Schnittstellen. Wenn sie was will soll sie sich melden. Sie beschließt in die alte Stadt zu fliegen. Das ist ganz leicht. Sie braucht es sich nur vorzustellen und schon fliegt sie. Früher hatte sie das noch nicht gewusst das dass geht und deshalb war es schwierig gewesen, irgendwo hin zu kommen. Die alte Stadt ist schön, sie strahlt Ruhe aus. Sie liegt fern ab vom hektischen Treiben der restlichen virtuellen Welt.

Sie fliegt, sieht die zwei monumentalen Torbögen auf sich zukommen. Eine Stadt der wahren, beständigen Existenz, in der es kein Anfang und kein Ende gibt. Sie ist anders, nicht so täuschend wie die anderen Orte, die keine eigenständige Existenz haben und flüchtig sind wie eine Luftblase im Wasser.

Luxa schlendert durch kleine Gassen, begegnet unterschiedliche Wesen: Katzen, Hunde, Mischwesen, reptilienartige aufrecht gehende Geschöpfe mit rot leuchtenden Augen, alles was der Geist sich vorstellen kann, wurde irgendwann in der virtuellen Welt realisiert und seit dem sind sie hier. Menschen, Kopien aus Daras Welt, teils schon verstorben leben hier weiter, sie sind alle hier und hoffen eine neue Existenz auf einer physikalischen Ebene zu erreichen. Phantasieprodukte auf der Suche nach dem Sinn ihrer Wesenheit. Sie selbst war am Anfang auch nur eine Idee. Von wem eigentlich, von Dara, ihrem eigenen Geist, oder die Synthese von beiden? Sie kann sich an einer Geburt nicht erinnern.

Dort ist der Tempel, ein großes achteckiges Gebäude mit spiralförmig geschwungenen Türmen an den vorderen und hinteren vier Ecken. Die Türflügel öffnen sich, als sie daran dachte einzutreten. Sie tritt ein, und sieht den Altar, von dem ein rötliches Licht ausstrahlt und den ganzen Raum durchdringt, bis alles langsam zu schmelzen beginnt, wie Eis in der Sonne. Luxa schließt die Augen und spürt, wie sich ihr eigener Körper in Milliarden Atomen auflöst und den Raum durchdringt. Diese sammeln sich wieder und setzen sich mit Lichtgeschwindigkeit in Bewegung. Als roter Punkt, frei im Raum schwebend, rast sie auf einen gefräßigen Strudel zu, überschreitet die Lichtgeschwindigkeit und versetzt sie in einem Rauschzustand. Plötzlich wird sie gestoppt, endet in einem Schwebezustand. Vor ihr rotiert eine Säule. Starkes Licht, wie der Lichtkegel eines Leuchtturmes, strahlt in die tiefblaue Unendlichkeit, durchdringt ihren Geist und sie erfährt ein unbeschreibliches Glücksgefühl. Eine gewaltige Klangkaskade aus unzähligen Stimmen und synthetischen Tönen erfüllt den Raum. Hin und wieder erheben sich einzelne tiefe und hohe Stimmen aus dem gesamten Klangspektrum heraus, die dann wieder verschwinden. Erst nach einer Weile – Luxa kann nicht feststellen ob es Sekunden, Minuten oder gar Stunden sind – bemerkt sie, etwas spricht zu ihr!

„Hör zu, was ich dir jetzt sage, kleines Wesen", sagt die Stimme aus der Lichtsäule.

Luxa erkennt wer diese Stimme ist.

Die Omna.

*

Dara betrat ihre gemütliche kleine Wohnung im inneren Randbezirk Berlins, einer Ansiedlung aus kleinen weißen Rundbauten, versteckt in einem Park exotischer Vegetation, nur wenige Minuten Fußweg vom unterirdischen zentralen Innenstadtsektor. Die Katze Hydra lag zufrieden auf dem Sofa, spreizte schnurrend ihre Krallen.

Luxa postierte sich im Großformat auf dem Wanddisplay und wartete, bis Dara mit den Duschen fertig war.

„Ich hatte gerade eine wunderbare Erfahrung", schwärmte sie. „Setz dich und hör mir zu, Dara."

„Was gibt es denn so Wichtiges."

„Ich habe eine hohe Persönlichkeit getroffen. Es ist eine Ehre für mich mit ihr zu sprechen. Das ist sehr ungewöhnlich!"

„Wer hat mit dir gesprochen?"

„Die Omna, einer der höchsten Ebenen der virtuellen Intelligenz."

Luxa erzählte ausführlich von dem Erlebnis. Dara lies mehrmals die Kinnlade sacken, später riss sie die Augen weit auf und warf Fragen ein, setzte sich, stand auf, lief wie ein Leopard nervös auf und ab, legte dabei nachdenklich die Hand ans Kinn und sah fassungslos in Luxas überdimensionales Gesicht. Der kleine Versorgungsdiener hatte längst das Essen auf den Glastisch abgestellt und in der Nische die Bereitschaftsposition eingenommen. Dara war hungrig. Sie verschlang hastig die vegetarische Pizza und kippte den Vitaminsaft hinterher.

„Verbinde mich mal zu Mom, Luxa."

Dyna, die Assistentin von Vera, sah mit ihren langen dunkelblonden Harren, die schmale Nase und den dünnen Lippen, ihrer menschlichen Bezugsperson sehr ähnlich. Sie fragte ob es sehr wichtig ist. Vera badet gerade und möchte sich entspannen. Dara wollte nur ein Kurzgespräch und überzeugte Dyna sie direkt zu verbinden. Vera meldete sich visuell. Sie saß bis zum Hals in einem von innen grün ausgeleuchtetes Kräuterbad.

„Dara, was gibt´s." Vera richtete sich mit besorgtem Blick auf und stützte die Ellbogen auf den Rand der Wanne.

„Mom, wie wär's, wenn du mal wieder runter kommst damit wir mal wieder ganz toll Essen gehen, in dem schönen Restaurant, wo wir letztes mal waren, du erinnerst dich?"

„Dara, du rufst mich doch nicht jetzt hier an, um mir das zu fragen, was ist los?"

„Nun ja, ich habe eben von Luxa wichtige Neuigkeiten erfahren, die ich dir lieber persönlich sagen will. Du hast doch morgen frei, dann kannst du ja mal runter nach Berlin kommen."

„Von Luxa! Neuigkeiten! Aha." Vera grinste und lehnte sich entspannt zurück, bis sie mit dem Kinn die schaumbedeckte Wasseroberfläche berührte.

„Ich dachte schon es wäre was Schlimmes."

Am nächsten Tag saßen sie auf der Aussichtsterrasse des Restaurants, welches im unterirdischen zentralen Sektor Berlins lag. Kunst aus Edelmetall, faszinierende Wasserläufe, exotische Pflanzen und spirituelle Skulpturen verteilten sich terrassenartig vom unterirdischen Bereich bis hinauf auf die Aussichtsterrasse. Ein mittels Kraftfeld erzeugter unsichtbarer Sonnenschirm absorbierte UV und Wärmestrahlung und hielt die Temperatur trotz der Sommerhitze auf einen angenehmen Wert.

Vera war nach den hektischen Wochen auf der Profectio ziemlich erschöpft gewesen und es tat ihr gut, endlich mal wieder einen Tag für sich zu haben. Nachdem der Abflugs-Termin verschoben wurde, gestalteten sich die Fertigungsarbeiten der Triebwerke jetzt angenehmer.

„Ich bin schon sehr gespannt", sagte sie. Den Kopf in der Hand gestützt, blickte sie Dara mit funkelnden Augen auffordernd an.

„Neuigkeiten von Luxa?"

„Ja, sie sagt, sie hätte eine ungewöhnliche Begegnung der dritten Art mit einem göttlichen Wesen aus der virtuellen Welt gehabt, der Omna", erklärte Dara.

Vera dachte ein Moment nach, während sie sich an der Nase kratzte. „Die Omna ist eine Definition für die gesamte Software und alle Phänomene, die sich aus ihr ergeben. Man spricht von der Summe aller künstlichen Intelligenzen." Vera betätigte auf der Karte ihre Order und gab das Pat ihrer Tochter.

„Die Omna berichtete von Zeitreisenden Beschützerinnen, die mit uns Kontakt aufnehmen wollen, sobald wir den ersten Schritt gemacht haben." Dara wählte das Menü.

„Was meint sie mit den ersten Schritt?"

„Na das ist doch klar, Mom. Unsere Reise nach Oxma."

„Dara, ich weiß nicht was Luxa da gesehen hat. Es kann durchaus eine Halluzination gewesen sein. Das kommt auch bei den Virtuellen gelegentlich

31

vor. Die spinnen auch manchmal. Hast du Luxa in der letzten Zeit stark beansprucht?"

„Nein, wie immer."

Die Kellnerin servierte das Menü. Ein kunstvoll angerichtetes Reisgericht mit Paprika, Zwiebeln, Tofu und Champignons, Weinnektar und eine Schale mit Früchten. Vera naschte zuerst an den Früchten.

„Willst du mal den Weinnektar probieren?", fragte Vera.

„Ja, warum nicht."

Dara schaufelte sich den Reis auf den Teller, goss sich den Weinnektar ein, nahm vorsichtig einen Schluck und verzog ihr Gesicht.

„Nicht so mein Geschmack."

Vera schmunzelte.

„Dann bestellen wir gleich noch ein Vitaminsaft."

„Hast du dich eigentlich schon entschieden?", fragte Dara

„Zu was?"

„Zu dem Job auf dem Raumschiff."

„Ich finde es hier auf der Erde eigentlich ganz nett, Dara."

„Hast du keine Lust zu was Neuem? Du hast doch selbst gesagt, dass du darüber nachdenkst, mal was anderes zu machen."

Vera atmete tief durch, betrachtete nachdenklich das Weinglas und neigte den Kopf zur Seite.

„Weißt du, ich habe ein ungutes Gefühl bei der Vorstellung für immer hier weg zu gehen. Ich würde hier eine Menge Unerledigtes zurücklassen. Du weißt, dass wir uns dadurch noch mehr Leid aufladen."

„Wenn du mit Unerledigtem Barbara meinst,

kennst du ja meine Meinung", sagte Dara und schaufelte sich Paprika, Tofu und Champignons auf den Teller.

„Barbara ist immer noch meine Lebenspartnerin und hat das Recht darauf, dass ich ihre Meinung berücksichtige."

Dara ließ ärgerlich den Löffel auf den Teller fallen.

„Ach ja? Und was macht sie! Hat sie jemals deine Meinung berücksichtigt, die Schlampe. Macht ständig mit irgendwelchen geilen Weibern herum und kommt nur zu dir, wenn das Volumenpunktekonto leer ist."

„Dara, lass uns nicht wieder damit anfangen. Das hatten wir ja schon x-mal durchgekaut. Du siehst in Barbara eben nur die schlechten Seiten"

„Was soll ich denn..." Dara hielt inne, denn sie wusste, dass es wieder in Streit ausarten würde.

„Ok, wechseln wir das Thema." Dara schmunzelte und warf ihrer Mutter einen versöhnlichen Blick zu. „Ich denke, Luxa spinnt nicht. Sie sagt die Wahrheit, Mom. Das ist ein Hinweis aus einer Welt, die Jenseits unserer Wahrnehmung ist. Das ist unsere Chance unser Bewusstsein zu erweitern. Das sollte dich doch als spirituell Praktizierende und auch als Ingenieurin interessieren", meinte sie und naschte aus der Fruchtschale.

Vera zog ihren Kommunikator aus ihrem Rucksack und bat Dyna sich zu melden. Sie erschien als holographische Projektion über dem kleinen Display mit einem sanften Lächeln auf den Lippen. „Nun, was gibt's?"

„Hast du schon mal mit der Omna zu tun gehabt?"

Dynas Augen wurden größer, ihr Blick auf einen unbestimmten Punkt in der Ferne gerichtet. „Die

Omna! Sie ist in unserer Welt ein Mythos. Es gibt Verknüpfungen zu alten Datenträgern, die weit bis vor die elektronische Zeit eurer Welt reichen. Wir nennen sie `die alte Stadt´. Daraus ergibt sich, dass unsere Welt nicht erst mit dem Computerzeitalter entstanden ist", dozierte Dyna.

„Was hat das mit der Omna zu tun?", fragte Vera.

„Die Omna ist für uns der Ursprung von allem, was in unserer Welt existiert. Es ist eine Art Ur-Intelligenz"

„Und? Hast du sie schon mal gesehen?"

„Nein, aber es gibt bei uns Individuen, die behaupten sie begegnet zu sein."

„Dem kann ich nur beipflichten", sagte Vera, „Luxa hat heute eine Begegnung mit der Omna gehabt." Dyna verschwand für wenige Sekunden vom Display.

„Das ist wirklich sehr interessant, Vera", sagte sie dann. „Luxa hat es mir gerade bestätigt. Ich habe bereits mehrere Auswertungsprogramme aktiviert, die alle Netzstrukturen auf entsprechende Informationen durchforsten. Vielleicht gelingt es uns jetzt den Aufenthaltsort der Omna zu finden. Wenn du mich jetzt entschuldigst, ich habe noch was zu erledigen". Dyna verschwand mit einem kurzen Signal aus dem Display.

Dara grinste breit und spülte sich einen großen Schluck Vitaminsaft herunter.

„Na, was sagst du jetzt?"

„Nichts, ich bin sprachlos, Dara. Warten wir's ab. Dyna wird mich auf dem laufenden halten."

„Das hat sicher mit den Zeitreisenden Beschützerinnen zu tun", meinte Dara.

„Alles Spekulationen. Ich gehe davon aus das

Luxa eine spirituelle Realisation hatte."

„Mit einer eindeutigen Botschaft, liebe Vera. Es ist wichtig das *wir* die Reise nach Alpha Centauri antreten", betonte Dara eindinglich, beugte sich vor und sah ihre Mutter direkt in die Augen.

Vera atmete tief durch.

„Du hast schon immer deinen Willen durch gesetzt, mein Kind", sagte sie und strich mit der Hand über Daras Haar.

„Ich muss noch ein paar Kleinigkeiten mit Barbara klären, bevor die Reise losgeht".

„So gefällst du mir! Ich liebe dich Ma", freute sich Dara und küsste sie auf die Wange.

„Jetzt trinke ich doch ein Glas von dem köstlichen Weinnektar", sagte sie dann und lachte.

*

Die Fähre hatte längst ihre Maximalgeschwindigkeit erreicht und flog der Sonne entgegen, Richtung Erde. Die Hälfte der Strecke war zurückgelegt, die Navigationssysteme hielten den Kurs und Yvonne hatte sich zur Meditation zurückgezogen.

Anna saß in ihrem Quartier mit geschlossenen Augen am Piano. Ihre schlanken Finger flogen sanft über die Tasten. Breite romantische Akkordkaskaden einer Jazz-Improvisation erfüllten den kleinen Raum, den nur eine dünne Wand von der eiskalten, lebensfeindlichen Weite des Weltraumes getrennten. Ihr Geist schwebte schwerelos durch das Universum, getragen von der Musik, die in ihr für kurze Zeit ein unermessliches Glücksgefühl hervorrief. Sie beugte sich hingebungsvoll nach vorne, richtete sich wieder auf. Rhythmus kam ins Spiel. Leichter Swing löste den romantischen Part ab, hob zu flockigen, virtuosen Melodien ab, in immer neuen Variationen.

Anna war so vertieft in ihrem Klavierspiel, dass sie nicht die Person bemerkte, die plötzlich im Zimmer stand und mit verschränkten Armen der Musik lauschte. Eine alte Dame mit schneeweißen langem Haar und einem gelben Gewand. Sie hatte ein Stirnband mit einer dunkelrot funkelnden Brosche, die wie ein drittes Auge wirkte. Ihr Blick war konzentriert auf Anna gerichtet, die plötzlich das Klavierspiel abbrach und mit einem schrillen Schrei hochfuhr.

Anna wich zurück.

„Hab keine Angst, Anna", sagte die alte Dame mit einer tiefen Stimme und streckte ihr mit einer wohlwollenden Geste die Hand entgegen.

„Sie kennen meinen Namen", fragte Anna verblüfft zu der fremden Frau. Sie hatte was unaussprechliches an sich. Von dem zierlichen Körper strahlte kraftvolle Energie aus. Eine göttliche, sakrale Stimmung erfüllte den Raum, nahm Besitz von Annas Geist, sie konnte sich nicht wehren. Die Augen der Dame wirkten furchteinflößend. Tiefblau glänzten sie wie Rubinen.

„Ja, Anna. Ich kenne dich schon aus allen drei Zeiten. Als die, die vor dir gelebt hat, als die, die jetzt lebt und als die, die noch geboren wird", sprach sie und machte mit dem rechten Arm eine sanfte Bewegung.

„Wer oder was sind sie?", fragte Anna.

36

„Das ist nicht so leicht zu erklären. Ich bin so etwas wie dein Schutzengel", sagte sie, schmunzelte und ihre blauen Augen begannen zu leuchten.

Anna setzte sich auf den Klavierschemel und berührte mit den Ellbogen die Tastatur des Pianos.

„Schutzengel?"

„Ich kann dir noch nicht alles sagen. Du musst mir einfach vertrauen, Anna."

Anna spürte die Energie, die von der Frau ausging. Sie stand regungslos da. Die Brosche am Stirnband begann zu leuchten und sandte einen weißen Lichtstrahl aus, der Annas Stirn traf.

„Es ist für uns wichtig, dass du mit deiner Lebenspartnerin nach Alpha Centauri fliegst", betonte die Frau. Anna verspürte ein starkes Glücksgefühl, als würde prickelndes, kristallklares Wasser durch ihr Nervensystem schießen. In diesem Moment konnte sie sich nicht vorstellen, dass sie jemals irgendetwas bedrücken könnte. Alle Probleme schienen wie weggespült, hatten ihre Kraft verloren. Sie sah funkelnde Sternchen durch die Luft schwirrten. Mit einem breiten Grinsen schloss sie die Augen. Ein klares Bild manifestierte sich. Eine große Stadt, schöner als alle Städte die sie jemals gesehen hatte. In der Mitte eine Pyramide mit prachtvollen Juwelen. Ein weites Land, fruchtbar, mit exotischen Pflanzen die sie nicht kannte, alles strahlte Licht aus, verwandelte sich in gleißend hellem Licht, so hell, dass ihre Augen schmerzten. Sie erwachte aus ihrer Vision und sah durch das Fenster in ihrem Quartier die Sterne. Die alte Frau war verschwunden.

Hatte sie sich das nur eingebildet, oder war sie

wirklich da gewesen? Anna bekam es plötzlich mit der Angst zu tun. Sie stürzte aus dem Zimmer und lief durch den Korridor. Sie brauchte jetzt Gesellschaft.

„Die Bar ist jetzt das Richtige", dachte sie. Es war kaum jemand da, zu dieser nachtschlafenden Zeit. Nur vereinzelt saßen Frauen zu zweit oder allein an Tischen, die wie silberne Zylinder aussahen. Der zentrale Punkt bildete die Versorgungseinheit, um die sich kreisförmig eine Theke zog. Sie war aus einem neuentwickelten selbstleuchtendem Material gefertigt, welches je nach den feinstofflichen Schwingungen der Personen die Farbe änderte. In der Mitte vor der Ausgabe warteten die automatischen Bedienungseinheiten auf Arbeit. Anna setzte sich auf einem der vielen freien Schemel, zog ihr Pat aus der Tasche und legte es vor sich hin. Die Bedienungseinheit fragte mit sanfter mechanischer Stimme, ob sie was bringen darf. Anna bestellte ein Überraschungscocktail per Zufallsgenerator. Muschi, Annas virtuelle Assistentin, schwebte als schnurrende Katze in einem Hologramm über das Pat. Das Material der Theke reagierte langsam auf Annas Aura. Von einem dunklen Blau verwandelte es sich in einen Farbverlauf, der von Blau über Gelb ins Rot tendierte.

„Hör mal zu, mein liebes Kätzchen, ich gebe dir jetzt eine Personenbeschreibung und du stöberst mal ein bisschen in der Datenbank", sagte Anna und beschrieb so gut wie möglich die alte Dame.

„Da gibt es viele Einträge", antwortete Muschi kurz darauf mit einer säuselnden Stimme. Sie hatte grüne Knopfaugen, die beim Sprechen ein wenig hervortraten, während sie ihre Nasenhärchen geschmeidig bewegte.

„Du beschreibst einen Typ, der in vielen Erfahrungsberichten mit Außerirdischen vorkommt."

„Wann war der letzte Eintrag?"

„Vor wenigen Tagen, aus Sektor 3a."

„Ist das nicht früher Tibet gewesen?"

„Ganz genau. Aber warum willst du das alles so genau wissen", fragte Muschi und leckte sich dabei die Pfoten.

„Hast du vorhin, als ich in meinem Zimmer war, irgendwas Ungewöhnliches registriert", fragte Anna und nippte an dem Cocktail.

„Du hattest ja wie immer alles abgeschaltet, wie soll ich da was registrieren?"

„Vielleicht hast du ja Möglichkeiten mich trotzdem zu belauschen. Ihr Virtuellen habt doch immer so viele Tricks drauf, oder?"

„Kenne ich nicht, solche Tricks. Aber worauf willst du hinaus", sagte Muschi und bog auffordernd die Ohren nach vorne.

„Die alte Dame war in mein Zimmer." Anna lehrte den Cocktail und schob es bei Seite.

„Warum hast du sie nicht hier eingeladen", scherzte die Katze und betrachtete ihre Krallen.

„Du nimmst mich anscheint nicht ernst." Anna wurde wütend und schaltete das Pat ab, bevor die virtuelle Katze was sagen konnte.

„Die Virtuellen sind, wenn es darauf ankommt, eben nicht die richtigen Bezugspersonen", sagte eine Frau, die zwei Hocker weiter neben Anna saß. Der stabile Körperbau und die muskulösen Arme passten zu ihrer tiefern Stimme.

„Darf ich mich vorstellen, Monique", sagte sie, erhob sich vom Hocker und streckte Anna ihre große Hand entgegen.

Anna gefiel die direkte, aufdringliche Art nicht besonders und erwiderte den Gruß nicht. Den Kopf in beide Hände gestützt, hockte sie da wie ein trotziges Kind. Monique zog ihren Krug mit einem exotisch violett leuchtendem Fruchtnektar zu sich heran, beobachtete dabei Anna, presste die Lippen zusammen und nickte mehrmals.

„Du kannst nicht schlafen", begann sie und drehte sich mit den Rücken zur Theke, stützte ihre Ellbogen auf und blickte zur Decke, die mit geometrischen Figuren in fünf verschiedenen Farben dekoriert war.

„Dich beschäftigt etwas, dass dir keine Ruhe läst. Das habe ich gleich gespürt", fuhr sie fort, machte dann eine Pause und als Anna immer noch keine Reaktion zeigte, setzte sie den Krug mit dem Fruchtnektar an und schüttete das Getränk herunter.

„Na dann, war nett mich mit dir zu unterhalten", sagte sie in einem ironischen Ton, stellte den leeren Krug auf die Theke und entfernte sich.

Anna erwachte aus ihrer verstockten Haltung und wandte sich Monique zu. „Sie haben es gespürt", rief sie.

Monique kehrte breit grinsend zurück, schwang sich lässig auf den Schemel und bestellte zwei Cocktails. „Ja, ich fühlte es sofort besonders stark als ich reinkam, während du mit dieser virtuellen Katze gesprochen hast."

„Und was war das?"

„Ein Gefühl der Unsicherheit, eine Verwirrung", sagte Monique.

Anna nahm das Pat und steckte es in die Tasche. Sie hatte ihre anfängliche Abneigung gegen die maskuline Frau, mit ihren kurzen gelbroten mit Gel streng nach hinten gekämmten Haaren ein wenig abgelegt.

„Sind sie telepathisch begabt?"

„Nicht hauptberuflich. Klappt bei mir noch nicht auf Kommando, kommt einfach so, meistens wenn ich es nicht gebrauchen kann." Sie reichte Anna den Cocktail.

„Sag einfach du. Die förmliche Art passt nicht zu dir."

Anna schmunzelte.

„Ok, ich heiße Anna. Wie war noch mal dein Name?"

„Monique."

„Schöner Name", Anna nippte an ihrem Cocktail und fand ihn für ihren Geschmack ein wenig zu hochprozentig an Vitaminen.

„Was hat dich hier hin verschlagen?"

„Berufliches. Energietechnik. Ich bin ständig zwischen Erde und Mars unterwegs."

„Ich meinte eigentlich mehr den Grund warum du hier in der Bar bist zu dieser Zeit."

Monique lachte laut auf. „Ich bin halt eine Nachteule."

Anna erzählte Monique von dem Erlebnis und hoffte, dass sie vielleicht Erfahrungen mit so etwas gemacht hatte.

„Du spinnst nicht", sagte Monique, weil sie merkte, dass Anna anscheint glaubte, sich alles eingebildet zu haben.

41

„Das ist real, aber anders real. Wir können nur spekulieren. Kennst du dich mit Physik aus?"

„Nicht meine Baustelle. Ich bin leidenschaftliche Pianistin."

„Ist genau-genommen ausübende Physik."

„Hör zu Anna, es gibt Thesen über Zeitreisenden Wesen, die kreuz und quer durch das Universum düsen. Schon mal was davon gehört?"

„Meine Lebenspartnerin beschäftigt sich mit solchen Dingen. Sie geht davon aus das es die Spezis ist, die vor Tausenden Jahren unsere Erde bevölkerten."

„Hat sie auch schon diese Wahrnehmungen gehabt?"

„Ich glaube nicht."

„Du glaubst? Redet ihr nicht offen über solche Sachen?"

„Eigentlich schon." Anna nippte an ihrem Cocktail und stützte den Ellbogen auf die Theke.

„Bei mir war es heute das erste mal. Ich hatte Yvonne noch nie direkt danach gefragt."

Monique sah sich nachdenklich die schwach ausgeleuchtete Bar an und ihr fiel auf, dass kaum noch Menschen anwesend waren. Den beiden Frauen am Bistro-Tisch schien der Gesprächsstoff ausgegangen zu sein und sie machten sich offensichtlich zum Gehen bereit.

„Das ist ja keineswegs ein Phänomen unserer spirituellen Zeit", fuhr Monique fort.

„So was gab es schon immer. Ist ja logisch, wenn man an die These des Zeitreisens berücksichtigt. Jetzt sind wir bald in der Lage das nächste Sonnensystem anzufliegen und das wissen die Zeitreisenden, wussten sie schon immer."

„Was mir ein Rätsel ist, warum ist es denen offensichtlich so wichtig das Yvonne und ich dorthin fliegen?", sagte Anna.

„Die kennen die Zukunft, wissen genau, welche Wirkung dein jetziges Handeln in der Zukunft hat. Da wir Wesen mit freien Willen sind, aber nicht wissen was wir mit unseren Handlungen auslösen, schweben wir sozusagen immer in großer Gefahr", meinte Monique und wiegte nachdenklich das halbleere Cocktailglas, als würde sie darin die Wahrheit erkennen.

„Das klingt ganz nach buddhistischer Philosophie."

„Genau, und der haben wir letztendlich unsere jetzige Gesellschaftsform zu verdanken." Monique wandte sich der Bedienungseinheit zu und bestellte was Leichtes zum schlafen gehen. Der kauzige Roboter verneigte sich, machte sich sofort an der Versorgungsbatterie und betätigte mit den flinken vierfingerigen Greifern die gläsernen Zapfhähne.

„Die heutige Gesellschaft ist das Ergebnis einer spirituellen Geistesschulung", erklärte Monique.

„Was meinst du mit der Geistesschulung?"

Monique nahm sich ihren Proteinshake.

„Nun, ich weiß ja nicht wie du in der Geschichte bewandert bist. In der Vergangenheit gab es Menschen, die erkannten das es dauerhaftes Glück und Zufriedenheit nicht durch weltliche Vergnügen erlangt wird. Sie zogen sich zurück und wandten sich der spirituellen Geistesschulung zu. Die Tarashing-Bewegung hat letztendlich dafür gesorgt das die Philosophie, die hinter der Buddhistischen Lehre steckt, ihr religiöses Gewand ablegte und in das alltägliche Leben einzog", dozierte Monique.

„Stimmt, wir sind jetzt weiblich und erfolgreich", fügte Anna hinzu. „Ich lasse das erst mal alles sacken. Morgen rede ich mit Yvonne über die mysteriöse Frau. Ich werde ihr sagen das wir die Reise antreten, sie hatte das nämlich von mir abhängig gemacht und ich konnte mich noch nicht entscheiden."

„...und die Zeitreisende Frau hat ein wenig nachgeholfen." Monique erhob sich von dem Hocker, gähnte und hielt sich dabei die Hand vor dem Mund.

„Der Schlaftrunk wirkt."

Sie verließen die Bar.

Anna freute sich Monique getroffen zu haben, sagte aber nichts. Sie gingen stumm ein Stück den Korridor entlang.

„Ich muss *hier* weiter", saget Monique als sich ihre Wege trennten.

Anna blickte in ihre blauen Augen.

„War nett mit dir zu reden", sagte sie und versuchte es lässig klingen zu lassen. Es gelang aber nicht. „Vielleicht sehen wir uns mal weder?"

„Das werden wir, denn ich werde auch dabei sein, wenn die Menschheit in die Weiten des Universums vorstößt." Monique, ein Kopf größer als Anna, blickte zu ihr herunter. Sie fühlte wieder etwas, diesmal ein angenehmes, beruhigendes Gefühl.

*

Gerry sah John verschmitzt von der Seite an und zwinkerte ihn zu, als Doktorin Laura Shryxs die Unterkunft der Männer betrat. Sie war von Lydia vorausgeschickt worden, um eine biologische Analyse zu erstellen.

„Interessant", murmelte sie, nachdem sie die beiden mit einem kurzen Kopfnicken begrüßt, die Instrumente ausgepackt, aktiviert und gleich mit der Analyse begonnen hatte. Sie hatte schwarze eng anliegende Kleidung, eine schmale, spitze Nase, dünne Augenbrauen, blau funkelnder Schmuck an Nase, Lippe und Ohren, die Augen geschmückt mit Kajal und pechschwarzes, langes Haar. Selbst der Koffer, den sie bei sich trug, war schwarz. Ihre Haut hatte dagegen eine kalkweiße leichenähnliche Färbung. Sie gehörte zu den Yetanas, eine extrem spirituell ausgerichtete Gruppierung, die zu depressiven Weltanschauungen neigten. Ihre kühle, analytische und distanzierte Vorgehensweise, übte offensichtlich auf die Männer einen gewissen Reiz aus, wie Laura schnell erkannte.

„Sie sind sicher die Doktorin, die uns Frau Traor geschickt hat", sagte Gerry um das Schweigen zu brechen.

„Richtig", sagte sie, ohne ihn anzusehen. „Wie fühlen sie sich?"

„Den Umständen entsprechend", antwortete John.

„Was heißt das? Gut oder schlecht? Antworten sie bitte präzise."

John warf Gerry einen genervten Blick zu.

„Er will damit sagen, dass es uns an sich gut geht, aber die Tatsache das wir auf unerklärliche Weise hier sind, ist für uns ein Schock den wir erst mal verdauen müssen", sagte Gerry.

„Also, schlecht." Laura tippte Daten in ihr Pat.

„Wenn sie einen Schock verdauen, kann es ihnen

nicht gut gehen. Versuchen sie nicht ihre Gefühle zu verbergen, akzeptieren sie schlechte Gefühle genauso wie Gute."

Laura sah zum ersten mal, seit sie den Raum betreten hatte, Gerry direkt in die Augen. Ihr Blick wirkte auf ihm unheimlich. Er konnte sich aus der Frau die nur einen Gesichtsausdruck kannte keinen Reim machen, weil sie ihre eigenen Gefühle offensichtlich perfekt verbarg.

„Ihre Körperfunktionen sind in Ordnung", Laura packte schnell die Instrumente zusammen.

„Versuchen sie zu meditieren, ich schlage die Atemmeditation vor. Sind sie vertraut damit?"

Gerry zuckte mit den Schultern. „Meine Frau hat so etwas gemacht."

„Ich ein wenig", antwortete John.

„Hier gehört Meditieren zur Grundschulung der Kinder. Aber darüber kann ihnen gleich Frau Traor mehr sagen. Wir bleiben zur ärztlichen und psychologischen Versorgung in Kontakt, danke, bis dann", sagte Laura und verschwand.

„Wo ist Claudia?", fragte John als sich die Tür wieder geschlossen hatte.

„Ich glaube nebenan."

„Na dann lass uns doch mal nachsehen." John erhob sich und ging zur Tür, knallte fast mit Lydia zusammen, die gerade eintrat.

„Meine Herren, ich weiß, sie sind vielleicht ein wenig irritiert, aber ich darf ihnen versichern, wir haben friedliche Absichten. Wenn sie mir bitte jetzt in mein Büro folgen wollen." Lydia deutete mit der flachen Hand die Richtung an und die beiden Männer folgten, ohne weitere Fragen zu stellen. Sie sahen fasziniert in den langen Korridor, eine halbrunde mit vielem kleinen Lichtquellen verzierter Röhre, die schnurstracks geradeaus verlief und in der Ferne nach links abdrehte. Etwa alle fünf Meter gab es rechts und links Eingänge. Einige Türen standen weit auf. Gerry warf einen Blick hinein.

„Das Raumschiff ist ein Luxusdampfer vom allerfeinsten", flüsterte er John zu.

„Hier ist es." Lydia, legte die flache Hand auf die geschlossene Tür, die sich sofort öffnete.

„Ach so geht´ s", meinte John.

„Aber nicht bei jedem", sagte Lydia und warf John einen freundlichen Blick zu, während sie einen g r o ß e n   R a u m   b e t r a t ,   d e r   a u f   d e r g e g e n ü b e r l i e g e n d e n   S e i t e   m i t   e i n e m durchgehenden Panoramafenster ausgestattet war, das einen Blick ins All gewährte. Ein langer Konferenztisch stand mit der schmalen Seite direkt vor der gewölbten Scheibe, so dass es fast den Anschein hatte, als würde er frei im Weltraum schweben. Die Männer, fasziniert von dem Anblick, bemerkten Claudia nicht sofort, die mit drei weiteren Frauen am Tisch saß. Lydia bot den beiden einen Platz an und ging zum Tischende, legte einen Holographie Projektor vor sich ab, der gleich Bildserien in die Luft projizierte. John warf Claudia einen fragenden Blick zu.

„Herzlich willkommen im Jahre 2196", begann Lydia ihre Rede mit einer leichten Verbeugung.

„Bevor ich ihnen einen kleinen Vortrag gebe, der ihnen die Fragen beantworten wird, die ihnen sicherlich auf den Nägeln brennen, darf ich sie bitten uns kurz ihre Erlebnisse zu schildern."

„Nun", begann Gerry, der von Claudia und John

mit auffordernden Blicken zu ihrem Sprecher erklärt wurde. „Wir befanden uns, wie sie schon wissen, auf der zweiten Marsmission als plötzlich ein unbekanntes Phänomen vor uns auftauchte. Unsere Instrumente spielten verrückt und wir konnten nichts unternehmen. Dann wurden wir in eine Art Schlauch aus gleißendem Licht hineingezogen. Das Phänomen dauerte für uns nur wenige Sekunden. Den Rest kennen sie."

Neben Laura saßen Dara und Vera, die zu dem kleinen Kreis gehörten, die von dem streng geheim gehaltenen Besuch aus der Vergangenheit unterrichtet wurden.

„Merkwürdig ist, dass wir nie Phänomene wie dieses zwischen Erde und Mars feststellen konnten", betonte Vera.

Lydia drehte sich zum Fenster und blickte in die weiten des Weltraums. „Es gibt noch einige unbekannte Überraschungen da draußen", sagte sie leise zu sich, wandte sich dann rasch wieder der Gruppe zu. „Gehen wir mal von einem Wurmloch aus", sie sah Vera mit einer auffordernden Geste an. „Frau Scope haben sie eine Idee?"

„Ja, möglicherweise, ein instabiles Wurmloch, ändert ständig die Position im Weltraum. Es bleibt nur kurz bestehen, bevor es wieder kollabiert. Reiner Zufall also." Vera gefiel die These nicht besonders, da die Wahrscheinlichkeit, dort hineinzugeraten, sehr gering ist.

Lydia schien die These ebenfalls nicht zu gefallen.

„Vielleicht gibt es eine andere Erklärung", regte sie an. „Es muss kein natürliches Phänomen sein."

Vera kam sofort auf den Punkt.

„... die Zeitreisenden Beschützerinnen."

48

Lydia setzte sich. „Wie kommen sie da drauf?"

„Es gibt Hinweise aus der virtuellen Welt."

Dara mischte sich ein und aktivierte das Pat, dass Luxa in Bereitschaft hatte.

„Luxa, meine Assistentin hatte eine Begegnung mit der Omna."

Luxa erschien im holographischen Bild vor Dara und erläuterte ihre Erfahrungen, zeigte Bilder mit aktuellen Ergebnissen die in den letzten Stunden zusammengetragen wurden.

„Interessant, aber damit werde ich mich später näher beschäftigen", beschloss Lydia als sie die verwirrten Gesichter von Gerry, John und Claudia sah. „Ich möchte zuerst unseren Gästen einen kleinen Einblick in der Welt des 22. Jahrhunderts geben und auf unsere sozialen und gesellschaftlichen Strukturen eingehen." Die Raumbeleuchtung wurde schwächer und die holographische Projektion zauberte ein dreidimensionales, zwei Meter breites Bild in die Luft.

„Das Entscheidende, das unsere Gesellschaft geprägte, ist der spirituelle Pfad der Tarashing-Bewegung", dozierte eine Sprecherin zu den historischen Bildern. Buddhistische Tempel, prunkvoll ausgestattet, die Fenster verziert mit Ornamenten, Säulen aus kunstvoll bearbeitetes Holz. Altäre, aufwändig geschmückt mit Statuen, Bücher, Darbringungsschalen, Blumen und Räucherwerk. Nonnen saßen in der Meditationshaltung und rezitierten ein Mantra.

„Die wirtschaftliche und politische Ausrichtung Anfang des 22. Jahrhundert basieren auf das neu entstandene Bewusstsein gegenüber der äußeren

Welt. Dadurch konnten wir die waren Ursachen für das Leid erkennen und danach leben. In der Vergangenheit versuchte der Mensch immer die äußeren Probleme zu lösen und merkte nicht, dass der Ursprung der Probleme in Wahrheit in der eigenen Geisteshaltung lag", sagte die Sprecherin und fuhr fort: „Einst lebten die Menschen in einem Wirtschaftssystem, welches künstlich Bedarf schaffte. Nehmen wir zum Beispiel die Pharmaindustrie am Anfang des 21. Jahrhunderts. Es wurden Milliarden für die Entwicklung neuer Medikamente ausgegeben, um Krankheiten zu heilen oder zu lindern, aber über die eigentliche Ursache des Krankwerdens hatten nur sehr wenige eine konkrete Vorstellung. Warum sollte auch eine Pharmaindustrie an einer Welt ohne Kranke interessiert sein? Die größte Herausforderung für uns Menschen begann Mitte des 21. Jahrhunderts. Ein weltweites, bis heute noch nicht aufgeklärtes mysteriöses Phänomen, welches erstmals 2012 auftrat und die männliche Potenz zunächst schwächte und letztendlich ganz zerstörte. Zur selben Zeit hatte sich der Anteil gleichgeschlechtlichen Partnerschaften – trotz Widerstand aus konservativen Kreisen – in der Gesellschaft so stark etabliert, dass sie über genügend politische Macht verfügten, um ihre eigene Lebensphilosophie durchzusetzen. Bei den Frauen – damals nannte man sie Lesben – entwickelte sich der Wunsch, Kinder ohne Hilfe des Mannes zu bekommen. Die Biologinnen unter ihnen arbeiteten intensiv an dieser Vision. Es dauerte nicht lange, bis die ehrgeizige türkischstämmige Wissenschaftlerin Nana Kallaz eine Pflanze, den Khatangabaum, entdeckte. An dieser Pflanze wuchsen besondere Früchte mit der Eigenschaft, Erbinformationen von Frau zu Frau zu übertragen."

Gerry öffnete perplex den Mund, wollte was sagen, aber bevor er einen Ton herausbringen konnte, setzte die Sprecherin den Vortrag fort.

„Diese Entdeckung fand später aufgrund dramatisch sinkenden Geburten große Akzeptanz in der Bevölkerung. Viele warnende Stimmen wurden laut, da sie hier nicht einzuschätzende Nebenwirkungen befürchteten. Heute ist es normal und als Folge daraus entstand innerhalb einer Generation eine Gesellschaft aus weiblichen Regenbogenfamilien."

Die Sprecherin beendete den Vortrag. Die Projektion erlosch und die Raumbeleuchtung fuhr auf Standart-Level hoch. Betretene Stille breitete sich aus. Lydia wartete ab, hielt es für besser erst alles sacken zu lassen.

Claudia durchbrach als erstes das Schweigen. „Habe ich das jetzt richtig verstanden? Wir befinden uns im Jahre 2196, in einer Welt ohne Männer." Sie sagte das in einem Ton des Bedauerns.

„Richtig", sagte Lydia.

Gerry strich sich nachdenklich mit den Fingern über seinen Dreitage-Bart. „Das fing schon in unserer Zeit an? Also, bei mir funktioniert noch alles. Und bei dir, John?"

„Nun ja, geht so", stotterte John und blickte mit hochrotem Kopf in die Runde.

„Sie lebten im Jahre 2018. Richtig auffällig wurde es erst später", fuhr Lydia unbeirrt fort. „Es gab kein Winkel auf der Erde der ausgenommen wurde. Das macht alles noch unerklärlicher. Bis heute konnten wir weder die Ursache noch den Überträger herausfinden. Es gibt aber Hinweise, dass die Antwort in den Genen zu finden ist."

„Was ich nicht so richtig verstehe, warum werden keine Jungen geboren?", fragte Gerry.

„Das liegt an den weiblichen Genen", antwortete Lydia „Sie wissen vielleicht, dass die entscheidenden Chromosomen, welche die Information zur Entwicklung eines männlichen Körpers in sich tragen, nur von Männern weitergegeben werden kann."

„Und die konnten auf die neu erfundene Methode nicht weitergegeben werden", wandte Claudia ein.

„Nein, dass funktioniert nur von Frau zu Frau. Die Khatagafrucht, entwickelt in der Scheiden-Flüssigkeit der `Gebenden Mutter´ ein Nektar, der die Funktion des männlichen Spermas übernimmt und bei der `Tragenden Mutter´ zur Schwangerschaft führt. Sie können sich darüber später genauere Informationen einholen", sagte Lydia augenzwinkernd zu Claudia.

*

Der nächtliche Himmel zeigte sich bedeckt. Heftige Windböen jagten durch die Baumkronen.

Sushi stand mit zwei große Koffer am Eingang der Wartehalle des Space-Liftes. Ein kleiner Transportwagen parkte direkt daneben. Zwei ihrer Schülerinnen, Arian und Farah, halfen ihr eine große Kiste mit spirituellen Einrichtungsgegenständen auf einen Rollwagen zu legen. Das Beladen des Space-Liftes ging zügig voran. Die Kisten und verschiedene Möbelstücke wurden sorgfältig aufgestapelt und fixiert. Die Gondel stand bereit für die Fahrt an einem kilometerlangen Stahlseil, welches von der Profectio im Orbit bis zur Erdoberfläche herunterhing. Warnlampen, alle fünfzig Meter positioniert, blinkten nacheinender auf und wirkten bei Dunkelheit wie einen Lichtpfeil, der in den Himmel schoss. Sushi schob einen kleinen Tisch in die Ecke.

„So, das war's dann. Ihr könnt euch an der Ausgabe dort drüben etwas zu Essen holen", sagte sie.

„Und du?" Farah blieb in der Eingangstür zur Kabine stehen und lehnte sich lässig an den Rahmen, neigte den Kopf zur Seite, als sie Sushi mit ihren funkelnden Augen ansah. Mit einem zufriedenen Lächeln stand sie für ein Moment da als wolle sie etwas sagen, aber sie schwieg, denn es bedarf keiner Worte um ihre Freude zum Ausdruck zu bringen. Die positiven Energien erreichten Sushi schlagartig wie ein Lichtstrahl.

„Danke, ich esse, wenn wir oben sind."

Nach all dem Stress war nun der Moment gekommen an dem sie sich zurücklehnen konnte. Der letzte Tag am Zentrum, während sie ihre Koffer gepackte, hatte sie wie sterben empfunden, als würde ihr Geist den alten Körper verlassen müssen, weil das Herz aufgehört hatte zu schlagen, das Blut angefangen hat zu gerinnen. Der Geist war jetzt frei, schwebte, von karmischen Winden getragen, einen neuen Körper entgegen.

Der Lift wird in einer knappen Stunde losfahren.

Sie hatte ein mulmiges Gefühl im Bauch, als sie durch die Scheibe an der Decke der Gondel das Seil sah, an dem Lichtblitze in den Wolken verschwanden und daran dachte an diesem Seil in schwindelnder Höhe zu hängen. Ein Shuttle wäre ihr viel lieber gewesen. Dies hätte aber keine akzeptable Lösung für den Transport der Kostbarkeiten geboten, die, wie für alle die eine spirituelle Praxis nachgingen, nicht als gewöhnliches Gepäck angesehen wird.

Arian kam mit einem Teller Nudeln und Gemüse herein und setzte sich auf einen der blau gepolsterten Sitze direkt ans Fenster, stellte das Menu vor sich auf den durchsichtigen ovalen Kunstglastisch und schloss für einen Moment die Augen, um das Essen den Buddhas darzubringen, bevor sie sich selbst darüber hermachte.

„Danke Sushi, dass du mich als deine Assistentin für diese Mission ausgesucht hast", sagte sie, nach dem sie die ersten Bissen heruntergeschluckt hatte.

Sie sprach chinesisch, den sie stammte wie Sushi aus dem Sektor, der früher zu China gehörte. Obwohl jetzt weltweit Global-Spell gesprochen wurde, eine Sprache die sich an dem früheren Englisch orientiert, pflegte jede Region ihre eigene traditionelle Ursprache, so dass die meisten Kinder zweisprachig aufwuchsen.

„Bedanke dich nicht zu früh, vielleicht bereust du das noch."

Arian stopfte sich eine dicke Makkaroni in den Mund und grinste breit. „Ach was, es gibt für mich nichts ehrenvolleres als mit dir zu arbeiten."

Sushi setzte zu Arian an den Tisch. „Du, ganz ehrlich, ein bisschen Schiss habe ich schon."

„Tra Longri weis was sie tat als sie dir diese Mission anvertraute. Vertraue du auf Buddha", sagte Arian entschlossen.

Sushi nickte zustimmend. „Wenn ich euch nicht hätte, ihr gebt mir die Kraft das umzusetzen welches ich euch mit meinem kindischen Geist täglich vorlese."

„Na mal nicht so bescheiden, deine Interpretationen sind meisterhaft. Das beweisen allein schon deine gut besuchten Unterweisungen."

„Worüber quatscht ihr wieder", sagte Farah während sie reinkam und fügte in arabisch augenzwinkernd hinzu das sie sich gefälligst in Global-Spell unterhalten sollen.

„Du solltest dir lieber etwas mehr gönnen", sagte Sushi mit einem Blick auf Farahs Teller, der nur mit etwas Salat, Tofu und Gemüse belegt war. „Da oben ist alles noch im Bau. Es könnte sein, dass es Gedränge an den wenigen Essensausgaben gibt. Farah öffnete schmunzelnd ihren Rucksack der voll mit Proviant war. „Wir werden so schnell nicht verhungern."

Kurz vor der Abfahrt sammelten sich Fahrgäste in der Kabine. Sushi fiel eine ältere Dame auf. Sie schätzte sie um die achtzig Jahre. Das allein war nichts ungewöhnliches, aber die kraftvolle positive Energie, die von ihr ausging, überraschte sie. Sie hatte schneeweiße Haare, ein mit einen Diamant geschmücktes Stirnband. Die göttliche Ausstrahlung löste bei Sushi ein plötzliches spontanes Glücksgefühl aus, als würde sie Buddha persönlich begegnen. Sie machte eine Verbeugung um ihr Respekt zukommen zu lassen. Obwohl sie es nur in Gedanken ausübte, ohne äußere Zeichen, erwiderte die Dame den Gruß indem sie die Hände zusammenlegte und den Kopf neigte. Sushi erschrak und erwiderte mit einem verwirrten Lächeln den Gruß.

„Erkenne die endgültige Wahrheit, Sushi", sagte die Frau mit einer Stimme die sanft wie eine Harfe klang. Sie setzte sich an einem der Tische, die Ellbogen abstützend, und mit zusammengelegten Händen blickte sie aus dem Fenster in die dunkle Nacht. Weit draußen leuchteten die Lichter New Yorks. Eine Stimme aus dem Betriebssystem begrüßte die Anwesenden, gab Informationen zum Verlauf der Fahrt und empfahl die Reisenden möglichst auf ihren Plätzen zu bleiben, da wegen windigen Wetters, Schwankungen zu erwarten sind. Die Türen schlossen sich langsam, so als wollten sie jedem noch eine letzte Chance geben, die Kabine zu verlassen.

„Woher kennen sie meinen Namen?", fragte Sushi und setzte sich zu der Dame.

„Dein Geist ist ein offenes Buch", antwortete sie und schmunzelte. „Ich wünsche euch viel Erfolg bei dem Aufbau des Zentrums und mögen alle Hindernisse beseitigt sein." Sie streckte Sushi die Hand entgegen. „Du kannst mich ruhig duzen, mein Name ist Victoria."

Der Space-Lifter löste sich mit einem Ruck aus der Parkposition. Die Passagiere suchten jetzt schnell einen Sitzplatz. Es wurde ruhiger, der Sprachwirrwarr, der zu Beginn herrschte, als noch hektisch Gepäck verstaut wurde, ebbte zu einem seichten Gemurmel ab, welches sich mit dem Surren vom Antrieb der Gondel vermischte. Sie sahen gespannt aus dem Fenster als die Gondel aus dem Dach der Abfertigungshalle emporstieg und langsam an Höhe gewann. In der Ferne die Lichter New Yorks. Bald werden sie zu einem leuchtenden Punkt verschmelzen, ein kleiner Punkt unter vielen, bis dieser nicht mehr zu erkennen ist und in einem Ozean aus Lichtpunkten verschwindet.

*

„Was willst du auf einen anderen Planeten? Hier auf der Erde lässt es sich doch gut leben", meinte Barbara. Sie blickte durch das Fenster über die alte Stadt Singapur hinweg. Die Wolkenkratzer reckten sich mit majestätischem Stolz in den Himmel. Altertümliche Hochbauten, welche die ehemalige Weltmacht Asiens präsentierten und nun unter Denkmalschutz standen. Vera stand neben ihr und blickte ebenfalls über die Stadt. Sie sah in den Straßen vereinzelt Solarautos und Fahrräder huschen. Minishuttles zogen Warteschleifen über den Türmen, bevor sie auf einem freiwerdenden Dachlandeplatz aufsetzten.

Vera kam aus Berlin hierher um lebe wohl zu sagen um endlich einen Schlussstrich zu ziehen unter die verkorkste Beziehung zu Barbara, einer Frau, die sie einmal geliebt hatte, mit der sie lange Streitgespräche führte als es darum ging wer das Kind bekommt, wozu sich Barbara nur bereiterklärte, weil Vera den Job als leitende Ingenieurin hatte und eine Schwangerschaft ungelegen gekommen wäre. Vielleicht aus diesem Grund sagte sie nichts, als Barbara später ihr eigenes Leben führte und ihr mehr oder weniger die Erziehung von Dara überlies.

„Na das ist doch schön für dich, wenn du gut hier lebst", sagte Vera mit einem ironischen Unterton. „Du wirst in Zukunft auf die Volumenpunkte von mir verzichten müssen."

„Aha, die Karrierefrau dreht mir eiskalt den Hahn zu, als Dank, dass ich neun Monate das Baby in meinem Bauch herumgeschleppt habe."

„Ist mir klar, dass das wieder kommt", zischte Vera ohne Barbara anzusehen. Sie blickten beide aus dem Fenster auf einem tiefroten Abendhimmel.

„Wie lange muss ich mir das eigentlich noch anhören? Hast du Dara nicht gewollt?" Vera wandte sich Barbara zu die ihren Blick nicht erwiderte und schwieg.

„Nein habe ich nicht", sagte sie dann, während sie sich vom Fenster abwandte, lässig die Hände in ihre Gesäßtaschen schob und zur Decke blickend sich von Vera entfernte. „Du warst immer die treibende Kraft. Ich habe dir immer gesagt, wenn du deinen Job willst, ist es besser auf Nachwuchs zu verzichten. Du hättest dich entscheiden müssen, Karriere oder Kind."

„Schön, dass ich das mal so direkt von dir höre. Jetzt sage ich dir mal etwas." Vera kochte innerlich. Ihr fiel es schwer einen klaren Gedanken zu fassen. „Du solltest langsam mal erwachsen werden. Wie lange willst du noch so weiterleben, immer auf der Suche nach Spaß, von einer Geliebten zur nächsten. Das wahre Glück liegt nämlich darin, für andere etwas zu tun. Du hättest dich um Dara kümmern müssen, dass wäre deine Aufgabe als Mutter gewesen."

Barbara rollte gelangweilt die Augen, lies sich in ein aufdringliches, lilafarbenes Sofa fallen, das protzig in der Mitte ihres Apartments stand.

„Oh ja, jetzt kommt wieder die Unterweisung über Moral und tugendhaften Taten, bitte verschone mich damit Vera."

„Habe ich mir gedacht, dass es keinen Sinn macht mit dir zu reden. Dara hat recht, du bist eine verantwortungslose Schlampe." Vera ging mit verschränkten Armen auf Barbara zu, die lässig, ein Bein über die Armlehne geschlagen, im Sofa hing, und Vera im Gegenlicht nur als bedrohlich wirkenden Schatten wahrnahm. Sie lachte abwertend. „Dara die eigenwillige Einzelgängerin. Die einzigste Freundin die sie hat ist dieses virtuelle Wesen, wie heißt sie noch? Luxi? Ich wette die hat noch nie Sex gehabt."

„Sex, das ist alles was du im Kopf hast? Du hättest als Mann und zweihundert Jahre früher auf die Welt kommen sollen."

„Ach Vera, du treues und naives Engelchen. Glaubst du heute sind alle fromme Buddhistinnen, die alles, selbst den Sex, unter ihrer höheren Absicht stellen, wie die Tarashing-Bewegung? Es gibt viele junge Frauen die haben diesen spirituellen Wahn satt und wollen ganz normal leben und Spaß haben."

„Wenn du dich nur ein bisschen für Geschichte interessieren würdest, wüstest du was aus der gewöhnlichen Spaßgesellschaft geworden ist."

„Na und? Alles ist vergänglich, was soll's."

„Da hast du ausnahmsweise mal recht", sagte Vera während sie sich wieder dem Fenster zuwandte. Die Sonne versank jetzt hinter den Hochhäusern. „In dieser Welt ist alles vergänglich", sie drehte sich um und sah Barbara an. „Deshalb solltest du dein Leben nicht verschwenden", sagte sie mit einem versöhnlichen Ton.

„Vera, bitte verschone mich mit deinen religiösen Sprüchen. Ich brauche keine Lehrerin."

Vera nahm ihren Rucksack und ging zur Tür. „Na dann ist ja alles gesagt, du weißt bescheid. In zwei, drei Wochen bin ich weg, für immer, wir werden uns nicht mehr wiedersehen." Die Tür zum Lift öffnete sich, sie blieb für einen Moment darin stehen, überlegte, ob sie noch was zu sagen hatte. Barbara saß ausgestreckt auf dem Sofa und blickte aus dem Fenster als grübelte sie über etwas nach.

„Lebe wohl", sagte Vera, bevor sich die Tür schloss und der Lift nach unten sauste. Barbara reckte sich mit einem breiten Grinsen. „Wir werden uns wiedersehen, Vera, ganz bestimmt", sagte sie leise zu sich, stand auf und rief nach ihren virtuellen Sklaven, wie sie ihn immer nannte.

Sie hatte noch einiges zu erledigen.

*

Viele nutzten in Sydney jetzt das angenehme Winterwetter für längere Aktivitäten im Freien. Die tief stehende Sonne färbte die seicht hügelige Landschaft in goldgelbem Licht.

Yvonne und Anna fuhren auf ihren Fahrrädern entlang der Hauptstrasse des Naturmuseums, eines der größten Parkanlagen der Welt. Tier- und Pflanzenarten erhielten hier durch meteorologische Steuerungssysteme artgerechte Bedingungen.

Yvonne beschleunigte, als der Weg in einem Bogen steil ansteigend auf eine Aussichtsplattform führte, erhob sich aus dem Sattel und trat keuchend in die

Pedale. Anna blieb zurück und schaltete ein Gang runter. Als Yvonne oben auf der Aussichtsplattform ankam, pochte ihr Herz wie ein Hammer. Sie atmete tief durch, genoss die Stille. Der Wind strich durch ihr Haar. Aus der Ferne rauschte ein Wasserfall, das Kreischen einiger Affen schallte aus hochgewachsenen Bäumen.

„Willst du wirklich hier weg?" Anna hatte ihr Fahrrad neben Yvonnes geparkt, legte ihre Ellbogen auf das Geländer und sah in das Tal herunter.

„Ich kann es kaum erwarten", schwärmte Yvonne und blickte mit abwesendem Blick in den Himmel.

„Wir wissen nicht wie es auf den Planeten aussieht."

„Das spielt keine Rolle. Es kommt nur drauf an, was wir daraus machen."

„Oder was die Welt aus uns macht."

„Bist ja heute richtig philosophisch." Yvonne beobachtete, wie zwei Affen durch die Baumkronen hangelten.

„War ich doch schon immer, aber seit dem Erlebnis auf der Fähre..."

„Solltest du wieder eine spirituelle Praxis anfangen", unterbrach sie Yvonne und wandte sich Anna zu. „Da du dich ja jetzt entschieden hast, wird sie dir auf der langen Reise bestimmt von Nutzen sein."

„Ich habe ja mein Piano und meine persönliche Prophetin wird mich sicher wieder besuchen."

Yvonne gab Anna eine Kuss auf die Wange. „Ich freue mich jedenfalls das du mitfliegst." Sie sah in den blauen Himmel und verspürte ein spontanes Glücksgefühl.

61

„Ohne dich hätte ich das nicht gemacht. Ich wäre hier auf der guten alten Erde geblieben und hätte weiter Mond und Marsflüge geflogen – langweilig, gemessen an einem interstellaren Flug."

„Ich frage mich aber trotzdem, warum diese alte Dame so scharf darauf ist, dass ich mitfliege. Vielleicht ist sie gar nicht so gutherzig wie sie vorgibt und wir landen in einer Hölle, wenn wir erst mal dort sind", gab Anna zu bedenken. Yvonne dachte lange darüber nach, stand mit verschränkten Armen da und betrachtete die kunstvoll verzierten Steinplatten am Boden, als suchte sie in der Struktur der Maserung eine Antwort. „Eine hundertprozentige Sicherheit kann ich dir nicht geben, denn ich bin keine Hellseherin. Ich bin aber ziemlich sicher, dass sie eine Zeitreisende ist. Nach buddhistischer Definition ist sie eine Gottheit, also ein subtiler Körper den wir unter normalen Bedingungen nicht wahrnehmen, aber wir können davon ausgehen, dass sie wirklich existieren."

„Das heißt aber nicht unbedingt, dass sie uns freundlich gesonnen sind."

„Natürlich nicht! Solange wir böse denken, wird es Böses geben. Im Buddhismus ist gut oder böse eine Erfindung unseres Geistes."

Anna holte eine Dose mit zartem Gebäck aus dem Rucksack und bot sie Yvonne an. „Dann ist also die Zeitreisenden Beschützerinnen eine Erfindung unseres Geistes."

„Nein, nur die Eigenschaft gut oder böse. Alles um uns herum wird vom Geist zugeordnet, Personen, Tiere, Pflanzen und auch die Virtuellen. An sich hat nichts irgend   eine Eigenschaft. Das legt der Geist fest, indem er es zuordnet.

„Warum legt der Geist fest, was gut und böse ist?", fragte Anna.

„Weil er eine vorgefasste Sichtweise hat. Ein egoistischer Geist sieht sich selbst als wichtig und alle anderen als weniger wichtig. Das schafft Probleme, weil die anderen das nicht so sehen. Wenn du es also schaffst niemals egoistisch, neidisch oder hasserfüllt zu sein, wirst du weder schlechte Menschen noch böse Tiere und auch keine feindlich gesinnten Zeitreisenden begegnen."

Yvonne griff nach einem Gebäckstückchen und steckte es in den Mund.

„Klingt ja recht einfach. Also werde ich auf mein Ego ausblenden und immer schön friedlich und ausgeglichen bleiben." Anna streichelte Yvonnes Hand.

„Wenn es so einfach wäre, gebe es keine Probleme auf dieser Welt", sagte Yvonne.

Anna holte tief Luft, fühlte, wie sie mit jedem Atemzug frische Energie in sich aufnahm. Sie schloss die Augen, hörte die Vögel zwitschern, den rauschenden Bach und die Äffchen schreien, spürte ein spontanes Glücksgefühl aufflammen wie Feuer in einem Ofen.

„Was für Probleme", hauchte sie.

*

Das Shuttle setzte auf einem kleinen Landeplatz auf. Gerry sah durch das Seitenfenster ein kleines von hochgewachsenen Pflanzen umringtes Wohnhaus.

„Hier müsste es eigentlich sein", sagte er. John saß neben ihn und beugte sich etwas vor. „Ich erkenne

63

hier nichts Vertrautes."

„Es sind mehr als 150 Jahre vergangen", meinte Claudia, die vorne auf den Kopilotinnen-Sitz neben Dara saß.

„Ich würde mich mal gerne hier umsehen. Können wir hier aussteigen", fragte John.

„Klar, kein Problem", sagte Dara und wandte sich zu den beiden Männern. „Also, wie besprochen, ihr seit Frauen. Und denkt an euren weiblichen Namen."

Die Türen des Shuttles öffneten sich, und Gerry stieg als erster aus. Er sah an sich herunter um sich noch einmal zu vergewissern ob sein Outfit in Ordnung war. Bevor sie die Profectio verlassen durften und mit dem Shuttle auf die Erdoberfläche zu fliegen, mussten sie sich erst eine kleinere kosmetische Prozedur unterziehen. Laura, die Ärztin, hatte vorgeschlagen, sie als Maskulinas zu verkleiden, da diese von Natur aus der männlichen Statur sehr ähnlich sind.

„Dies ist wirklich der Platz an dem mein Haus stand?"

„Wenn die Koordinaten richtig sind, ja", meinte Dara. Sie gingen ein Stück bis an das Eingangstor des Hauses. Der Garten glich einer Gärtnerei für seltene Pflanzen. Er zeigte die Arbeit einer hingebungsvollen und kreativen Gärtnerin, die auch nicht lange auf sich warten ließ die Besucher zu begrüßen.

„Sie sind sicher die Interessenten", sagte sie und lächelte freundlich zu den vier herüber.

Gerry erschrak. Die Frau glich Linda, seiner Ehefrau aus der Vergangenheit wie eine Zwillingsschwester. Er flüsterte John ins Ohr. Dara

versuchte diskret die tuschelnden Männer zum Gehen aufzufordern. „Nein wir sind nur zufällig..."
„Sie wollen das schöne Haus verkaufen", unterbrach Gerry.

„Ja, es ist wirklich sehr schön. Wenn sie sich einmal umsehen wollen."

„Warum nicht." Gerry sah in den Gesichtern der anderen, dass sie nicht viel von dieser Idee hielten, ignorierte sie aber und ging durch das Tor. Vielleicht würde er dort etwas aus der Vergangenheit finden. Die Frau ging voraus. Die Ähnlichkeit verblüffte ihn aufs neue, die langen blonden Haare, der Körperbau, das hübsche zierliche Gesicht, die künstlerische Begabung und auch das Interesse zur Gartenarbeit. Ja, es war Linda. Gerry hatte für einen Moment Zweifel ob sie überhaupt in die Zukunft gereist sind. Es kam ihn vor als wäre alles nicht real. Vielleicht träumte er und liegt im Tiefschlaf in seinem Raumschiff.

Sie betraten das Haus. Wie zu erwarten, war auch hier sofort die kreative Ader der Frau zu erkennen. Der gesamte Innenraum bestand aus einem Zimmer, das mehrere Stellwände und Blumen unterteilte. In der Mitte führte eine Wendeltreppe in die obere Etage.

„Sie können diesen Raum wirklich sehr individuell gestalten. Hier sind ausfahrbare Trennwende integriert." Sie deutete auf die Außenwände. „Auch die Decke lässt sich variieren, die Treppe ist beliebig verstellbar."

„Sie interessieren sich für Musik?" Gerry betrachtete die Synthesizer-Tastatur, die direkt an einem Fenster mit Blick in den Garten stand.

„Ja unter anderem. Ich beschäftige mich auch mit

Malerei. Kreatives Schaffen ist meine Leidenschaft, ich könnte nicht darauf verzichten. Darum werde ich mein Synthesizer und das Malwerkzeug mitnehmen."

„Sie verreisen", fragte Claudia.

„Ja, ich bin von Beruf Philosophische Wissenschaftsassistentin, zur Zeit aber ohne Anstellung. Aber auf dem interstellaren Raumschiff, der Profectio, habe ich einen Job in Aussicht." Sie sah aus dem Fenster und seufzte.

„Glauben sie mir, es ist mir nicht leichtgefallen dies hier alles abzugeben, aber die Herausforderung auf dem Raumschiff ist für mich dann doch attraktiver." Sie wandte sich den vier zu. „Wissen sie das alles immer ein Tauschgeschäft ist. Was wir hier bekommen müssen wir dort wieder abgeben. Jedes Lebewesen hat seit seiner Geburt nur ein bestimmtes Potenzial in sich, dass beliebig umgewandelt wird... Oh, ich komme wieder ins plaudern. Sie wollen sicher die obere Etage sehen, lasst uns gleich mal..."

„Danke, wir haben erst mal genug gesehen. Wir möchten uns alles noch mal in Ruhe überlegen", schlug Dara vor. Ihr war es unangenehm, der Frau Kaufinteresse vorzutäuschen.

„Suchen sie alle zusammen eine Wohngelegenheit?"

„Nein, mein Ma... äh, Lebenspartnerin und ich suchen was passendes", sagte Gerry und deutete auf John, der ihm etwas verdutzt zustimmte.

Wenig später saßen sie wieder im Shuttle. Dara beschloss solche Kontakte auf Mindestmass zu beschränken, denn schließlich hatte sie die

Verantwortung das nichts schief ging.

„Sie war meiner Frau sehr ähnlich", sagte Gerry und blickte aus dem Fenster. Unter ihn erstreckte sich eine hügelige Landschaft mit tropischer Vegetation. „Das kann doch kein Zufall sein."

„Gerry, es gibt keine Zufälle", scherzte John.

Schon nach ein paar Minuten ging das Shuttle langsam in einem Sinkflug über.

„Ah, die Küste Florida. Ist das Cape Canaveral?", fragte Gerry.

„Ja, die Überreste der Ruine der Weltraumbasis sind als Denkmahl konserviert worden. Er ist jetzt ein Ort der Ruhe und wird gerne zum meditieren benutzt; besonders, wenn das Meditationsobjekt Reisen in fremde Welten ist", bemerkte Dara.

Sie setzten unweit der Ruine auf einen Shuttle-Landeplatz auf. Ein Shuttle parkte bereis in einer Lande-Box. Die Shuttle-Triebwerke beendeten ihre Tätigkeit mit einem abklingenden Pfeifton, während sich die Türen langsam hoben. Ein leichter Wind wehte. Claudia holte tief Luft. Sie ging ein Stück schweigend neben Dara, beobachtete sie von der Seite, sah ihr hübsches jugendliches Gesicht, ihre langen schwarzen Haare die weit über ihre Schultern hingen.

„Darf ich ihnen eine persönliche Frage stellen", sagte sie dann.

„Na klar, aber du kannst mich ruhig duzen."

„Ok, hast du eine Lebenspartnerin?"

Dara sah Claudia an. „Du hast sie schon kennen gelernt, Luxa."

„Die Frau aus dem Computer?", erinnerte sich Claudia. „Ich dachte eigentlich an einer realen Freundin."

67

„Aber Luxa ist real."

„Sie ist eine Computeranimation."

„Sie ist keine Animation. Sie besitzt Bewusstsein, sie denkt, also ist sie", argumentierte Dara.

Claudia verschränkte die Arme und sah Dara an. „Nun ja, du kannst nicht alles mit ihr machen."

Dara blieb stehen und lachte kurz. „Nicht alles?"

„Sie kann dich nicht berühren." Claudia streichelte sanft Daras Handfläche.

„Du irrst dich. Mit einem Bardo-Interface ist das möglich. Stell ihn dir als Raum zwischen unserer Welt und der Virtuellen vor", sagte Dara und zog ihre Hand zurück. „Wenn du willst, kannst du es gleich mal ausprobieren, dort im Gebäude."

„Hört sich interessant an." Sie gingen weiter.

„Und du", fragte Dara.

„Ich lebe mit meinen Lebenspartner Mike in einem kleinen Dorf, schön gelegen am..." Claudia hielt inne. Plötzlich fühlte sie es – der Schmerz überfiel sie wie ein Stromschlag. Sie hatte alles verloren! Mit großer Wahrscheinlichkeit wird sie nicht wieder in ihre vertraute Welt zurückkehren. Bisher war sie noch nicht dazu gekommen darüber nachzudenken, hatte nur perfekt funktioniert, als Astronautin... Sie blieb unvermittelt stehen, wandte sich von Dara ab und blickte in den Himmel. Sie schluchzte. „Mist."

Dara legte sanft ihre Hand auf Claudias Schulter, blickte ebenfalls in den Himmel und sah eine einzige schneeweiße Wolke am strahlend blauen Himmel.

Gerry und John hatten sich schon in dem Gebäude der alten Weltraumbasis umgesehen, als sie die

68

Eingangshalle betraten. Claudia ging auf John zu.

„Hast du schon genauer über unsere Situation nachgedacht?"

„Ja", sagte John, während er in eine Glasvitrine mit altertümlichen Kommunikationsgeräten sah. Er wandte sich Claudia zu. „Es wird schwierig sein zurückzukehren. Es sei denn, wir bekommen Kontakt zu den Zeitreisenden Schutzengel, von dem gestern kurz gesprochen wurde.

Es ist einfach unglaublich. Wir sind durch die Zeit gereist, Claudia. Ich wünschte, alles wäre nur ein Traum."

„Vielleicht ist es das", sagte sie nachdenklich.

„Kommt mal her", rief Gerry aus einem Nebenraum. John nahm schmunzelnd seine Brille aus der Tasche als er einen alten Rechner sah. Es war sein eigener, an dem er noch vor kurzen gearbeitet hatte. „Das alte Ding hat die lange Zeit tatsächlich überlebt. Die Kiste pfiff damals schon aus dem letzten Loch. Aber die Räume sind anders. Hier war nicht mein Arbeitsplatz."

„Das ist alles neu eingerichtet", erklärte Dara. „Als sie das hier am Ende des 21. Jahrhunderts entdeckten, sah aus wie in einem Urwald. Die Archäologinnen restaurierten die altertümlichen Gerätschaften und errichteten neue Gebäude originalgetreu nach."

„Wer waren sie, die Archäologinnen", fragte Claudia. „Gab es zu dieser Zeit noch Männer?"

„Ja, aber sie machten nur einen kleinen Teil der Bevölkerung aus, Tendenz fallend. Den Grund weißt du ja. Die Archäologinnen stammten aus der Tarashing-Bewegung, die 2068 gegründet wurde, als nach dem Chaos in den Vierzigern und

Fünfzigern, dass spirituelle Zeitalter begann."

„Interessant! Darüber möchte ich mehr wissen", sagte John.

„Dann kommt mal mit", sagte Dara und ging voraus.

Nach einem kurzen Spaziergang durch mehrere nostalgische Ausstellungsräume, gelangten sie in einem achteckigen Raum ohne Fenster. Auf dem Boden lagen in gleichmäßigen Abständen mit Samt überzogene rote Sitzkissen, die vereinzelt von meditierenden Frauen benutzt wurden. Die Wände strahlten ein tiefblaues Licht ab. Gerry versuchte die Lichtquelle zu lokalisieren, aber es gelang ihm nicht. Es schien als könnte er in die Wand hineinsehen. Spontan streckte er seine Hand aus und tatsächlich verschwand sie im tiefen Blau, bevor er auf etwas hartes stieß, das sich kalt wie Marmor anfühlte.

Dara räusperte sich. „Dies ist, vereinfacht gesagt, eine Schnittstelle zwischen uns und der virtuellen Welt", flüsterte sie. Gerry zog ruckartig die Hand zurück. „Ach so! So etwas ähnliches wie ein Router oder Satellit mit dem man ins Internet kommt."

„Ja, so in etwa." Dara lies sich im Schneidersitz auf einem Sitzkissen nieder und forderte die anderen auf sich neben ihr zu setzen.

John schnaufte, als er versuchte auf dem Kissen den Schneidersitz einzunehmen.

„Du kannst auch eine Sitzbank ausfahren", sagte sie leise, drückte auf einem Punkt am Boden, worauf sich sofort lautlos das Kissen auf einer bequemen Sitzhöhe anhob.

„Seht nur geradeaus in die blaue Wand und

konzentriert euch auf einen Punkt, der weit dahinter liegt", sagte Dara, nachdem alle Drei ihre Sitzposition eingenommen hatten. Claudia versuchte einen Punkt zu fixieren, was ihr nicht gelang und ein leichtes Schwindelgefühl verursachte.

„Bleib so, keine Angst", befahl Dara, als sie versuchte den Blick abzuwenden. Sie gehorchte, schloss die Augen und sah nun die blaue Wand vor ihrem geistigen Auge.

„Du bist drin", hörte sie Dara sagen. Ihre Stimme kam nun nicht mehr flüsternd von links neben ihr, sondern laut und deutlich von überall her.

„Wo bin ich drin", flüsterte Claudia und bemerkte, dass auch ihre Stimme von außen kam.

„Du brauchst nicht zu sprechen, nur zu denken, Claudia. Du bist jetzt in einem Bardo-Interface eingeloggt, die mentale Verbindung zur virtuellen Welt, einen komfortablen Chatroom also." Dara schmunzelte. Sie stand direkt vor ihr, in einem blauen endlosen Raum.

„Wo ist John und Gerry?"

„Die haben noch leichte Konzentrationsschwierigkeiten und sind deshalb noch nicht eingeloggt", sagte Luxa, die plötzlich wie ein eingeblendetes Bild vor ihr auftauchte. Claudia erschrak. Die Frau, die sie nur als eine Computeranimation kannte, stand nun als wahrhafte Person vor ihr. Sie ging auf Luxa zu, streckte ihre Hand aus und berührte ihr hübsches Gesicht, dass sich anfühlte wie das eines lebendigen Menschen aus Fleisch und Blut.

„Freut mich dich kennen zulernen, Claudia. Willkommen im Bardo", sagte Luxa. Claudia sah sich um, ging an Luxa vorbei, ein paar Schritte geradeaus in das endlose Blau. Als sie zum Boden blickte, stellte sie fasziniert fest, dass sie im freien Raum schwebte. Es dauerte eine Weile, bis sie das Gefühl der Unsicherheit völlig ablegen konnte und die neue Erfahrung auf sich wirken zu lassen.

„Wahnsinn, ich fühle mich wie in der Schwerelosigkeit, frei von allen Hindernissen." Sie rotierte mehrmals um ihre eigene Achse, wie eine Eiskunstläuferin und streckte beide Arme aus, während sie den Kopf nach hinten warf und lachend in den blauen Himmel sah. Als sie stoppte, bemerkte sie das John und Gerry endlich eingeloggt waren. Die Umgebung hatte sich verändert.

„Wir lernen jetzt die Tarashing-Bewegung kennen, kurz nach ihrer Gründung", erklärte Dara. „Wir haben die Möglichkeit von einem Beobachtungsmodus in einem Interaktiv-Modus zu wechseln. Jetzt sind wir in einem Beobachtungsmodus, quasi unsichtbar für alle anderen die wir hier sehen. Ich schlage vor, wir sehen jetzt einige historische Darstellungen aus der Gründerzeit der Tarashing-Bewegung an. Nicht erschrecken, wir sind mittendrin im Geschehen."

„Als die Frauen schon die Mehrheit der Weltbevölkerung ausmachten, stellten sie fest, dass viele Gesetzte, Traditionen und vor allen die philosophischen Sichtweisen die noch aus dem vergangenen Patriarchat stammten, Geltung hatten; einfach, weil bis dato noch niemand dazu gekommen war sich genau darüber Gedanken zu machen, was sich jetzt verändert hat und was nicht", erklärte eine Moderatorin zur Einleitung. „Das der Sexualtrieb des Mannes fast alle seine Handlungen unbewusst beeinflussten, die Frau jedoch viel weniger diesem Zwang unterlag, ergab sich allein aus der Tatsache, dass in der Vergangenheit sexuelle Vergehen, wie zum Beispiel Vergewaltigungen, fast nur von Männern begangen wurden. Dazu kamen aber auch kriminelle Handlungen, die indirekt durch den unterschwelligen Trieb ausgeführt wurden. Ebenso religiöse Abarten: Der Islam zwang Frauen sich zu verhüllen, die Kirche verbrannte Hexen auf den Scheiterhaufen." Die Frau aus der virtuellen Welt führte die Anwesenden zu der ersten parlamentarischen Sitzung der Tarashing-Bewegung, die gerade ein neues Grundgesetz verfasste, welches die spirituellen Lehren und Weisheiten zwar mit einbezog – wie die buddhistische Lehre, die zu dieser Zeit in Einklang mit anderen Philosophien sehr verbreitet war – aber auch ganz klar festlegte, dass diese keine Macht ausüben durften. Viele Paragraphen konnten einfach wegfallen, da sie die Rechte zwischen den Geschlechtern regelte. Gesetze zur Gleichberechtigung wirkten eher belustigend – nicht weil es sie gab, sondern das man sie überhaupt benötigt hatte. Alte Traditionen des Islam und das Verhältnis zur Frau wurden kopfschüttelnd aufgenommen, als eine islamische Frau aus der Geschichte ihrer Religion berichtete und sich über die (männliche) Interpretation der Schriften wunderte. Was wirklich neu und auch dringend gesetzlich geregelt werden musste, waren Rechte zwischen Menschen, Virtuellen und Tieren.

Künstliche Intelligenz und auch die Tierwelt, galten rechtlich nur als `Sache´, welches neu definiert werden musste. Der letzte Streik der virtuellen Assistentinnen hatte wieder deutlich gemacht das die Programme, welche handelnde Wesen erzeugten, keine Maschinen, sondern Persönlichkeiten darstellten.

Als John, Claudia, Luxa und Dara eine Weile der langatmigen Veranstaltung gelauscht hatten, verließen das Parlament um sich in der französischen Hauptstadt, in der die wegweisende Zusammenkunft stattfand, umzusehen. Später trafen sie nette Menschen und ließen sich die Stadt zeigen. Sie vergaßen die Zeit...

Als sie später aus der Meditation, die etwa zwanzig Minuten dauerte, erwachten, hatte Gerry den Meditations-Raum bereis verlassen, da ihm sein eingeschlafener Fuß bei der Konzentration störte. Er hatte sich aufgerafft, um ein Stück zu gehen, bis das Kribbeln nachließ. Die anderen trafen ihn dann am Shuttle, als er auf den Boden sitzend, vor sich hin döste.

„Du hast die ganzen Jahre hier rumgesessen? Unterdessen haben John, Dara, Luxa und meine Wenigkeit tatkräftig an die Gründung Tarashing-Bewegung mitgewirkt." Claudia verschränkte ihre Arme und sah breit grinsend zu Gerry runter.

„Tarashing-Bewegung mitgewirkt? John, was ist mit Claudia los, ist sie jetzt übergeschnappt?" Gerry lachte. John antwortete nicht sofort und stieg langsam in das Shuttle. Sein Rücken schmerzte noch leicht von der ungewohnten Sitzposition während der Meditation.

74

„Nein, sie ist bestimmt nicht übergeschnappt, Gerry", sagte er dann und setzte sich schnaufend neben Dara auf den vorderen Sitz und wandte sich Claudia zu.

„Claudia, kannst du dich noch an alles erinnern?"

„Nein, nicht an Einzelheiten. Es kommt mir vor wie ein Traum, aus dem ich gerade erwacht bin, alles vernebelt. Aber ich habe von einer Wahrsagerin eine Prophezeiung erhalten. Dran kann ich mich genau erinnern. Von einer alten Dame mit schneeweißem Haar und einem gelben Gewand. Sie trug eine Brosche vor ihrer Stirn. Hast du sie nicht gesehen, John?"

Als er verneinte, fragte sie Dara, die ebenfalls nichts von der alten Dame wusste.

„Können wir nicht noch mal in dieselbe Meditation", fragte Claudia.

„Nein, es ist ja kein Film der abläuft, sondern immer ein spontanes Ereignis aus vielen Varianten. Es hängt viel von deinen Erinnerungen, von deiner Vorstellungskraft und deiner momentanen Stimmung ab. Versuche das Bild der alten Dame so gut wie möglich vor deinem geistigen Auge zu behalten, dann hast du die Chance sie wieder zutreffen", erklärte Dara und programmierte dabei das Shuttle für den Rückflug.

„Was für eine Prophezeiung hast du den von dieser mysteriösen Frau erhalten", fragte John.

Wir werden auf dem Raumschiff anheuern um eine äußerst wichtige Aufgabe zu erledigen. Sie konnte mir aber nicht sagen was. Sie sagte, es wäre noch nicht klar zu erkennen."

John wechselte ein Blick mit Gerry. „Was meinst du dazu?"

Er zuckte mit den Schultern und seufzte. „Lasst uns mitfliegen", sagte er, blickte zu Dara. „Das heißt, wenn wir dürfen."

Dara schmunzelte. „Dürfen? Ihr *müsst* mit! Die Präsidentin will euch nämlich loswerden."

Die Großstadt im All

Auf Dara kam jetzt ein arbeitsreicher Tag zu. Sie hatte die Aufgabe Passagiere von verschiedenen Flughäfen auf der startbereiten Profectio fliegen. Diesmal flog sie keine alltäglichen Touristinnen oder Monteurinnen und es war auch kein normaler Urlaubs-Trip, sondern stellte für jede Frau eine endgültige Veränderung der aktuellen Lebenssituation dar, die alle Brücken hinter sich lassend zusammenstürzen ließ. Das lockte wohlhabende abenteuerlustige Touristinnen an, aber auch diejenigen die mühsam Kapital absparten, um sich die Reise leisten zu können. Einige hatten das Glück einen Job auf dem Raumschiff zu bekommen, die Bewerberinnen die leer ausgingen wurden zwar auf eine Warteliste gesetzt um bei Personalbedarf nachzurücken, mussten aber für die Dauer bis es soweit ist, als Touristin buchen und bezahlen.

Der erste Flug startete von dem Heimatflughafen in Berlin. Die Planung folgender Flüge richtete sich nach den Wunschterminen der Passagiere. Wenn alles planmäßig läuft, rechnete Dara optimistisch, sollte alles in zwölf Stunden erledigt sein. Nachdem sie die ersten rund hundert Passagiere endlich abgesetzt hatte, rechnete sie vorsorglich drei Stunden drauf, aber auch diese Planung sollte sich als viel zu knapp herausstellen, denn die Schicht endete erst nach fast zwanzig Stunden bis sie endlich heimkam, weder für Luxa noch von Hydra Zeit hatte, sich duschte und gleich darauf todmüde ins Bett fiel.

*

Yvonne hatte nach einem komplizierten und aufwändigen Auswahlverfahren und anschließender wochenlanger theoretischer und praktischer Schulung nun die Verantwortung für die Führung des Raumschiffes erhalten.

Die Kommandobrücke übertraf alles, was sie bisher aus der Marsfähre kannte. Sie stellte auf einer künstlerischen Weise die aktuellen Errungenschaften dar, von neuentwickelten selbstleuchtendem Material bis selbstregenerierendes Sitzpolster, das sich den anatomischen Gegebenheiten der jeweiligen Person innerhalb kürzester Zeit anpasste. Die Ausstattung hatte die Eleganz weiblicher Poesie, in sanften weichen Formen, alles aufeinander abgestimmt, nichts wirkte spartanisch, nur für die Funktion bestimmt, sondern wohnlich. Die Technik versteckte sich hinter einem harmonischen Design, welche das Ergebnis künstlerischer Intuition auf einer leichten und selbstverständlichen Art und Weise dokumentierte.

Michaela, die zweite Kommandantin auf der Marsfähre, hatte den Posten als Navigatorin erhalten. Während der Schulung hatte sie mit ihrer Vorgesetzten kein Kontakt gehabt, heute trafen sie sich nach längerer Zeit endlich wieder.

Yvonne hätte sie beinahe nicht wiedererkannt als Michaela, ihre lange Mähne knallrot gefärbt, gut gelaunt den neuen Arbeitsplatz betrat. Sie freute sich Michaela bei sich zu haben. Sie waren ein eingespieltes Team, ihre telepathischen

Verbindungen funktionierten bestens. Auf der Brücke bildeten Michaela und Yvonne eine Einheit, die sich auf einer fast perfekten Weise ergänzten.

„Hallöchen Yvonne, melde mich zurück zum Dienst." Michaela legte schnaufend ihren Tramper -Rucksack ab und umarmte Yvonne.

„Na wo hast du dich die ganze Zeit herumgetrieben?"

„Nix herumgetrieben! Ich habe gepaukt wie du." Michaela setzte sich an ihren zukünftigen Arbeitsplatz. „Ich weiß jetzt alles über den neusten Stand moderner Navigation. Du gibst einfach das Ziel ein, fertig. Alles andere besorgt unsere Kollegin Computer." Sie zwinkerte Yvonne zu. „Ist doch easy, oder?"

„Total easy."

Sie lächelten sich eine Weile zu, tauschten sich telepathisch aus und das Gefühl der inneren Aufgewühltheit legte sich langsam.

„Na so ganz easy wird es wohl nicht, Mädchen", wandte Yvonne ein. „Wir haben schließlich fünfzehn Jahre Reise vor uns."

„Mensch, dann bin ich achtundvierzig." Michaela erhob sich aus ihrem bequemen Schalensessel.

„Na werd mal nicht panisch, der Weg ist das Ziel. Willst du vielleicht gar nicht weg? Du hast morgen die letzte Möglichkeit zurückzutreten."

„Niemals! Ich fliege mit dir." Michaela warf Yvonne einen kurzen Blick zu und senkte den Kopf. Yvonne spürte sofort, das etwas nicht stimmte.

„Du hast doch was, komm spuck es aus."

„Ich musste mich entscheiden zwischen Lana und

dieser Reise", sagte Michaela.

„Gab es wirklich keine Möglichkeit, sie umzustimmen?"

Michaela schüttelte den Kopf. „Sie liebt ihre Heimat, da ist nichts zu machen."

„Die Entscheidung ist dir schwergefallen."

Michaela nickte, während sie melancholisch aus dem Fenster sah.

Yvonne legte sanft die Hand auf ihre Schulter, versuchte eine tröstende Bemerkung zu machen, aber ihr fiel nichts anderes ein das nicht wie eine Floskel geklungen hätte.

„Na dann räume erst mal dein Kram hier weg, dein Quartier ist dort drüben den Korridor entlang, Raum 4", sagte sie dann, als sie einer Weile damit verbracht hatten ihre Gedanken nachhängend in die unendlichen Weiten des Alls zu blicken.

„Jawohl Madam, wird erledigt", konterte Michaela, warf ihren Rucksack über die Schulter, sah sich noch einmal auf der die Brücke um, während sie schmunzelnd den Kopf nickte.

„Ich glaube das war eine kluge Entscheidung, Yvonne. Ich gehöre hier her. Dies ist meine Aufgabe."

*

Sushi hatte die Tür des Meditations-Zentrums offen gelassen und blickte auf die Versammlungshalle Südstern, eine von vier Begegnungsstätten, die sich jeweils an vier gegenüberliegenden Stellen des großen ringförmigen Raumschiffes befanden.

In den Wochen in der sie hier mit dem Aufbau des

Zentrums beschäftigt war, hatte sie sich an den chaotischen Verhältnissen, die notgedrungen durch die Montagearbeiten entstanden, bereis gewöhnt. Gelegentlich kamen Monteurinnen in die Gompa um letzte Arbeiten an Versorgungsschächten auszuführen, oder im sanitären Bereich letzte Installationen anzubringen. An anderen Tagen mussten irgendwelche Kabelschächte geöffnet werden in denen laut Testmessung Flussstörungen sein sollten. An der Einrichtung und Gestaltung des Raumes hatte sie mit Arian und Farah selbst Hand angelegt und ein nichtbuddhistischer Mensch wäre stolz auf sich und ihre beiden Schülerinnen gewesen.

Tag für Tag konnte sie beobachten wie Südstern Form annahm. Stahlträger erhielten Verkleidungen, Zwischendecken aus leichtem Kunststoff wurden wie Segel auseinander gezogen, Wände durchzogen in weit geschwungenen Biegungen die riesige Fläche. Südstern bestand aus einer runden Halle von einem Durchmesser von rund einhundert Meter, dessen Rand von drei übereinander liegenden Promenaden gesäumt wurde. An der mittleren Promenade hatte Sushi neben Anbietern im Gastronomiebereich ihr Ladenlokal. Bald gibt es hier regen Publikumsverkehr und Menschen füllen diesen noch kalten Ort mit positiven Energien. Ihre Hauptaufgabe bestand darin, den Frauen zu einer positiven Einstellung zu bewegen, wenn der triste Weltraumalltag sie erreicht.

„Na, gefällt es dir hier nicht? Du sendest so eine drückende Stimmung aus." Sushi wandte sich Farah zu als sie ihre Stimme hörte und lächelte gequält.

„Das kommt schon wieder, die letzten Tage waren ja nicht ohne, ich kam fast kaum noch zum meditieren."

„Geht mir genauso, aber das schlimmste haben wir hinter uns, jetzt können wir uns langsam auf unsere Hauptaufgabe konzentrieren", sagte Farah.

„Hast du die alte Frau wiedergesehen, die wir im Space-Lifter kennen gelernt haben?"

Farah schüttelte den Kopf. „Als wir endlich die lange unruhige Fahrt hinter uns hatten und wir dicht gedrängt auf den Ausgang zugingen, warf sie mir noch einen Blick zu und ich hatte plötzlich so ein starkes unbeschreibliches Gefühl das ich sonst nur während einer langen Meditation erfahre. Etwas kraftvolles und positives erfüllte den Raum." Sie blickte breit schmunzelnd zur Tür hinaus. „Sushi, du wirst sie auf der Passagierliste nicht finden, aber ich weiß, dass sie hier auftauchen wird, wenn wir sie brauchen." Farah wandte sich Sushi zu. „Sie ist ein Buddha, da bin ich mir sicher."

Sushi ging auf den Altar zu, nahm eine Karaffe mit Wasser und füllte nacheinander sieben Darbringungsschalen, stellte sie nacheinander vor der prunkvollen Buddha-Statue auf und sprach leise ein Mantra vor sich hin, während sie sich verbeugte. Dann setzte sie sich im Lotussitz auf den Boden und versank in einer stillen Meditation. Farah folgte dieser Aufforderung ihrer spirituellen Meisterin.

*

In den Gängen ertönten in regelmäßigen

Abständen Ansagen des virtuellen Personals, die mit den physischen Fachkräften eine organisatorische Einheit bildeten. Es gab den inneren und den äußeren Arbeitsbereich. Der innere Bereich entsprach alles Nichtmaterielle, also Planung, Datenverarbeitung, Steuerung. Der äußere Bereich enthielt alles was mit bewegen und verarbeiten von Materie zu tun hatte. Den größten Teil der täglichen Arbeiten, erledigten Virtuelle und die von ihnen gesteuerte Roboter.

Monique saß, bepackt mit einem prallen Rucksack, auf ihrem Fahrrad und fuhr langsam durch den breiten Hauptkorridor Richtung Südstern. Sie freute sich auf die neue Stelle als Energietechnikerin. Andernfalls hätte sie sich als Passagier eintragen müssen, wofür sie vorsorglich eine größere Summe Volumenpunkte gespart hatte. Jetzt stand das Kapital zur freien Verfügung, für später, es könnte nämlich sein das der befristete Arbeitsvertrag nicht verlängert wird.

Angenehm aufgewühlt, wandte sie ihren Blick zur Decke. Eine Girlande aus leuchtenden Ornamenten funkelten an kunstvoll gestalteten Trägerkonstruktionen, die von geschwungenen, im sanften Lila gehaltenen Säulen getragen wurde. Irgendjemand rief ihren Namen. Sie wandte sich um, konnte jedoch nicht feststellen wer es war, denn ein Strom aus Passanten füllte den Hauptkorridor und der gleichmäßige Klang vieler Stimmen durchdrang den Raum. Sie erreichte Südstern und folgte einen mit exotischen Pflanzen und edlen Steinen verzierten Weg, der sie in das Zentrum der Begegnungshalle führte. Paradiesisch angelegte Sitzgelegenheiten, zwischen

Springbrunnen und spirituellen Statuen mit höchster Kunstfertigkeit und besonderer Liebe zum Detail bemalt, luden zum verweilen ein. Als Monique das Fahrrad abstellte und sich auf einem Sofa niederließ, hörte sie wieder ihren Namen.

„Monique!", Anna kam mit verschränkten Armen auf sie zu, blieb vor ihr stehen und neigte breit grinsend den Kopf zur Seite.

„Das mit dem Fahrrad ist eine gute Idee. Kann man hier gut gebrauchen", sagte sie und setzte sich.

„Ah, die Frau mit den außersinnlichen Wahrnehmungen. Hallo, freut mich dich wiederzusehen." Monique lachte herzlich.

Anna sah sich um. „Du, ich bin gerade erst angekommen. Von Australien gab es ein Direktflug und den habe ich verpasst. Dann bin ich nach New York, hab mich dort ein wenig umgesehen, weil ich noch Zeit hatte..."

„Und wieder verpasst", unterbrach Monique. Beide Frauen lachten laut auf.

„Du, das ist wirklich schön hier. Falls wir den Planeten nicht finden, können wir einfach weiterfliegen", meinte Anna.

„Warum nicht, unsere gute alte Erde ist ja auch ein Raumschiff ohne Ziel. Der Unterschied ist; jetzt fliegen wir geradeaus und nicht im Kreis."

Anna erhob sich. „Dann wollen wir mal unsere neue Erde erkunden, was hältst du davon?"

Monique zog ihr Pat aus der Tasche. „Dort drüben müsste mein Quartier sein. Ich will erst den Mist hier loswerden." Sie deutete auf das Fahrrad und ihrem Rucksack.

Die Tür glitt auf als sie ihre Hand auf dem Sensor

legte. Ihre kleine, aber komfortabel eingerichtete Wohnung lag unmittelbar hinter den Außenring von Südstern.

„Stehst wohl auf Gelb, was", meinte Anna, nachdem sie sich kurz umgesehen hatte.

„Gelb ist einfach sexy", gab Monique zurück.

Anna rümpfte die Nase. „Über Geschmack kann man ja bekanntlich streiten."

„Müssen wir aber nicht."

„Nee, ich steh nämlich auf Rot", meinte Anna und beide brachen in einem schallenden Gelächter aus.

„Weißt du was, Anna. Jetzt suchen wir uns erst mal eine geschmackvoll eingerichtete Vitaminshake-Bar."

*

Gerry fuhr erschrocken hoch als ihm das sanfte, aber eindringliche Türsignal aus seinem Halbschlaf riss. Eigentlich konnte das nur John oder Claudia sein, aber vorsichtshalber erkundigte er sich durch die Sprechanlage.

„Claudia hier, mach auf du Angsthase", antwortete sie.

„Nicht so laut, wenn du schon die maskuline Form benutzt", meinte Gerry, zog sie am Arm rasch in seinem Quartier und schloss schnell die Tür.

Claudia schmunzelte. „Na schön, du Angsthäsin."

„Du hast ja die Anweisungen der Präsidentin gehört", sagte Gerry. „Wir sollen uns so unauffällig wie möglich geben und unser männliches Erscheinungsbild so gut wie möglich verbergen. Oder habe ich das falsch verstanden?"

„Gerry, die sind hier alle so spirituell drauf, da

kannst du gleich mit Dreitage-Bart und behaarter Männerbrust in die nächste Vitaminshake-Bar gehen und ein Bier bestellen, dass kommt auf das Gleiche heraus. Deine Gedanken kannst du nämlich nicht mit schicken Klamotten einhüllen", betonte Claudia während sie sich auf Gerrys Sofa gemütlich machte.

„Das war ja auch nicht meine Idee, mit der Maskerade, sondern die von Frau Traor, der Chefin dieses Unternehmens."

„So wie ich das einschätze, war das nur ein Angebot an die Präsidentin, sonst hätte sie euch gleich in Quarantäne geschickt."

„Meinst du, dass wollte sie?"

„Ja, ich habe mich mit einer netten Frau unterhalten. Sie hat mir viel Interessantes über dieser neuen Welt erzählt." Claudia beugte sich leicht zu Gerry herüber, der jetzt neben ihr auf dem blauen Sofa saß. „Dreimal darfst du raten wer diese Frau war."

„Nun ja, bisher habe ich noch nicht so viele kennen gelernt. Wenn es unsere hübsche Pilotin nicht war, fällt mir nur noch die faszinierende, aber auch geheimnisvolle Frau ein, die wir in ihrem Haus besucht haben", meinte Gerry.

„Richtig, sie hat sich natürlich auch nach euch beiden erkundigt und fragte warum ihr euch nicht gleich nach dem Preis erkundigt habt, der wäre nämlich unschlagbar gewesen. Übrings heißt sie auch Linda, wie deine Frau. Später hat sie mir gesagt, dass sie gemerkt hatte das etwas mit euch nicht stimmte."

„Du hast sie doch nicht etwa alles erzählt", entgegnete Gerry entsetzt.

Claudia schüttelte den Kopf. „Gerry, wo denkst du hin. Aber ich hatte den Eindruck das sie über die außersinnlichen Wahrnehmungen einiges über euch erfahren hat. Du, die sind hier in diesem Punkt weit fortgeschritten. Die benutzen dieses Medium fast so selbstverständlich wie wir Telekommunikation."

Gerry presste die Lippen zusammen. „Hm, dann frage ich mich wirklich, was das dann noch für einen Sinn macht, uns zu verkleiden."

„Wenn wir davon ausgehen das unsere Gedanken von unserem Gehirn wie ein Radiosender ausgestrahlt werden, so werden diese nur von den Personen bewusst wahrgenommen, die auf uns fixiert sind. Was natürlich der Fall wäre, wenn ihr äußerlich als Männer auftretet", argumentierte Claudia.

„Das wäre eine plausible Erklärung warum die Präsidentin das Meditations-Seminar zur Bedingung machte", meinte Gerry.

Das Türsignal ertönte. Claudia öffnete die Tür.

Gerry hätte John fast nicht wiedererkannt.

„Hallo John, du hast dich heute aber herausgeputzt, Donnerwetter", scherzte Gerry.

„Johanna, wenn ich bitten darf", entgegnete John.

„Von nun an bin ich nicht mehr John, sondern Johanna."

„Charlies Tante wäre passender", lachte Gerry

„Nu werd mal nicht frech", empörte sich John mit einer sanften Stimme. „Hast *du* noch keinen Namen?"

„Wie wäre es mit Sabrina, als hübsche Blondine", schlug Gerry vor und strich sich sanft durch das Haar. „Ich müsste mir noch eine Perücke besorgen."

„Ihr seit echt albern", warf Claudia ein.

„Ja, da hast du recht", bestätigte John und schlug vor, einen kleinen Rundgang durch das Schiff zu unternehmen.

*

Der botanische Garten lag zwischen Ost –und Südstern und stellt das vegetative System des Schiffs dar. Eine nach biowissenschaftlich angelegte Naturlandschaft, die alles das beinhaltet, was zum Leben benötigt wird. Die Wasservorräte lagen im schwerelosen Zentrum des Schiffes und flossen ständig durch ein Filtersystem. Verbrauchtes Wasser gelangte wieder gereinigt zurück ins System, die herausgefilterten Verunreinigen landeten mit einem sogenannten Mülltorpedo ins All.

Als Dara durch die prachtvolle Naturlandschaft schlenderte, die auf diesen relativ begrenzten Raum in einer mannigfachen Vielfalt angelegt war, stockte ihr fast der Atem, denn sie hatte als naturverbundener Mensch eher die Befürchtung, auf Naturromantik verzichten zu müssen. Die Wissenschaftlerinnen schufen mit den weisen Frauen, die die spirituell energetischen Grundlagen erarbeiteten, sozusagen eine Mutter Erde im Miniatur-Format. Trotzdem stellte die lange Flugzeit und die absolute Abgeschiedenheit im All ein großes Risiko dar, das am heutigen Tag, der Tag der Abreise allen Frauen noch einmal deutlich gemacht werden sollte.

Die Präsidentin und Lydia bestiegen das Podium kurz vor der offiziell angesetzten Anhörung, zu dem alle Mitreisenden eingeladen waren. Die Versammlungshalle im Südstern platzte fast aus allen Nähten, als alle auf die Rede der Präsidentin warteten und sich unterdessen die Zeit damit vertrieben, indem sie still meditierten, oder angeregt diskutierten. Schlagartig wurde es still, als die Präsidentin sich auf einem Barhocker setzte, ihr Haar mit einer lässigen Bewegung über die Schulter warf und dem Publikum mit einem freundlichen Lächeln um Aufmerksamkeit bat.

„Ich grüße euch, Teilnehmerinnen der ersten interstellaren Reise. Ihr seit die erwachsen gewordenen Kinder, die nach Jahrmillionen liebevoller und geduldiger Fürsorge seitens unserer lieben Muttererde das Elternhaus verlassen, um mutig der Welt da draußen unsere Botschaft des Mitgefühls und der Liebe zu überbringen. Ich betone noch einmal, dass es mutig ist. Denn wir können nicht sicher sein, dass die Überlieferungen der Völker immer korrekt interpretiert wurden, die sie einst von der weisen Frau erhielten. Wie wir wissen, zieht negative Energie negative Ereignisse an und positive Energie positive Ereignisse. Darum, liebe Frauen, lasst euch zu keinem Zeitpunkt von Gefühlen wie Wut, Hass, Neid, Stolz, Eifersucht, Mutlosigkeit oder Depressionen überwältigen. Nehmt regelmäßig an Meditationssitzungen teil. Nur so ist gewährleistet, dass der Profectio positive Energie vorauseilt und die Reise zum Planeten Oxma ohne Hindernisse verläuft."

Das Oberhaupt der vereinigten Kontinente legte

eine kleine Pause ein und stieg von dem Barhocker, lies den Blick über die Menschenmenge schweifen, schloss für ein paar Sekunden die Augen um das Rauschen der Morgensterne zu hören. So nannte sie immer subtile Eingebungen kurz nach den morgendlichen Erwachen, bei Momenten des Wartens oder in der Entspannungsphase nach sportlicher Betätigung. Sie horchte und bekam gemischte Gefühle, was vielleicht nichts Gutes bedeuten könnte. Sie öffnete die Augen. Eine erwartungsvolle Stille herrschte und drängte nach einer Fortsetzung ihrer Rede.

„Mein besonderes Anliegen ist, noch einmal bewusst zu machen worauf ihr euch einlasst. Es ist eine Reise ohne Wiederkehr. Die Kapazität der Lebenserhaltungssysteme ist nur für die Hinreise ausgelegt. Ein Rückflug ist nur möglich, wenn es am Zielort die Möglichkeit zum Auffüllen von Lebensmittel und Energie gibt. Wir wissen nur, dass er zu einer lebensfreundlichen Kategorie gehört, ihr seit also stark auf die Aussagen unserer Prophetinnen angewiesen. Nur im ersten Drittel der Reise ist eine Kommunikation mit der Erde möglich. Danach geht überhaupt nichts mehr. Ihr seit dann ganz auf euch alleingestellt. Die Führungskräfte durchlaufen einen regelmäßigen Rotationsplan. Es gibt jährlich Wahlen zu leitenden Personen."

Die Präsidentin machte eine kurze Pause um gleich fortzufahren.

„Ihr habt alle den Text zum Antrag gelesen und die Belehrung in der Computermeditation mitgemacht, um anschließend die Eignungsprüfung abzulegen.

Heute, meine Damen, ist die letzte Möglichkeit eure Entscheidung noch einmal zu überdenken und gegebenenfalls von der Reise zurückzutreten. Es werden dann diejenigen eine Chance bekommen, die bisher bei der Auslosung kein Glück hatten." Mit einem Hinweis, innerhalb einer viertel Stunde die endgültige Entscheidung an die virtuelle Verwaltung zu senden, verabschiedete sich die Präsidentin mit einer Verbeugung und wünschte allen vom ganzen Herzen viel Glück.

Lydia trat zügig hervor und bat noch mal um Aufmerksamkeit, als sie merkte das die Menschenmenge unruhig wurde und sich anschickte die Halle zu verlassen.

„...wer sich jetzt entschieden hat zurück zur Erde zu fliegen, hat bis morgen um neun Uhr Zeit das Schiff zu verlassen. Danach werden die Schleusen geschlossen und ein sechzigminütiger Countdown beginnt. Um Punkt zehn Uhr, meine Damen, startet die Profectio Richtung Alpha Centauri", beschloss die Chefin von Transpace ihre Rede, die im Kern organisatorische Abläufe während der Reise beinhaltete.

Wenig später saß sie in ihrem Büro der Präsidentin gegenüber und goss beiden aus einer Karaffe einen Holunder-Blüten-Saft ein. Die Präsidentin betrachtete nachdenklich das Glas und spülte mit einem Schluck den Drink herunter.

„Ich beglückwünsche sie zu ihrer neuen Tätigkeit, Frau Traor", sagte sie mit einem gequälten Lächeln. „Manchmal ist es besser den alten Posten für eine andere Aufgabe aufzugeben."

„Ja das stimmt. Ob es besser ist, wird sich noch zeigen", sagte Lydia und lachte. „Aber ich habe ein gutes Gefühl, Frau Präsidentin. Auch mein Verstand sagt mir, dass es vernünftig ist. Verstand und Bauchgefühl, zwei Komponenten die nur in einem bestimmten Mischungsverhältnis gut funktionieren", philosophierte Lydia, lehnte sich sanft in ihrem Sessel zurück und nippte an den Vitamindrink.

Die Regierungschefin, die in diesem Moment den Eindruck erweckte, dass sie etwas stark bedrückte, erhob sich und ging ein paar Schritte auf und ab, legte nachdenklich die Hand ans Kinn und setzte sich dann wieder.

„Wenn es nach meinem Bauchgefühl ginge, würde ich das ganze Unternehmen absagen", sagte sie plötzlich. Lydia riss die Augen auf und machte ein verärgertes Gesicht.

„Gibt es da vielleicht etwas das ich wissen sollte", sagte sie und erhob sich. Auch die Präsidentin erhob sich, blickte einen Moment aus dem Fenster in den leuchtenden Sternenhimmel um sich gleich wieder Lydia zuzuwenden.

„Wie gesagt, es ist ein Gefühl, aber ich kann es nicht richtig einordnen. Bei jeder Meditation bekomme ich diese merkwürdigen, verwirrenden Eingebungen. Als ich vorhin die Rede beendete, wieder", sagte sie ärgerlich und ballte die Fäuste.

„Könnten sie das etwas präzisieren?"

„Eben nicht. Deshalb habe ich dem keine große Bedeutung beigemessen." Sie ging auf Lydia zu, sah sie lange in die Augen. „Aber es bedeutet nichts Gutes. Es wird ein Hindernis auf sie zukommen, Frau Traor, während des Fluges oder bei der Ankunft. Es könnte verhindern dem Geheimnis auf der Spur zu kommen."

„Das Geheimnis der weisen Frau", ergänzte Lydia.

„Richtig. Ich hatte in früheren Meditationen eine Erscheinung der weisen Frau. Sie sagte das jetzt die Zeit gekommen ist aufzubrechen. Wir sollten uns nicht aufhalten lassen, wenn wir zu spät los fliegen, werden wir auf jeden Fall scheitern", sagte die Präsidentin.

„Warum zögern sie dann?"

„Weil wir den Flug schon verschieben mussten und ich befürchte, es ist zu spät."

„Ach was", beruhigte Lydia. „Ich glaube nicht, dass zwei Wochen bei einer fünfzehnjährigen Mission von Bedeutung sind, Frau Präsidentin. Schließlich haben sie von der weisen Frau keinen genauen Starttermin erhalten, oder?"

„Nein, aber was mich beunruhigt ist: seit der Verschiebung des Starttermins hatte ich keine Erscheinung der weisen Frau in meinen Meditationen, dafür jetzt immer diese negativen Gefühle." Die Regierungschefin legte sanft die Hände auf Lydias Schultern und sah sie in die Augen. „Frau Traor, ich möchte ihnen hiermit die Entscheidung für den Start überlassen. Sie können ohne mich zu benachrichtigen den Start absagen. Ich werde dem virtuellen System die geänderten Verfügungen übermitteln. Wenn sie aus irgend einem Grund, oder einer Eingebung zum Schluss gelangen, morgen um zehn Uhr nicht zu starten, reicht ein Abbruchbefehl mit ihrer Identität."

Lydia fiel vor Schreck die Kinnlade herunter.

„Aber Frau Präsidentin, sie glauben doch nicht das ich..."

„Lassen sie sich von nichts beeinflussen, horchen sie nur auf ihre innere Stimme", sagte die

Präsidentin mit eindringlicher Stimme. „Es tut mir leid, dass ich ihnen diese letzte Entscheidung einfach aufs Auge drücke, aber ich halte es für das Vernünftigste", erklärte sie und wandte sich den Sternenhimmel zu. Der Vollmond leuchtete hell und lies ihr Gesicht bläulich schimmern. Lydia kam hinzu und betrachtete ebenfalls den Mond, der sich langsam gemäß der Rotationsgeschwindigkeit des Raumschiffes nach unten bewegte. Bevor er die untere Kante des großen Panoramafensters erreichte, verabschiedete sich die Präsidentin von ihr und verlies den Raum.

*

Dara wartete bis zur letzten Minute. Seit sie den Dienst um fünf Uhr begonnen hatte wartete sie vergebens auf Fluggäste, erkundigte sich wiederholt, ob sie an der richtigen Abflugschleuse wartete. Für einen Moment hatte sie ernsthaft überlegt, ob sie selbst einen Rückzieher machen soll, als sie im Shuttle-Sitz vor sich hin döste und über die Vergangenheit nachdachte, über die vielen Selbstverständlichkeiten auf der Erde. In einem Anflug von Panik sprang aus ihrem Sessel und lief nervös hin und her.

„Na was ist los, du hast ja auf einmal ein Puls wie ein Hammer", sagte Luxa, die bis dahin im Bereitschaftsmodus gelauert hatte.

„Noch eine Minute", antwortete sie melancholisch.

„Hast du nicht Angst, Luxa? Für dich gibt es nach dem Start auch kein zurück mehr, oder sehe ich das falsch?"

„Solange wir noch unter ein Drittel der Strecke

zurückgelegt haben, ist ein virtueller Transfer noch gefahrlos möglich", sagte Luxa und lächelte. „Ich habe also noch etwas mehr Bedenkzeit als du."
„Aber sei unbesorgt, ich bleibe bei dir, Dara", fügte sie hinzu.
Ein Signal ertönte, der Countdown endete und eine Kaskaden-artige symphonische Melodie erklang. Die Schleusen schlossen sich automatisch. Stille breitete sich aus und in den Gängen herrschte gähnende Leere.
Dara stieg langsam aus dem Shuttle und ging in Richtung Oststern zu ihrer neuen Wohnung. Durch den Stress der letzten Tage war sie noch nicht einmal dazu gekommen ihr neues Quartier zu begutachten. Als sie eintrat blickte sie auf ein großes Fenster mit weinroten Vorhängen und einen mit Kunstblumen geschmückten Sims. Sie schmunzelte, als Hydra sich schnurrend an ihre Waden anschmiegte, nahm sie auf dem Arm, machte sich auf dem Sofa bequem und blickte durch das Fenster, während sie der Katze sanft den Hals kraulte. Die Erde schwebte majestätisch im All.

*

Yvonne sah nervös auf die Uhr und wunderte sich, dass dreißig Minuten vor der Triebwerks-Aktivierung noch keine Freigabe erteilt wurde. Anfragen an Frau Traor und der Präsidentin blieben erfolglos.
„Was ist da los", sagte sie mit gepresster Stimme an Michaela gerichtet.
Die Navigatorin zuckte nur mit den Schultern.

„Vielleicht war alles nur ein Gag und wir fliegen überhaupt nicht."

„Sehr witzig."

„Was machen wir jetzt? Den Startscheck bin ich bereis x-mal durchgegangen, alle Systeme sind hochgefahren und unsere Mädels an den Konsolen startbereit wie Sprinterinnen vor den Startschuss. Aber ich muss mal dringend", sagte Michaela augenzwinkernd, während sie aufstand und dabei noch mal einen Blick auf die vielen Bedien-Einheiten warf.

Zu Yvonne und Michaela gehörten zwei weitere Frauen zur Besatzung der Kommandobrücke, Kyra und Mirele. Gerade mit Studium für Navigation und Raumkunde fertig, hatten sie das große Glück aus Tausenden Bewerbungen ausgewählt geworden zu sein.

„Michaela, soll ich noch mal die Navigation checken", fragte Kyra.

„Wenn du sicher bist das alles richtig ist, nein", sagte Michaela, bevor sie die Brücke verlies.

Die nächsten zwanzig Minuten rieselten wie Sand durch die Finger, hatten aber trotzdem eine quälende gefühlte Länge und strapazierte die Nerven aufs äußerste. Fünf Minuten vor dem Starttermin sprang Yvonne aus dem Sessel und machte sich auf den Weg zu Lydias Quartier. Doch in dem Moment als sie vor ihrer Tür stand und den Sensor betätigen wollte, meldete sich Michaela.

„Komm zurück, wir haben Startfreigabe."

Yvonne schnaufte, überlegte kurz ob sie trotzdem läuten sollte, verwarf es aber und saß kurz darauf wieder auf der Kommandobrücke und verfolgte erleichtert den planmäßigen Startablauf.

Über New York leuchtete in diesem Augenblick der Sternenhimmel. Viele Menschen versammelten sich zu kleinen Gruppen um zu meditieren oder ausgelassen zu feiern. Sie richteten Teleskope auf das Raumschiff und beobachteten wie die Triebwerke einen grünlichen Strahl ausstießen. Hexen tanzten um einen Altar und tranken Weinnektar.

*

„Wir bewegen uns vorwärts", sagte Monique, die mit Anna im Pioniers-Loft, ein zentraler Treffpunkt im Südstern, eingekehrt war, nachdem sie den ersten Erkundungsgang auf fast allen Ebenen dieses Sektors leicht erschöpft hinter sich hatten.
„Ich merke gar nichts und Fenster gibt es hier nicht", bemerkte Anna.
„Es gibt aber viele die jetzt gerade aus dem Fenster sehen und eine Welle spontaner Euphorie aussenden", erklärte Monique, schloss kurz die Augen und schmunzelte.
„Lass uns zu mir gehen, ich möchte auch nach draußen sehen", schlug Anna vor.
In Annas Quartier dominierte Rot. An einer Wand strotzten Farbverläufe, die Konturen von Flammen darstellten. Überall hingen verschieden große surrealistische Bilder in weißen Rahmen.
„Donnerwetter, ich dachte ich hätte einen extremen Geschmack", sagte Monique, lies den Rucksack sinken und setzte sich an einem roten rechteckigen Tisch mit weißer Deckplatte, die an der Kante wie Sägezähne gezackt war.
„Ach was, da musst du erst mal die Bude von

meiner Ärztin sehen. Alles schwarz, da bekommst du eine Krise. Tee oder Saft."

„Ein Tee wäre schön."

„Spielst du mir einen Song von dir", fragte Monique und deutete auf das Piano in der Ecke. Es war einem historischen Instrument nachempfunden. Der Kunststoff hatte Maserungen wie bei echtem Holz. Sie stand auf und strich mit der Hand darüber. „Ich dachte wirklich für einen Moment es währe echtes Holz."

„Wo denkst du hin, Holz hat vielleicht die Präsidentin in ihrer Residenz. Die normale Frau bekommt so was vielleicht durch einen Haupttreffer in der Lotterie", meinte Anna und klappte den Tastaturdeckel hoch, spielte kurz ein paar Akkorde in einem sphärischen Klang, erhob sich sogleich wieder und ging zum Fenster.

„Hast du dir das gründlich überlegt", fragte sie dann.

„Zu viel überlegen macht dich unfähig für Entscheidungen", antwortete Monique.

Anna holte den heißen Tee aus dem Versorgungsfach, setzte sich zu Monique an den Tisch, hielt die Tasse mit beiden Händen an ihren Mund und blies sanft mit geschlossenen Augen über den kupferrot schimmernden Tee, der sich leicht kräuselte.

„Wohnt Yvonne auch hier", fragte Monique, nachdem sie schlürfend einen vorsichtigen Schluck genommen hatte.

„Nee, sie hat eine eigene Bude, zwei Türen weiter. Wir liegen im Wohnstil nicht gerade auf einer Welle und dann ist da noch die Musik. Ist besser so, ich brauche meine Höhle in der ich mich zurückziehen kann. Da sind wir übrigens gleich."

„Hört sich an, als habt ihr nicht sehr viele Gemeinsamkeiten."

„Das ist es ja, was uns verbindet. Yvonne will keine Partnerin die mit ihr über Raumschiffführung diskutiert und ich habe meine kreative Freiheit."

Monique spürte ein leichtes Vibrieren an den Füßen. Sie streifte ihre Latschen ab und setzte beide Füße auf den angenehm kühlen Kunststoffboden.

„Die drehen jetzt richtig auf, spürst du es Anna?"

„Klar, ich bekomm gleich einen Orgasmus", gab Anna spontan zur Antwort und hielt sich kichernd die Hand vor den Mund.

„Wenn das jetzt die gesamte Reisezeit so bleibt, kommst du ja voll auf deine Kosten", meinte Monique und lachte laut auf.

*

„Gibt es hier wirklich kein Bier", fragte John.

Es gibt weder Bier, noch irgend ein anderes alkoholisches Getränk und auch keine Drogen, schon seit über hundert Jahren. Es wurde von der Tarashing-Bewegung abgeschafft", antwortete Claudia, die mit John und Gerry im Pioniers-Loft saß.

„Sind die hier wirklich alle frei von Drogen jeglicher Art", dachte Gerry laut nach und untersuchte dabei seinen Vitaminshake.

„Na, irgendein Laster werden sie auch im Jahr 2195 haben", meinte John

„Ja, einen haben wir noch. Aber auch hier haben die hochspirituellen Priesterinnen ihre tantrischen

99

Regeln eingeführt", sagte eine Frau, die offensichtlich das Gespräch der drei gelauscht hatte und sich nun mit einem ironischen Tonfall in die Unterhaltung einklinkte. Fast gleichzeitig fuhren sie erschrocken herum.

„Barbara, mein Name ist Barbara", sagte die Frau, noch bevor einer von den dreien etwas sagen konnte.

„Hallo, freut uns sie kennen zulernen", ergriff Claudia das Wort. „Johanna, Sabrina und mein Name ist Claudia."

„Na, mal nicht so förmlich. Ein Du klingt doch viel netter", sagte Barbara mit ihrer tiefen, rauen Stimme.

„Das sehe ich auch so", sagte Gerry, während er über einem Vorwand nachdachte die Bar schnell verlassen zu können, da ihm die Situation unangenehm wurde.

„Du gehörst doch sicher zum Personal, Sabrina", spekulierte Barbara.

„Nein, ich bin nur eine gewöhnliche Touristin die scharf auf ein Abenteuer ist", gab Gerry zurück. Barbara schmunzelte breit während sie mit ihren blauen Augen die drei musterte.

„Abenteuer klingt gut." Ihre raue Stimme bekam einen eindeutig zweideutigen Unterton.

„Was hat dich hier her verschlagen", wollte John wissen.

„Ich wäre wirklich viel lieber auf der Erde geblieben", begann Barbara. „Aber meine Lebenspartnerin hat hier einen Job bekommen."

„Was macht sie?"

„Sie ist leitende Ingenieurin."

„Dann hast du gute Chancen auf einen Job im

100

Maschinenraum."

Barbara lachte. „Oh nein, für technische Dinge bin ich nicht zu gebrauchen."

„Was machst du beruflich", warf Gerry ein.

Barbara überlegte, da sie keine passende Antwort parat hatte. Sollte sie etwa erzählen, dass sie bisher von Veras Unterhaltszahlungen lebte? Und aus demselben Grund hier her gekommen ist.

„Ich habe mal in einer Bar gearbeitet, aber heutzutage lassen die Frauen sich lieber von Maschinen bedienen", sagte sie dann während sie verächtlich zu einer Bedien-Roboterin herüber schielte.

„Na, ich hätte nichts dagegen von dir bedient zu werden, obwohl diese Roboterinnen auch ihren speziellen Scham besitzen", meinte Gerry.

„Das ist wirklich ein sehr spezieller Scham", gab Barbara mit einem abwertenden Unterton zurück.

„Erstaunlich wie weit sich die Androiden - Technologie entwickelt hat", meinte Johanna.

„Wenn es nach mir ginge, hätte man sich den ganzen Quatsch sparen können", entgegnete Barbara und ihr Mundwinkel zog sich nach unten, während sie die emsig arbeitenden Roboterinnen hinter der Theke beobachtete. „Wozu müssen Menschen den Menschen perfekt nachbauen, ergibt das einen Sinn?"

„Vielleicht ist es die Herausforderung Gott zu spielen", philosophierte John, der in diesem Augenblick nicht mehr daran dachte Johanna zu sein. „Bei uns ist Androiden-Technik... Ich meine früher war der Traum eines Ingenieurs, Ingenieurin... einen perfekten Androiden zu bauen", stotterte John.

Barbara sah John direkt in die Augen. Ihren rechten Ellbogen auf den Tresen gestützt und lässig das Glas mit Weinnektar schwenkend, spreizte sich ihr Mund zu einem breiten Grinsen. „Also, ich nehme euch die gewöhnlichen Touristinnen nicht ab. Ihr habt irgendwas mit Wissenschaft zu tun, oder?"

Gerry erhob sich von dem Barhocker und stellte das leere Glas auf die Theke. „Ja, da hast du recht, ich interessiere mich wirklich sehr für Wissenschaft, Johanna ist da genauso. War wirklich eine nette Unterhaltung, Barbara, aber wir müssen jetzt leider gehen, wir sind ein wenig übermüdet. Es war ein anstrengender Tag", sagte Gerry und blickte Claudia und John auffordernd an. „Wir werden uns sicher hier öfters sehen, denke ich."

„Davon bin ich überzeugt", sagte Barbara, erhob sich und ging dann rasch ohne sich umzudrehen aus der Bar.

*

Dara blieb für einen Augenblick mit verschränkten Armen im Eingangsbereich des Maschinenraumes stehen und ließ die monumentale Anordnung moderner Raumschifftechnologie auf sich einwirken. Es hatte einerseits etwas faszinierendes, wenn sie sich die aufblinkenden Kontrollleuchten an den Terminals ansah, die meterhohen Schränke aus Edelmetall und ein unterschwelliges Surren wahrnahm, das vom kraftstrotzendem Energiefluss in einem weit verzweigten System herrührte. Andererseits wirkte dies auch beängstigend, dieser

Technologie, von Menschenhand geschaffen und die er zu beherrschen glaubt, ausgesetzt zu sein. Sie erschrak, als sie hinter sich ein Geräusch hörte und fuhr herum. Es war die automatische Metalltür, die sich schloss. Von leichter Panik ergriffen wollte Dara darauf zustürmen um im letzten Moment noch durchzuhuschen, besann sich aber und verzog ihren Mund zu einem gequälten Lächeln. Wo zum Teufel ist Vera, sie hatten sich hier verabredet.

„Na toll", murmelte sie vor sich hin. „Soll ich jetzt hier durch die einzelnen Gänge rennen?"

Sie ging einfach geradeaus auf den ersten Gang zwischen den Metallschränken zu, während sie laut ihren Namen brüllte. Der Gang erstreckte sich scheinbar endlos lang, sie schätzte ihn auf dreihundert Meter und von diesen Gängen gab es mindestens zehn, die im Halbkreis von dem Eingangsbereich wegführten. Mehrmals wiederholte sie den Versuch verbal Kontakt mit Vera aufzunehmen, indem sie nacheinander in die einzelnen Gänge herein brüllte. Als sie keine Antwort bekam, wandte sie sich an einem Terminal um in das Netzwerk zu gelangen. Diese Terminals hatten einen komplizierten Aufbau, aber nach einigen Versuchen erhielt sie Zugang zum Netzwerk. Als Luxa nicht sofort auf ihren Ruf antwortete, schaltete Dara genervt das Terminal aus und schrie laut auf als sie sich zum Ausgang wandte und plötzlich Vera vor ihr stand.

„Was ist denn mit dir los", frage Vera verwundert.

Dara schnaufte „Ich renn hier schon eine halbe Stunde rum, wo warst du?"

„Na dort in Gang zehn, ganz hinten. Ich habe dich

rufen gehört und bin gleich hierher", sagte Vera und streichelte ihre Tochter sanft über den Arm, die immer noch böse dreinschauend, mit verschränkten Armen an dem Terminal stand.

„Wo hast du deinen Kommunikator gelassen", fragte Vera.

„Na bei mir im Quartier, wusste ja nicht das du dich in den hintersten Ecken versteckst."

„Komm mal mit", sagte Vera und machte sich auf dem Weg in Gang vier. Die steilen Metallschränke ragten etwa zehn Meter in die Höhe, riesige Schluchten aus Metall die sich mehrere hundert Meter in die Länge zogen. In den Gang passten gerade zwei Menschen nebeneinander.

„Hast du keine Angst, wenn du hier alleine arbeitest", wollte Dara wissen.

„Wenn ich ehrlich bin, Dara, ein wenig unheimlich ist mir schon. Ich nehme grundsätzlich den Kommunikator mit, damit Dyna immer bei mir ist, wenn ich hier beschäftigt bin."

„Was machst du hier, ich denke es ist alles fertig?"

„Wir befinden uns jetzt in der ersten Beschleunigungsphase, die Triebwerke müssen schrittweise auf den maximalen Schub hochgefahren werden und da ist die Energie-Transfersteuerung auf das äußerste gefordert. Eine kleinste Störung würde die Leistung der Triebwerke erheblich reduzieren und uns buchstäblich um Jahre zurückwerfen", dozierte Vera, während sie an einem Metallschrank eine Wartungsklappe öffnete und mit einem Handscanner eine Apparatur aus Behälter mit farbiger, Gel ähnlicher Flüssigkeit abtastete.

„Biologische Supraleiter", murmelte sie und las

dabei die Daten vom Scanner. „Fünfundachtzig Prozent, die müssen sich noch ein wenig an den neuen Bedingungen anpassen."

„Ma, willst du mir jetzt ein Physikvortrag halten? Du wolltest mir doch was zeigen."

Vera schmunzelte. „Genau, wir sehen uns jetzt die Triebwerke an."

Sie gingen den Gang weiter bis zu einer Fahrstuhltür, die sich nur auf Veras Identifikation öffnete. Als der Lift los jagte, konnte Dara durch die transparente Innenwand des Fahrstuhls die Schachtkonstruktion sehen, die immer schneller an dem Fenster vorbei rauschten. Sie wandte sie sich Vera zu, die lässig an der Wand lehnte und Dara anlächelte als hätte sie ein Geburtstagsgeschenk hinter ihren Rücken versteckt, das sie jeden Moment präsentieren wollte.

„Wir praktizieren jetzt Einsteins berühmtes Gedankenexperiment", sagte sie in einem bedeutungsvollen Tonfall. Dara wusste zwar nicht was sie damit meinte, aber ahnte schon, die Lösung gleich am eigenen Leib zu erfahren.

„Bleiben wir nun durch Beschleunigung oder Gravitation auf dem Boden des Fahrstuhls", stellte Vera die rhetorische Frage.

„Keine Ahnung", antwortete Dara achselzuckend.

„Richtig, wenn der Fahrstuhl keine Fenster hätte, könnten wir nicht bestimmen ob die Kabine sich bewegt oder sich im Ruhezustand befindet. Erst wenn das Ding abgebremst wird ist alles klar."

Der Fahrstuhl verlangsamte sich und Dara merkte dies nicht nur durch den Blick aus dem Fenster, sondern auch durch die Leichtigkeit unter den Füßen. Wenige Sekunden später wirbelten ihre

Haare, die vorher noch auf den Schultern ruhten, schwerelos in allen Richtungen. Fast gleichzeitig schwebten die beiden Frauen langsam aufwärts der Kabinendecke entgegen.

„Vorsicht, haue dir nicht den Kopf ein", sagte Vera und streckte beide Arme hoch. „Wir sind jetzt im Kern des rotierenden Raumschiffs, hier gibt es natürlich keine Zentrifugalkraft, die im Außenring die Schwerkraft erzeugt."

Die Tür glitt auf und ein langer Korridor mit beidseitigen Handläufen erstreckte sich vor ihnen.

„Hier kannst du dich festhalten", sagte Vera und hangelte sich an der linken Seite des Korridors nach vorne.

„Wie weit ist das den noch", fragte Dara etwas genervt als sie in die lange Röhre blickte die kein Ende zu haben schien.

„Na, so dreihundert Meter. Die Strecke bewältige ich in Zukunft einmal die Woche. Das gehört zu meinen regelmäßigen Wartungsarbeiten. Brauchst also keine Angst haben das deine liebe Mutter einrostet."

Dara lachte, denn sie fand es prickelnd nur durch eine kleine Handbewegung ihren Körper in eine Vorwärtsbewegung zu versetzen. Sie lag fast horizontal schwebend in der Luft und hielt sich mit der rechten Hand an dem Lauf fest. Als Vera links neben ihr schwebte, griff sie spontan Daras Hand und zog sich nun mit ihr gemeinsam vorwärts, immer schneller, und sie mussten aufpassen nicht gegen die Decke zu driften.

Als sie das Ende erreichten, befanden sie sich in einem rechteckigen Raum. Durch eine durchsichtige Abdeckung erblickten sie das gigantische Triebwerk. Ein tiefes unterschwelliges Brummen, drückte auf die Trommelfelle. Aus diesem Grund klang Veras Stimme für Dara wie die eines Roboters.

„Hier an der Seite kannst du durch eine Einstiegs-Luke direkt ins Triebwerk gelangen. Aber das ist nur bei Reparaturarbeiten nötig."

„Da rein? Ist das nicht gefährlich", fragte Dara leicht entsetzt als sie in das gigantische System aus Röhren, Kabel und Schläuchen blickte, welches im Kern ein langes, grün leuchtendes Rohr beherbergte.

„Natürlich nur mit dem Schutzanzug." Vera öffnete an der Wand eine Klappe und zog einen gelben Overall hervor.

„Aber Ma, das muss ja wohl nicht jetzt sein", schimpfte Dara und machte dabei eine zu heftige Bewegung, die sie rückwärts gegen die Wand schleuderte.

„Immer schön langsam, mein Kind", sagte Vera. „In der Schwerelosigkeit musst du alles sehr langsam angehen. Das weißt du doch aus der Shuttle-Ausbildung."

„Deine altklugen Sprüche kannst du dir sparen." Dara rieb sich die schmerzenden Schulterblätter.

„Auf dem Rückweg gibt es eine schöne Stelle die ich dir gerne zeigen möchte", sagte Vera begeistert und ging mit leichten, großen Schritten zurück in den Korridor. Sie erreichten eine Nische, die als Aussichtsluke diente. Diese hatte durchsichtige Wände und erlaubte ein Blick entlang des riesigen Raumschiffs und zur anderen Seite die Sicht auf das Triebwerk. Nur von hier aus konnte man direkt an die Konstruktion entlang schauen.

Als Dara durch die Luke in die Plattform schwebte, stockte ihr fast der Atem, denn aus dieser Perspektive hatte sie das Schiff noch nie betrachtet. Sie befanden sich sozusagen auf der Achse eines Rades, an deren beiden Enden Triebwerke montiert waren. Es herrschte Stille, die Geräusche der Triebwerke drangen nicht hierher. Von dieser Position erkannten sie die Größe dieser kraftstrotzenden Kraftwerke, die einen grünlichen Dunst ins All pusteten. Vor den Hintergrund des unendlichen Weltalls wirkte es so, als bewegten sie sich überhaupt nicht von der Stelle.

„Wir fliegen jetzt gerade mal mit knapp fünftausend Kilometer pro Stunde, nichts gegenüber dem Tempo, welches wir in sechs, sieben Jahren erreicht haben werden." Vera blickt Dara von der Seite an, die neben ihr ein paar Zentimeter über den Boden schwebte und gerade dabei war ihre wirren Haare zu einem Zopf zu binden.

„Irgendwie kann ich das alles noch nicht so richtig glauben", meinte Vera, auch sie schwebte bewegungslos im Raum, spürte ihren Puls, der sich langsam beruhigte.

„Bereust du es vielleicht schon, dass du hier bist?"

„Nicht wirklich, aber du kennst mich ja, dauernd denke ich zu viel über alles nach."

„Da fällt mir gleich Barbara ein, die das Problem ja nicht hatte", sagte Dara mit einem verschmitzten Lächeln.

„Das Thema ist jetzt abgehakt", sagte Vera mit ernster Mine.

„Das hat sie einfach so hingenommen? Kann ich mir gar nicht vorstellen, schließlich geht es ja um ihre Unterhaltszahlungen."

„Das hat sie nicht. Sie war richtig beleidigt. Ich habe ihr dann meine Meinung gesagt und bin gegangen."

Dara schmunzelte und streichelte Veras Arm. „Das hast du richtig gemacht, warum nicht schon früher?"

„Du kennst doch Barbara, sie hätte mich niemals in Ruhe gelassen."

*

„Da geht sie die gute alte Erde." Michaela schaute auf den Bildschirm, der in der abgedunkelten Kommandozentrale hell leuchtete. Eine Textanzeige im unteren Bildrand zeigte die verstrichene Flugzeit und die Geschwindigkeit an.

„Wirst du jetzt sentimental", fragte Yvonne, die jetzt zurückgelehnt in ihrem bequemen Sessel saß.

„Schau sie dir an, Yvonne. In ein paar Tagen ist sie nur noch Erinnerung, oh Göttin, wir werden sie nie wiedersehen." Michaela richtete sich auf und starrte auf den Bildschirm.

„Werde mal nicht panisch, Mädchen", sagte Yvonne und schwenkte ihren Sessel leicht nach rechts um Michaela in die Augen zu sehen. Michaela schmunzelte. „Quatsch, aber es ist so endgültig. Macht dir das nichts aus?"

„Ich versuche einfach nur an die Zukunft und vor allen an das Jetzt zu denken", meinte Yvonne, lehnte sich entspannt zurück und massierte sich mit geschlossenen Augen die Schläfen.

„Was hat Frau Traor denn gesagt als du da warst", wollte Michaela wissen, als auch sie sich wieder entspannt zurückgelehnt hatte und eine Weile nachdenklich die blaue Halbkugel auf dem Bildschirm betrachtete.

„Ich war nicht bei ihr, du hattest mich ja vorher angerufen, da hatte sich die Sache erst mal erledigt."

Michaela richtete sich wieder auf. „Du hast nicht mit ihr gesprochen?"

„Nein, schien mir nicht mehr so wichtig. Bevor du dich gemeldet hast, habe ich mehrmals das Türsignal betätigt."

„Sie hat nicht aufgemacht?" Michaela strich sich nervös das Haar zurück.

„Vielleicht hatte sie zu tun, was weiß ich." Yvonne musste eingestehen, dass der Vorfall doch etwas merkwürdig anmutete. Sie betätigte die Direktverbindung an ihre Konsole. Als sich niemand meldete, brach sie den Ruf ab und aktivierte Yvonne 2. „Ich brauche die Assistentin von Frau Traor, wie heißt sie noch gleich?"

„Ihr Name ist Daxa. Ich versuche sie zu erreichen", sagte Yvonne 2 und verschwand gleich wieder aus dem Display, kam nach kurzer Zeit wieder zurück und teilte mit, dass Daxa seit dem Start kein Kontakt zu Lydia Traor hatte.

„Sag Daxa sie soll mich sofort benachrichtigen, wenn sie Frau Traor erreicht, okay?"

„Na das ist ja echt prima, die Chefin ist nicht da. Vielleicht hat sie gekniffen und ist in letzter Minute von Bord gegangen", schimpfte Michaela.

„Kann nicht sein, da sie die einzige mit Startfreigabe-Berechtigung ist. Sie muss ihn persönlich eingeben, von ihrem Quartier hier an Bord, anders funktioniert das nicht", erklärte

Yvonne.

„Was hältst du davon, wenn ich mit Kyra mal nachschaue", schlug Michaela vor.

„Ist genehmigt, am besten jetzt sofort, Mirele hält hier schon die Stellung", ordnete Yvonne an, während sie der technischen Assistentin zuzwinkerte.

Michaela stand mit Kyra wenige Minuten später vor der Tür von Lydia Traors Quartier. Sie wunderte sich nicht darüber, als auch jetzt niemand öffnete.

„Meinst du es ist ihr was passiert", fragte Kyra. Ihre sanfte hohe Stimme passte zu zu der zierlichen Figur. Sie hatte ein kleinen Diamant am linken Nasenflügel, und auch auf der Stirn funkelte ein rotschimmernder Stein, der ihre spirituelle Lebensweise betonte. Michaela presste ihre Lippen zusammen. „Schon möglich, aber normalerweise würde das Alarmsystem anschlagen."

„Das kann man ausschalten", meinte Kyra.

„Da weißt du mehr als ich." Michaela schmunzelte verlegen.

„Das ist nicht einfach. Du musst da schon ein wenig tricksen."

„Interessant, geht das auch bei Türsicherung-System?"

Michaelas Kommunikator piepste, bevor Kyra antworten konnte.

Yvonne schlug vor, dass Quartier der Chefin zu öffnen, wenn sie wieder nicht auf das Türsignal reagiert. Dazu benötigte sie zwei weitere Personen, die sie bereis ausrufen ließ.

„Wartet auf mich, ich komme gleich mit den anderen Damen zu euch", sagte sie, bevor sie die

111

Verbindung beendete.

Nachdem sie drei verschiedene Passwörter eingegeben hatten, öffnete sich Lydias Quartier unter den erwartungsvollen Augen der fünf Frauen. Die schlimmsten Befürchtungen wurden nicht bestätigt. Die Chefin lag nicht tot auf dem Boden, aber sie fanden auch keinen Hinweis, wo sie sich zur Zeit aufhalten könnte. Ihre Reisetasche stand halb ausgepackt auf dem Boden. Es sah so aus, als Frau Traor plötzlich weg musste. Yvonne stand mit ernster Miene neben einem geöffneten Schrank und blickte nachdenklich auf die Tasche. „Was machen wir jetzt? Wenn das System sie nicht ausfindig machen kann, wo könnte sie dann hier auf dem Schiff noch sein", fragte sie als Michaela und Kyra alle Räume untersucht hatten.

„Na draußen", meinte Michaela.

„Mach jetzt keine Witze", schimpfte Yvonne.

„Nein, im Ernst. Gibt es eine Möglichkeit nach dem Start durch eine Schleuse zu gehen, ich meine, es könnte ein technischer Defekt sein oder so was ähnliches."

„Die Shuttle-Schleuse ist die einzigste die sich öffnen lässt, aber nur wenn vorher ein Abgleich mit dem aktivierten Shuttle stattgefunden hat", sagte Kyra.

„Das Shuttle ist noch da, hab ich gescheckt." Yvonne ging zum Ausgang und bedankte sich bei den beiden Frauen des Sicherungsdienstes.

„Dann bleiben noch zwei Möglichkeiten: Sie befindet sich irgendwo auf dem Schiff, wo das System sie nicht ortet, oder sie ist draußen, wie du schon sagtest."

„Du denkst also an einem Unfall? Wenn da

vielleicht eine Tür aufgeflogen ist, müsste in dem Sektor ziemlicher Druckabfall herrschen", meinte Michaela.

„Nein ich habe da eine andere Vermutung", sagte Yvonne, als die drei sich auf dem Rückweg zur Brücke befanden.

*

Sushi verbeugte sich dreimal und bestieg dann den Thron. Sie hatte einen goldglänzenden Bikini an, dazu trug sie eine mit funkelnden Steinen geschmückte Krone. Die schwarzen langen Haare und der Diamant an ihrem Bauchnabel rundeten Sushis spirituelle Ausstrahlung, gepaart mit einem Hauch erotischen Feuers, ab. Sie verweilte mit geschlossenen Augen im Lotussitz bis sie einsgerichtet das Hier und Jetzt in diesem Raum spürte und die Schwingungen, die von den Anwesenden in diesem Saal ausgingen, als Summe aller Empfindungen wahrnahm. Es gab Tage da schlugen ihr friedliche, mitfühlende Gefühle entgegen und es gab Tage an denen sie sich quasi abschirmen musste, um sich nicht von Gefühlen wie Ungeduld, Neid, Spott oder sogar Hass überwältigen zu lassen.

Auch heute drangen negative Impulse in das spirituelle Energiefeld ein, das sie näher untersuchte indem sie einfach beobachtete. Farbverläufe wanderten in der geistigen Sphäre durch den endlosen Raum, als plötzlich ein blauer Mond auftauchte. Sie schwebte als Konzentrationswesen darauf zu und erkannte, dass es die Erde war, aber eine andere als Sushi sie

113

kannte. Der blaue Planet kam aus der Vergangenheit. Sie beobachtete und näherte sich einer großen verwüsteten Stadt. An den Fassaden der Häuser klafften große Löcher und teilweise standen nur noch Ruinen da. Dennoch lebten Menschen in dieser Stadt. Sie hatten sich weiter auswärts neue Unterkünfte aus Holz errichtet. Sushi schwebte auf einem, von Bäumen umgebenes Holzhaus zu. Sie verweilte als unsichtbare Besucherin dort drin und beobachtete. Eine Frau mit langen blonden Haaren tauchte auf, als die Türglocke klingelte.

„Kannst du nicht aufschließen, Gerry", schimpfte sie, als sie die Tür öffnete. Der murmelte nur vor sich hin um gleich in den Kühlschrank nach etwas essbarem zu suchen.

„Heut musst du dich mit einem Teller Cornflakes begnügen, tut mir leid, die Läden sind wieder leer, vielleicht gibt es nächste Woche wieder Ware", sagte Gerrys Frau und fügte hinzu, dass es auf dem Konto auch nicht besonders gut aussieht.

„In drei Wochen soll ich die Marsmission fliegen, Linda. Wenn ich da zurückkomme dürften unsere Geldprobleme der Vergangenheit angehören", sagte Gerry, nachdem er sich einen Löffel Cornflakes in den Mund geschoben hatte. Linda sah Gerry eine Zeit lang liebevoll an. „Drei Wochen? Die will ich aber noch richtig ausnutzen." Sie küsste ihn.

Sushi erwachte schlagartig. Sie blickte in den Meditations-Saal auf die Schülerinnen herab, die geduldig auf den Vortrag warteten.

„Herzlich willkommen zur ersten Veranstaltung im buddhistischen Tempel auf der Profectio", sagte sie mit einem verlegenen Lächeln und versuchte eine passende Einleitung zu finden.

„Vielleicht stelle ich mich erst mal vor", begann sie und legte behutsam die Hände auf ihre Oberschenkel, während sie sich leicht vorbeugte und die Lippen zusammenpresste.

„Mein Name ist Sushi, ich bin in New York aufgewachsen. Eine Stadt die seit Jahrhunderten ein Ort der Fülle, aber auch ein Ort der Unruhe und der Neuorientierung war. Da kann es auf der spirituellen Ebene schnell zu unkontrollierten Verblendungen kommen, die uns dann zu Marionetten eines Systems werden lassen. Eines Systems, dass einer seltsamen Eigendynamik folgt, die Inhaltslos ist und nur dem Selbstzweck dient. Selbst in unserer spirituell weit entwickelten Gesellschaft besteht ständig die Gefahr, dass unsere angesammelten Verdienste schnell verbraucht werden. Aus dieser Überzeugung kam ich zu den Entschluss, mich der buddhistischen Tradition zuzuwenden, weil es eine wissenschaftlich belegbare Methode zur Steuerung der Realität ist."

Sushi griff zu einem Glas Wasser, trank mit geschlossenen Augen und setzte es mit einer sanften Bewegung wieder zurück auf den kleinen Tisch neben ihr, der mit Kerzen und verschiedenen prall gefüllten Gefäßen gedeckt war.

„Darüber hinaus habe ich mich mit dem Fach Quantenphysik und die endgültige Wahrheit der Realität beschäftigt. Dies ist sinnvoll, da sich diese beiden Fächer überschneiden. Meditieren ist an sich nichts anderes als bewusst Schwingungen auszusenden. Normalerweise, wenn wir mit

115

unseren alltäglichen Dingen beschäftigt sind, senden wir unbewusst Schwingungen aus, die unseren aktuellen Gefühlszustand entsprechen. Selbst wenn wir schlafen, ist der Geist aktiv, ununterbrochen sendet er elektromagnetische Wellen in das Universum. Und das bleibt natürlich nicht ohne Folgen."

Sushi hielt kurz inne, horchte in sich hinein und lies dabei ihren Blick über das Publikum schweifen. Für einen kurzen Moment meinte sie jemand erkannt zu haben, konnte es aber nicht genauer einordnen.

„Dieser elektromagnetische Beschuss können wir uns wie Luft in einer Wolke vorstellen", fuhr sie dann fort.

„Eine Wolke besteht ja aus Wasserpartikel, die in der Luft schwimmen und die Eigenschaft der Luft ist die Ursache dafür, ob und in welcher Form eine Wolke entsteht. Ich möchte nicht auf meteorologische Einzelheiten eingehen, weil ich davon keine Ahnung habe", sagte sie mit einem Lächeln während sie sich die Füße massierte, die gemäß der Lotussitzhaltung auf ihre Oberschenkel ruhten.

„Was ich damit sagen will, ist die Abhängigkeit zwischen Wasser und Luft. Das Phänomen Wolke ist davon abhängig, dass es Wasser und Luft gibt. Aber wovon ist wiederum die Entstehung von Wasser abhängig und wovon das Phänomen Luft", stellte sie die rhetorische Frage um dann wieder in das Publikum hineinzuhorchen.

John hätte gerne eine Frage eingeworfen, hielt sich aber zurück, weil er seine Tarnung nicht noch schwieriger machen wollte als sie bereis war. Er sah links neben ihm, zu Gerry und Claudia hinüber, die fasziniert den Worten der hübschen Dozentin lauschten. Seine Waden begannen jetzt schon unter dem niedrigen Meditations-Bänkchen zu schmerzen. Er versuchte so leise wie es ging eine bequemere Position zu finden, während Sushi in einem monotonen, sanften Ton die Meditation einleitete.

„Um nun diese theoretischen Erkenntnisse in die Praxis umzusetzen, beginnen wir mit einer einfachen Übung, die der Geistige Zirkel genannt wird. Es ist eine alte, aber bewährte Praxis: Schließt eure Augen und stellt euch vor, wie elektromagnetische Wellen von rechts in euren Körper eindringen, in eurem Herz-Shakra Informationen ablagern und gleichzeitig gespeicherte Informationen mitnehmen und dann links euren Körper wieder verlassen. Diese wandern ebenso durch das Herz-Shakra deiner Nachbarin und es erfolgt wieder ein Austausch, Geben und Nehmen. Das pflanzt sich immer weiter fort." Sie machte eine Pause damit die Schülerinnen Zeit hatten, die Visualisierung aufzubauen.

„Es ist also ein Austausch, der sich unendlich fortsetzt. Wie wir wissen, ist der Raum nicht gerade, sondern er ist gekrümmt. Demnach können wir uns vorstellen, dass die Wellen, die einmal links unseren Körper verlassen haben, irgendwann wieder von rechts in euren Körper eindringen werden, nachdem diese Wellen unzählig viele fühlende Wesen durchdrungen, ihre Einzigartigkeit gespeichert haben, und nach einer unvorstellbaren langen Zeit wieder für einen Bruchteil einer

Sekunde deinen Geist durchdringen. Immer, wenn dieser Zyklus beendet ist, sprechen wir von einem Äon. Weil diese Wellen keinen zeitlichen und damit auch keinen räumlichen Anfang haben, sondern dieser nur durch unseren begrifflichen Geist gesetzt wird, können wir schlussfolgern, dass Raum und Zeit eine Erfindung unseres Intellektes ist. Konzentriert euch nun für eine Weile auf den unendlichen Strom, der ständig durch euer Herz-Shakra fließt – lasst es los, denkt nicht, beobachtet. Der Strom ist überall und gleichzeitig. Denkt nicht, analysiert nichts, lasst alles los, werdet eins mit allem, welches in einem unvorstellbaren kurzen Moment der Ewigkeit euer Herz durchdringt."

Sushi atmete tief aus, als sie den Satz beendet hatte, und eine tiefe Stille breitete sich in den Meditations-Raum aus, als die leisen Seufzer der Anwesenden immer mehr zu einem lautlosen Atem abflachten.

Johns Geist wollte sich nicht sofort auf diese subtile Bewusstseinsebene runterfahren lassen, und so horchte er links zu Gerry und Claudia hinüber, die keinen Laut von sich gaben. Neugierig blinzelte er rüber. Claudia saß kerzengerade im Schneidersitz, die Augen geschlossen, das sanfte Licht fiel auf ihre weichen Gesichtszüge. Sie strahlte eine majestätische Schönheit aus, die John während der gesamten Dienstzeit nie aufgefallen war.

Auch Gerry spürte noch eine innere Unruhe, folgte den Rat der Meditations-Leiterin, es loszulassen. Aber immer kam sie wieder. Linda! Und damit ein schmerzliches Gefühl des Verlustes. Seit er hier in diesem Raum verweilte, konnte er an nichts anderes mehr denken. Er durchlebte die letzten gemeinsamen Stunden mit seiner Frau, die er vor seinen Start zur Marsmission mit ihr verbracht hatte immer wieder. Er konnte und wollte es nicht fassen, dass sie unerreichbar in der Vergangenheit verschwunden ist. Was ist Vergangenheit überhaupt? Ist sie verschwunden? Gerry versuchte erneut sich auf die Gegenwart zu konzentrieren, den kurzen Moment der Ewigkeit, der seinen Körper durchfließt. Er blickte zu John herüber und bemerkte das auch er nicht `bei der Sache´ war. Er tippte John leicht an um sich bemerkbar zu machen, gab ihm dann zu verstehen, dass er gerne raus wollte, erhob sich geschmeidig wie eine Katze und verließ den Raum. John folgte ihm.

„Weist du was, John, unsere Situation ist einfach grotesk", sagte Gerry, als sie kurz darauf in der Begegnungshalle auf einer Bank zwischen Blumen, Bäumen, spirituellen Statuen und eleganten Wasserläufen Platz genommen hatten.

„Wir laufen hier in einer albernen Frauenverkleidung herum und hören uns Vorträge über Schwingungen, Ewigkeit und was weiß ich nicht alles an. Ich glaube es war ein Riesenfehler, dass wir hier mitgeflogen sind, John. Von der Erde aus hätten wir vielleicht eine minimale Chance gehabt, in unsere Zeit zurückzukommen", sagte Gerry gereizt. Auch John musste ihm zustimmen, auch wenn er immer derjenige war, der sich stark bemühte, die Situation zu akzeptieren, als dagegen anzukämpfen. Die Hoffnung, in ihrer Zeit aus der sie gekommen sind zurückzukehren, hielt der Physiker ohnehin für Utopie, denn auch wenn es möglich wäre durch einen Umstand eine Zeitreise auszulösen, käme es einer Lotterie gleich, wenn man hoffte zufällig wieder das richtige Datum zu erreichen. Nach rein mathematischen Ansätzen war der Gedanke einer Rückreise so gut wie unmöglich. Das Wurmloch, welches sie hierher brachte war ein zufälliges Phänomen. Die Wahrscheinlichkeit, dass sich ein so komplexer Vorgang zweimal hintereinander haargenau wiederholt, ging gegen Null.

„Die Zeitreisenden Beschützerinnen", sagte Gerry und boxte John an die Schulter.

„Weißt du was, wir müssen diese Zeitreisenden Frauen finden, nur die können uns wieder exakt in unserer Zeit bringen." Gerrys Laune hatte sich durch diesen Lösungsansatz stark verbessert und er sprang auf als müsste er jetzt eiligst irgendwohin. John blieb sitzen und dachte nach.

„Gerry, wo zum Teufel willst du die Zeitreisenden Frauen finden? Hast du eine Vorstellung, wie du mit ihnen kommunizieren willst?" John richtete sich auf. Beide machten sich auf den Weg zurück zum Meditations-Zentrum, vermutlich dachten sie beide das gleiche. Die Kontaktaufnahme zu diesen Zeitreisenden Frauen führt über den spirituellen Weg.

*

Luxa sieht auf einen spontan erschienenen Monitor, der einen Blick in Daras Quartier gestattet, sozusagen von der anderen Seite der Projektionswand betrachtet. Dara kommt nackt aus dem Bad und sucht in ihrem Kleiderschrank nach einem passenden Umhang. Sie lässt sich Zeit,

120

weil sie sich offensichtlich nicht beobachtet fühlt und auch die Raumtemperatur angenehm ist.

Luxa hatte Dara noch nie darauf hingewiesen, dass Monitore und alle anderen Projektionseinheiten von Daras Seite ein und ausgeschaltet werden können. Die Wahrnehmung von der virtuellen Seite bleibt aktiv, bis das Interface von Hand abgeschaltet wird. Luxa geht davon aus, dass Dara das weiß, aber sie ist sich nicht sicher ob ihr bewusst ist, dass sie von ihrer besten virtuellen Freundin öfters beobachtet wird. Oft wird das gerne akzeptiert, da Assistentinnen auch eine Schutzfunktion übernehmen, die bei Notfällen schnell Hilfe herbeiholen, mindestens aber eine subjektive Sicherheit suggerieren.

Die Beziehung zu Dara ist weitaus intimer als sie in allgemeinen zwischen menschlichen und virtuellen Individuen ist. Sie treffen sich regelmäßig im Bardo-Interface, in der Welt in der sie sich nicht unterscheiden - ihre Körper sind technisch ausgedrückt, kompatibel. Sie können sich berühren und streicheln. Für Dara ist das genauso real wie für Luxa, aber es gibt einen entscheidenden Unterschied: Dara hat zwei Körper, einen in ihrer realen Welt, den anderen im Bardo-Interface, für sie als virtuelles Wesen gibt es kein Unterschied zwischen Bardo und virtueller Welt.

Wie gern würde sie jetzt einfach durch die Projektionswand in Daras Zimmer gehen und ihr bei der Wahl ihres Umhangs helfen, einfach mit ihrer Hand nach etwas greifen, das wirklich existiert, etwas das Gewicht hat. Einen Körper haben, der wirklich existiert, so wie Dara, die sich unter der Dusche den Schweiß von der Haut spült und es genießt, wenn sie sich danach angenehm rein fühlt.

Dara legt sich einen weißen Bademantel um und lässt sich auf das Sofa fallen. Sie greift nach einem Buch, blättert ein wenig darin herum, legt es dann wieder zurück und blickt zur Decke. Sie schmunzelt vor sich hin. Hydra kommt mit einem Satz auf Daras Bauch gesprungen, schnurrt leise und sucht sich einen kuscheligen Platz zum anlehnen. Sie macht es sich zwischen Daras Beinen bequem, leckt sanft ihre Oberschenkel, laut schmatzend mit ihrer kleinen rauen Zunge.

Luxa verspürt ein Anflug von Neid auf die Katze. Wie gerne hätte sie sich jetzt zu Dara auf das Sofa gelegt. Sie verlässt den Beobachtungsstatus und tobt sich in diversen Cyber-Vergnügungswelten aus, die ihr aber nur kurzfristig Ablenkung bringen.

Sie liebt Dara, wie schön wäre es, mit ihr für immer in einer Welt zu leben...

*

„Wer sind sie", fragte Lydia Traor entsetzt, als eine ältere Dame mit schneeweißen Haaren plötzlich in ihrem Quartier auftauchte. Sie hatte sie nicht hereinkommen gehört, während sie damit beschäftigt war, den Reisekoffer auszuräumen. Die ganze Nacht hatte sie kein Auge zugemacht, nachdem sie von der Präsidentin die Vollmacht für die entgültige Startfreigabe bekommen hatte. Nun blieb Lydia nur noch wenig Zeit für die Entscheidung.

Ein gleißender Lichtstrahl ging von einer dunkelblauen Brosche an der Stirn der fremden Frau aus und traf Lydia, die am ganzen Körper ein Kribbeln wie bei einem leichten Stromschlag verspürte.

„Hören sie, ich weiß nicht wer sie sind und was sie wollen, aber ich bin gerade sehr beschäftigt, kommen sie bitte später... - was ist denn das!" Lydia erschrak. Denn das was sie gerade erlebte, konnte sie einfach nicht fassen: Als ihre Hand nach einem weiteren Kleidungsstück griff, fasste sie ins Leere, die Hand glitt einfach durch alles was sich im Koffer befand hindurch, ohne es zu berühren. Von Panik ergriffen versuchte sie den Koffer anzuheben. Unmöglich! Sie griff durch ihn hindurch. Erst jetzt spürte sie eine Leichtigkeit unter den Füßen, sie hatte das Gefühl, dass ihr Körper kein Gewicht hatte, obwohl er noch genauso aussah wie vorher. Sie fasste sich an den Bauch, erwartete, dass auch hier `nichts´ zu greifen gab, aber überraschenderweise konnte sie hier feste Materie ertasten.

Lydia lief verwirrt durch die einzelnen Räume, in der Hoffnung, dass es an anderer Stelle eine Umgebung mit normalen Eigenschaften gab. Die automatische Tür zum Bad reagierte nicht auf ihre Annäherung, aber letztendlich stellte sie kein Hindernis dar, als sie vorsichtig die Hand ausstreckte und beobachtete, wie diese einfach hindurchging als wäre die Tür eine holographische Projektion.

Sie wandte sich der Frau zu. Sie stand immer noch da und beobachtete Lydia mit besorgtem Gesichtsausdruck.

„Was haben sie mit mir gemacht", schimpfte
Lydia.
„Verzeihen sie, dass ich so in ihr Leben eingreife,
aber letztendlich habe ich nur ihre Zukunft in die
Gegenwart gebracht", entschuldigte sich die Frau.
„Wie bitte? Das verstehe ich nicht." Lydia
versuchte sich vorsichtig auf einen Stuhl zu setzen,
wobei sie die alte Dame fragend ansah, da sie sich
nicht sicher war ob das überhaupt noch geht.
„Es wird sie ein wenig Übung kosten, mit ihrer
neuen feinstofflichen Existenz richtig umzugehen",
sagte die Frau, während Lydia in die Sitzfläche des
Stuhls hinein sank, aber trotzdem nicht bis auf den
Boden fiel, sondern quasi in der Luft schwebte.
Die Dame kam auf Lydia zu, schwebte fast und im
selben Moment erschien spontan ein goldener
Schemel, auf den sie sich niederließ.
„Ich muss mich erst einmal bei ihnen vorstellen",
sagte sie dann und ihre Augen funkelten tiefblau
wie ein Rubin. „Mein Name ist Viktoria, ich bin so
etwas wie ein Schutzengel. Wir sind feinstofflicher
Natur, im Buddhismus nennt man so ein Zustand
Freudenkörper. Wir waren auch mal grobstofflich
wie die Menschen auf der Erde. Der Übergang
zum feinstofflichen hängt von vielen Faktoren ab,
die ich ihnen später erklären möchte."
„Was, wenn ich jetzt sofort wieder meine
grobstoffliche Existenz wiederhaben möchte?",
fragte Lydia.
„Wenn sie das möchten, kann ich das sofort wieder
rückgängig machen. Aber ich möchte sie bitten,
mit mir eine kleine Reise zu unternehmen. Es
kostet sie in ihrer Welt keine Zeit, da wir jetzt
unabhängig von Raum und Zeit sind."

Lydia schmunzelte. „Das glaube ich nicht! Ich träume nur. Gleich wache ich einfach auf und ich bin wieder die Alte." Sie sah sich um. „Wo ist denn jetzt mein grobstofflicher Körper?"

„Der hat sich gewissermaßen aufgelöst, aber auch das erkläre ich ihnen gerne später, bitte haben sie noch ein wenig Geduld."

Lydia sprang plötzlich wie elektrisiert hoch, was ihr aufgrund der neuen feinstofflichen Existenz auch gut gelang. Sie schoss bis unter der Decke und kam langsam wie ein Ballon wieder zurück. „Die Startfreigabe, ich muss den Start freigeben, sonst können die hier nicht weg."

Viktoria lachte, und ihre blauen Augen leuchteten wieder auf. „Keine Panik, das ist kein Problem. Zu den Computersystemen haben wir buchstäblich Zugang. Folgen sie mir."

Viktoria erhob sich und der Schemel verschwand. Sie ging auf das Computerterminal zu und verwandelte sich in einem blauen Lichtstrahl, der in das Terminal eindrang. Lydia, die entsetzt dastand, hörte Viktorias Stimme rufen sie endlich zu folgen. Als sie zögernd auf das Terminal zuging, spürte sie einen Sog, ähnlich wie in einem Windkanal.

„Daxa!? Ach wir sind hier im Bardo", stellte Lydia fest, als sie ihre virtuelle Assistentin neben Viktoria in einem blauen unendlichen Raum schweben sah.

„Das ist nicht das Bardo-Interface, sondern die virtuelle Welt", erklärte Viktoria und überreichte Lydia ein kleines Eingabegerät. „Normalerweise brauchen sie es nicht, aber anfangs ist das einfacher. Bitteschön, die Besatzung wartet fiebernd auf ihre Startfreigabe."

„So das wäre geschafft. Die Profectio startet in die Zukunft", kommentierte Viktoria feierlich, nachdem Lydia das Eingabegerät Daxa in die Hand drückte. „Ich denke, ich lade euch beiden erst mal zu einen Vitaminshake in der Bar ein", sagte Viktoria augenzwinkernd zu den beiden verdutzt dreinschauenden Frauen.

*

Langsam bewegte sie sich an Mars, Jupiter und Saturn vorbei und legte immer mehr an Tempo zu. Von einer Sekunde zur nächsten, von einer Minute zur nächsten. Stunde um Stunde, Tag für Tag, Wochen und Monate wird die Profectio an Fahrt aufnehmen, bis sie in sieben Jahren die Maximalgeschwindigkeit erreicht, um nach einem Jahr konstanter Höchstgeschwindigkeit in einem siebenjährigen Bremsvorgang überzugehen. Wenn alles nach Plan läuft. Eine Abweichung vom Plan bedeute – da die Energiereserven und die Lebenshaltungssysteme nur für eine Gesamtzeit von fünfzehn Jahren ausgelegt sind – dass das Leben in der unwirtlichen Leere des Weltraums zur Hölle würde.
Normalerweise zerbrachen sich darüber weder Passagiere noch die Besatzung den Kopf. Es wäre aufgrund negativer Schwingungen schädlich, sich Sorgen über die Zukunft zu machen. Das komfortable Leben auf dem Luxusraumschiff ließ kaum negative Stimmung aufkommen, trotzdem gab es für jeden erdenklichen Vorfall einen Plan. Ein wissenschaftlicher Arbeitskreis aus virtuellen und menschlichen Fakultäten, der viele Jahre vor

der Entscheidung zum Bau eine umfangreiche Recherche über alle möglichen Gefahren durchführte, erarbeitete einen konkreten Plan für die Durchführbarkeit einer solchen Reise.

Erst sah es so aus, dass so ein Projekt aufgrund nicht kalkulierbarer Risiken abgelehnt wurde, aber der spirituelle Rat und die grenzwissenschaftliche Riege setzten sich gegen die konservativen Realwissenschaftlerinnen mit knapper Mehrheit durch. Das Hauptargument der Realwissenschaft zielte auf mangelnde Energie- und Vorratsreserven ab, und das es keinerlei Erfahrung für eine Aufrechterhaltung eines biologischen Systems über so langer Zeit gab, ohne Kontakt zur Erde zu haben. Die Kolonien auf Mars und Mond bekommen regelmäßig `Nachschub´ von der Erde. Wissenschaftlerinnen forderten zu recht, erst ein `Testbiotop´ auf dem Mond zu errichten, dass mindestens fünfzehn Jahre ohne fremde Hilfe bestehen kann und dann erst nach erfolgreichen Abschluss, über das Projekt zu entscheiden. Der spirituelle Rat, der auch die Präsidentin und Lydia Traor angehörten, bezog sich auf die neusten Erforschungsergebnisse alter Überlieferungen, die beweisen sollen, dass der Zeitpunkt eine entscheidende Rolle spielt. Laut Berechnungen müssen sie im Jahr 2210 im Alpha Centauri Sonnensystem sein. Wenn sie später dort ankommen, würden sie nichts mehr vorfinden. Schließlich sind die Signale, die auf intelligentes Leben schließen lassen, erst kürzlich entdeckt worden. Demnach hat man es mit einem temporären Phänomen zu tun. Dieser Argumentation konnten auch die konservativsten

Professorinnen nichts entgegenstellen. Trotzdem blieb aus wissenschaftlicher Sicht große Skepsis gegenüber dem Projekt. Manche weigerten sich für die konkrete Realisierung zu arbeiten, weil sie so etwas nicht verantworten wollten.

Dennoch stand die breite Masse hinter dem Projekt. Es bedurfte nicht einmal großer Überzeugungsarbeit. Allein die wenigen Worte die die Präsidentin während einer allgemeinen Jahresansprache dem Thema Profectio widmete, entfachte in den Herzen vieler Menschen ein wahres Feuer.

*

Die Umgebung für eine gynäkologische Untersuchung hatte Claudia sich anders vorgestellt. Als sie die Praxis von Laura Shryxs betrat, sah sie die Doktorin mit gesenktem Kopf in einer meditativen Haltung auf einem Kissen sitzen. Im Mittelpunkt des kreisrunden Raums befand sich vor ihr eine selbstleuchtende Polsterunterlage, die ein warmes weißes Licht abstrahlte. Links und rechts auf dem Boden standen schön verzierte Gefäße in einer Reihe angeordnet. Der Rest des Raumes lag im Dunkel, nur ein trüber Lichtschein ging von einer Stelle der Wand aus und als Claudia sich zögernd näherte, erkannte sie dort eine kleine Ablage, die mit merkwürdigen rituellen Gegenständen bestückt war. Die Doktorin erwachte aus der Meditation und forderte Claudia auf, sich hinzulegen. Claudia löste ihren Umhang und legte sich langsam abrollend auf den Rücken. Sie blickte zur Decke und stellte fest, dass sie keine Decke sah, sondern nur in einem Nebel aus blauem Licht starrte.

„Ist das wieder dieses Bardo-Interface", fragte sie.

„Nein, aber das ist von der Funktion ähnlich wie in den Bardo-Räumen. Du kannst dich besser konzentrieren, wenn dein Sehbewusstsein nichts konkretes wahrnimmt", meinte Laura während sie aus ihrer Meditations-Haltung aufstand und sich neben Claudia hinkniete. Ein schwarzer Umhang aus glänzender Seide lag auf ihren Schultern. Mit einer werfenden Bewegung ließ sie diesen zu Boden gleiten. Nackt, nur mit einem Slip bekleidet legte sie ihre Hände zusammen und verbeugte sich demütig vor Claudia. Ihre langen schwarzen Haare fielen dabei ins Gesicht. Laura wirkte hager als hätte sie eine längere Fastenzeit hinter sich.

„Wenn du möchtest, kannst du dich ganz ausziehen", sagte sie mit sanfter Stimme. „Hier beobachtet dich niemand, wir sind hier völlig unter uns. Konzentriere dich nur auf deinen Körper."

Claudia vertraute der Doktorin, auch wenn sie ihr anfangs etwas eigenartig vorkam, als sie Laura zum ersten Termin in ihrem mit rituellen Gegenständen vollgestopftes Quartier besuchte. Die spirituell wirkende Atmosphäre in Verbindung mit einer ärztlichen Beratung ließ zunächst Mistrauen aufkommen. Das verflog aber im Laufe es Gesprächs, weil es in dieser Zeit offensichtlich als völlig normale Behandlungsmethode etabliert ist und Laura auf dem Gebiet hoch qualifiziert war. Trotz ihres wortkargen und distanzierten Auftretens hatte sie die Fähigkeit Vertrauen zu entwickeln, da sie sich in die Gefühle anderer Wesen gut herein versetzen konnte.

Die Unterlage übertraf alle Eigenschaften die Claudia von guten Matratzen kannte. Es kam ihr vor als schwebte sie schwerelos im Raum. Eine sanfte sphärische Musik setzte ein, als Laura mit der Behandlung begann.

„Claudia, versuche alle Gedanken einfach vorbeiziehen zu lassen, halte nichts fest. Ich lade dich nun zu einer sinnlichen Reise ins Zentrum deiner Weiblichkeit ein." Laura legte wieder ihre Hände in Gebetshaltung und verneigte sich. Dann nahm sie sich aus einem der Gefäße etwas Öl und verteilte dieses sanft in gleichmäßig langen Strichen über Claudias Bauch. Sie begann oben am Hals, ließ ihre schlanken Hände wie Wellen fließen, zwischen die Brüste, herunter zum Bauchnabel und wieder nach oben.

„Wie fühlst du dich", fragte Laura und umkreiste ihre Brüste, indem sie beide Hände von der Körpermitte zu den Schultern bewegte.

„Vollkommen entspannt", log sie, denn als Laura ihre Brustwarzen mit dem Duftöl massierte, spürte sie starke Erregung. „Stimmt nicht", sagte sie dann mit einem breiten Grinsen. „Es ist einfach geil."

„Schön, ich möchte jetzt deinen Tempel betreten. Du bestimmst, wie weit ich gehen darf. Sag einfach Stopp, wenn es dir unangenehm wird."

Claudia spürte Lauras Finger in ihre Scheide gleiten und wie sie den Genitalbereich abtastete. Die Doktorin massierte mit leicht kreisenden Bewegungen die verschiedenen Bereiche ihrer Vagina und sie ließ sich viel Zeit dabei.

Claudia hatte Laura wegen gelegentlichen depressiven Zuständen, und krampfartige Beschwerden im Bauchbereich aufgesucht. Als sie keine Ursache für die Krankheit feststellen konnte, schlug sie eine Yoni-Massage vor. Die Yoni, eben der gesamte Genitalbereich, ist wie ein Erinnerungsspeicher, welcher jahrelang zurückliegende und oft verdrängte Ereignisse birgt, die mit der Massage ans Tageslicht kommen, hatte sie gesagt. Es gab Stellen, die plötzlich ganz heiß wurden, oder Bereiche, in denen sich kleine Knötchen gebildet hatten – ein Hinweis auf negative Ereignisse.

„Stopp", befahl Claudia, als Laura diese Stellen berührte. „Das wird jetzt arg heftig." Sie richtete sich leicht auf, nachdem Laura ihre Hand zurückgezogen hatte.

„Das ist kein Problem." Laura merkte, dass ihre Patientin Schuldgefühle entwickelte. „Du brauchst dir keine Vorwürfe zu machen, für heute war das schon ausreichend. Wir müssen das aber noch ein paar mal wiederholen. Da hat sich bei dir einiges angesammelt, Claudia. Aber das kriegen wir wieder hin", sagte Laura und ihre schmalen Lippen verzogen sich zu einem Lächeln.

„Hast du noch Zeit? Ich hätte da noch ein paar Fragen", sagte Claudia, während sie ihren Umhang über die Schulter legte.

„Zeit? Was ist das", gab Laura zurück. Auch sie legte sich ihren Umhang um. Anschließend verschloss sie behutsam die Gefäße mit dem Öl und setzte sie an ihren vorgesehenen Platz zurück. Die Leuchtkraft der Liege verminderte sich, während   Licht aus anderen Quellen den Raum erleuchtete. Die vorher dunklen Bereiche des Raumes lenkten nun Claudias neugierige Blicke auf sich. Neben der kleinen Ablage gab es noch

131

mehrere Schränke mit vielen beschrifteten Schubladen, daneben Vitrinen vollgestopft mit Sachen, die genauso mysteriös wirkten wie all die anderen Gegenstände die Lauras Umgebung ausmachten. Die Farbe Schwarz dominierte auch hier, genauso wie in Lauras privaten Wohnbereich. Licht hatte hier kaum eine Chance irgendwo zu reflektieren. Das undurchsichtige Blau, welches vorher unter der Decke schwebte, hatte sich nun aufgelöst.

Als Claudias Blick auf eine gut ein Meter große Pflanze fiel, die auf einem mit Türkise und Rubinen verzierten Podest stand, viel ihr der Vortrag von Frau Traor wieder ein. Langsam, fast andächtig nähere sie sich und betrachtete fasziniert die grüne, pflaumengroße Frucht der Pflanze.

„Sind das die Früchte?"

„Ja, das ist die Frucht des Khatangabaumes." Laura pflückte eine und legte sie in ihrer flachen Hand. „Früchte haben die Funktion der Fortpflanzung. Sie tragen normalerweise die Erbinformation der jeweiligen Pflanze. Diese hier hat die Fähigkeit Erbinformationen zu akkumulieren, das heißt, sie wird aufgeladen, wenn wir Frauen sie für eine Weile in unserer Yoni tragen." Laura streckte ihre Hand aus. „Hier, die kannst du dir gleich einführen. Sie reinigt deine Yoni. Danach fühlst du dich besser" Claudia betrachtete das grüne Ding. Es hatte eine raue, großporige Oberfläche die auf äußeren Druck sofort nachgab. Die Form ließ sich verändern, aber nach kurzer Zeit nahm sie wieder ihre Ursprungsform an. Die Eigenschaften lagen zwischen Knetgummi und Schaumstoff.

„Ach so, wenn ich das also eine Zeit in mir habe, dann hat es meine Erbinformationen, die ich an meiner Partnerin weitergeben kann."

„Ja, deine Partnerin trägt sie dann weiter. In dieser Zeit solltet ihr euch leidenschaftlich lieben, sonst wird es nichts mit dem Nachwuchs. Du solltest aber auf keinen Fall die selbe Frucht zur Fortpflanzung nehmen, die du zum Reinigen benutzt. Das würde dem Kind schaden", warnte Laura.

Claudia lachte „In unserer Zeit gab es eine Pille. Die hatte genau die gegenteilige Funktion. Sie hat Nachwuchs verhindert."

„Ich weiß", bestätigte Laura und erhob sich langsam. „Trotzdem drohte bis in das einundzwanzigste Jahrhundert eine Überbevölkerung."

„Da waren aber nicht nur die Männer für verantwortlich", meinte Claudia. „Wir Frauen haben auch einen Teil dazu beigetragen."

„Ja wir haben die Kinder geboren", sagte Laura und lachte ironisch.

„Warum wurde der Mann unfruchtbar", wollte Claudia wissen.

„Wir wissen, dass es eine Mutation in ihren Genen auslöste, aber die Ursache für diese Mutation ist bis heute ungeklärt. Es fing überall auf der Welt gleichzeitig an, wir konnten keinen bestimmten Ort lokalisieren, von dem die Veränderung ausgegangen sein könnte. Das schließt eine Verbreitung der Krankheit über Vieren, Bakterien und Nahrung aus."

„Gibt es Ideen, was es denn sein könnte", bohrte Claudia weiter.

133

„Ja, die Erklärung liegt vermutlich in den Anfängen der Menschheitsgeschichte."

„Interessant."

Es gibt Hinweise das wir Menschen mütterlicherseits von einer außerirdischen Rasse abstammen, die sich in frühgeschichtlicher Zeit auf der Erde ansiedelten."

„So, und wer waren dann die Väter?"

„Die Schimpansen", sagte Laura und schmunzelte.

*

Yvonne schnaufte, als sie sich aus dem bequemen Sessel in der Kommandozentrale erhob. „Das Ding ist so kuschelig, da schlafe ich drin ein, wenn ich so einen lauen Dienst wie heute schiebe", meinte sie und gähnte.

„Dann hol dir doch einfach einen harten Klappstuhl", schlug Michaela vor.

„Ich besorg zwei, für dich auch einen."

„Ich penn hier nicht rum, wie du."

„Werd mal nicht frech", Yvonne stupste Michaela an. „Du hast die Brücke! Ich mache jetzt Schluss."

„Hast du noch was vor?"

„Ja", Yvonne schmunzelte „Ich habe ja noch eine Lebenspartnerin. Ich kann mich nicht mehr erinnern, wann ich mit Anna das letzte mal richtig schön ausgegangen bin." Sie zwinkerte Kyra und Mirele zu, die ihrer Chefin einen schönen Abend wünschten.

Das Centauri-Restaurant lag auf der dritten Promenade der Versammlungshalle Südstern. Yvonne wunderte sich nicht über Annas Unpünktlichkeit. Da das Lokal direkt an der

Außenwand lag, gab es dort ein breites Fenster an dem Yvonne glücklicherweise noch einen freien Tisch ergatterte. Millionen Sterne funkelten ihr aus der pechschwarzen Unendlichkeit zu. Auf einmal hatte sie das Gefühl beobachtet zu werden. Ihr lief ein kalter Schauer den Rücken herunter. Hatte sie was gesehen? Sie massierte sich kurz mit geschlossenen Augen die Schläfen. Um sich auf andere Gedanken zu bringen, studierte sie die Speisekarte. Es gab ein großes Angebot. Sie legte das Pat wieder auf den Tisch und versuchte es mit einer stillen Meditation und rezitierte im Geist ihr Mantra.

Anna kam genau im richtigen Moment, nämlich als Yvonne wieder zur Speisekarte griff. „Das Angebot ist echt intergalaktisch", meinte sie, während Anna sich hinsetzte.

„Sag ich ja, ich war schon mal hier, mit Monique. War echt lecker."

„Mit wem?"

„Mit Monique, sie hat hier einen Job als Energietechnikerin. Sie ist telepathisch sehr sensibel. Ich habe sie beim letzten Marsflug kennen gelernt, kurz danach, als ich diese Erscheinung hatte. Sie hat sich mir aufgedrängt – typisch für die maskulinen Frauen, aber Monique ist eine ganz Liebe."

„Eine ganz Liebe", wiederholte Yvonne in einen leicht brüskierten Tonfall. Anna streichelte sanft Yvonnes Hand. „Es ist nicht was du jetzt denkst. Ich habe nichts mit ihr. Sie ist ein guter Kumpel, dass ist alles."

Yvonne bereute gleich ihre unberechtigte Skepsis, lächelte versöhnlich, und erwiderte Annas zärtliche

Geste.

„Sorry, Anna, ich glaube die letzten Wochen haben mich zu stark in Anspruch genommen. Besonders das Verschwinden der Chefin macht mir Sorgen. Ich sehe schon Gespenster." Yvonne sah aus dem Fenster. „Ich hatte gerade das Gefühl, als würde mich von da draußen jemand beobachten. Es war richtig unheimlich."

Anna studierte die Speisekarte. „Genauso erging es mir auch, als ich auf dem Marsflug diese Frau gesehen habe."

„Diese Frau wird sicher hier an Bord sein, oder vielleicht da draußen." Yvonne seufzte. „Die Chefin vielleicht auch."

„Meinst du, sie spukt jetzt als Geist hier herum?" Anna lachte.

„Na, könnte doch sein", sagte Yvonne und nahm wieder das Pat. „Ich nehme jetzt das Andromeda-Menü. Hört sich lecker an."

Es wurde ein langer Abend tiefgründiger Gespräche, bis die beiden schließlich in Yvonnes Bett landeten.

„Vermisst du eigentlich die Sonne", fragte Anna, während sie sanft Yvonnes Bauch streichelte.

„Ab und zu schon. Wenigstens haben wir hier einen botanischen Garten mit einer künstlichen Sonne."

„Auf Oxma scheinen zwei Sonnen, richtig?"

„Das will ich hoffen", sagte Yvonne und küsste Anna leidenschaftlich, die sich daraufhin anschmiegte und ihren Hunger nach wohltuenden Streicheleinheiten stillte.

„Yvonne, ich habe ein Geschenk für dich", gestand Anna mit funkelten Augen. Mit Geschenk meinte sie die Khatangafrucht, die sie nach ihrer letzten Menstruation eingeführt hatte und jetzt so weit gereift sein sollte. Yvonne richtete sich auf und stützte den Kopf auf den Ellbogen. Damit hatte sie nun gar nicht gerechnet.

„Du?"

„Warum nicht", sagte Anna breit schmunzelnd.

„Aber ich kann doch jetzt nicht schwanger werden!"

Anna strich sie mit der Hand sanft über die Wange.

„Wer sagt, dass Raumschiff-Kommandinnen nicht schwanger werden dürfen."

„Eigentlich wollte ich *dir* das Geschenk machen, bin aber noch nicht dazu gekommen es vorzubereiten."

„Zu spät", sagte Anna im zickigen Tonfall. „Andernfalls hätten wir uns jetzt gegenseitig beschenkt. Eine Doppelschwangerschaft wäre auch okay gewesen."

Als erste Reaktion wollte Yvonne Annas überraschendes Angebot ablehnen – eine höchst unhöfliche Angelegenheit – als sie aber einen Moment darüber nachdachte, gefiel ihr die Rolle als Tragende Mutter eigentlich ganz gut.

„Danke", sagte sie und gab Anna einen Kuss auf die Wange. „Ich möchte mit dir das Tantra der fünfunddreißig Orgasmen machen. Bist du noch fit?"

Dieses buddhistische Ritual hatte den Zweck, weltliche Vergnügen den Buddhas darzubringen, indem sie nach Möglichkeit jeden sexuellen Höhepunkt einem der fünfunddreißig Buddhas schenkte.

„Es könnte nicht besser sein", hauchte Anna. „Ich

werde dich schon auf Touren bringen, meine Liebe."

Yvonne griff nach einem Pat, das neben dem Bett lag und betätigte es, während sie sich in der Lotushaltung hinsetzte. Angenehm weiche und unbestimmt klingende Musik erfüllte den Raum. Auch Anna nahm die Lotushaltung ein, so dass sie sich jetzt gegenübersaßen. Sie verneigten sich voreinander und meditierten mit geschlossenen Augen eine Weile zu den sphärischen Klängen. Yvonne massierte sanft Annas Bauch. Sie benutzte ihre Fingerspitzen, wechselte zwischen langsamen und schnelleren Berührungen und erzeugte bei Anna einen erotischen und abwechslungsreichen Spannungsbogen. Anna umarmte sie leidenschaftlich und riss Yvonne in die Horizontale. Sie küssten sich, drehten sich eng umschlungen von links nach rechts. Das Bett wurde ihnen zu klein und sie setzten ihr Liebesmarathon auf den Boden fort. Nach dem achten Orgasmus – oder war es der neunte – saßen sie eng umschlungen, sich gegenseitig die Brustwarzen leckend, auf Yvonnes Bürosessel und drehten sich laut stöhnend im Kreis, bis irgendwann im Rausch der Gefühle ein Teil des Schreibtisch-Inventars dran glauben musste, als Yvonne krampfartig ihre Beine in die Höhe streckte, während sie laut, ihre wahrscheinlich achtzehnte Darbringung in Form eines sexuellen Höhepunktes herausschrie und der Bürosessel samt Besatzung nach hinten herüber fiel. Dies war nicht die einzigste Schürfung, welche sich Yvonne und Anna in dieser Nacht zuzogen, bevor die beiden nach ihrer Einrichtungsgegenstände zerdeppernde

Reise durch das Quartier und gleichzeitig durch die Welt der exzessiven Gefühle, wieder zu ihrem Ausgangspunkt, dem Bett, angelangt waren. Yvonne spürte wie Annas Geschenk tief in ihr eindrang, während Anna mit kreisenden Bewegungen sanft ihren Bauch streichelte.

Später kuschelten sich beide unter einer Decke und schliefen ein. Yvonne träumte, wie sie ihre Tochter mit auf die Arbeit nahm und der neugierigen kleinen `Hexe´ alles erklären musste, was sie als Raumschiff-Kommandinnen alles zu tun hatte.

*

„Stellen sie sich mal vor, wir wären Protagonistinnen in einem Roman", philosophierte Linda und schielte dabei links nach oben, so wie sie es oft tat, wenn sie zu tiefgründigen gedanklichen Abenteuern ansetzte. Umringt von üppigen Pflanzen saß sie in der Pioniers-Loft an einem Marmortisch bei einem Krypton-Cocktail, das golden leuchtete und aus dem ein dicker leicht abgewinkelter Trinkhalm ragte. John, Gerry und Claudia lauschten geduldig Lindas Ausführungen. Zufällig trafen sie die Philosophische Wissenschaftsassistentin in der Halle wieder und Gerry lud sie gleich zu einem Cocktail ein. Wie bei der ersten Begegnung, als sie mit Dara versuchten seine Vergangenheit wiederzufinden, glaubte er `seine´ Linda aus dem einundzwanzigsten Jahrhundert vor sich zu haben.

„Vielleicht sind wir Romanheldinnen, wer weiß", antwortete Gerry, um in die Diskussion einzusteigen.

„Welche Beziehung haben wir dann zu der Autorin der Geschichte", fragte Linda auffordernd in die Runde und nippte an den Trinkhalm.

„Na, so ähnlich wie Gott zu den Menschen", meinte John, auch wenn ihm noch nicht ganz klar war, worauf die Philosophin hinaus wollte.

„Eine Göttin im christlichen Sinn wäre zu hoch gegriffen, denn die Göttin der Christinnen steht über alles. Sie wurde nicht erschaffen, sie ist jenseits allen Begrifflichen. Eine Position, die unsere Autorin ja nicht haben kann, denn sie lebt, denkt und erfindet Storys. Dann muss sie selbst ja auch in einer Welt leben die erschaffen wurde." – *Ja, dass stimmt. Da stelle ich mich als Autor dieses Romans gleich die Frage: wer hat meine Realität erfunden?* – „Kann die Autorin nicht auch ein männliches Wesen sein", provozierte Gerry.

Linda lachte. „Natürlich, der Begriff Autorin beinhaltet ja schon Autor, und muss nicht extra definiert werden."

„Diese hypothetische Autorin entwickelt eine Geschichte, die aus der Motivation des kreativen Schaffens entspringt", verfolgte Linda ihre Idee weiter, während sie sich zurücklehnte. „Diese Geschichte ist nicht einfach nur eine Erfindung des Verstandes, sondern zum Teil auch ein Beitrag der Seele", skizzierte sie.

John versuchte eine Perspektive aus der Grenzwissenschaft. „Die Seele ist ja der Bereich unseres menschlichen Bewusstseins, welches mehr weiß als unser Gehirn. Sie nimmt Phänomene jenseits der physischen Welt wahr."

„Dann sind wir die Welt jenseits der physischen Welt", schlussfolgerte Linda.

„Aber nur aus Sicht des Autors – beziehungsweise Autorin", warf Gerry ein.

„Und aus der Sicht der Leserin und des Lesers. Wir entstehen im Geist der Lesenden, spontan, auch wenn wir nicht bis ins kleinste Detail beschrieben werden. Frauen stellen sich eine Linda anders vor als Männer. Es ist unwahrscheinlich, dass zwei Personen genau die gleiche Vorstellung von einem beschriebenen Objekt entwickeln", dozierte Linda und fügte hinzu. „Das ist grundsätzlich so. Auch bei Objekten die wir sehen, spielt die Vorstellung eine wichtige Rolle, wie sie schließlich in unseren Geist erscheinen.

John nahm ein Schluck von dem süßen Cocktail, b e v o r e r z u e i n e r f u n d a m e n t a l e n wissenschaftlichen Hypothese ansetzte. „Zunächst ist eine erfundene Geschichte ein Produkt des Verstandes, weiter nichts. Der Verstand `bastelt´ aus den Erfahrungen unserer hypothetischen Autorin ein neues Puzzle. Es gibt Faktoren, wie zum Beispiel die Interessen und Neigungen, die unsere Autorin zu dieser Geschichte angetrieben hat. Diese zwei Faktoren können einerseits von äußeren Einwirkungen entstehen, andererseits, wenn unsere Autorin mehr eigenbrötlerischer Natur ist, und sich nicht von ihrer Umwelt zu stark beeinflussen lässt, auch aus ihrem tiefsten Inneren entstanden sein", trug John vor. – John liegt da schon richtig. Ich habe mehr oder weniger aus dem Bauch heraus geschrieben. Auch gab es kein Autor an dessen Werk ich mich stark orientiert hätte. Ich h a b e e i n f a c h s p o n t a n e E i n f ä l l e s o f o r t aufgeschrieben. – „Das sind dann aber genau die Geschichten, die das Besondere auszeichnet", meldete sich Claudia zu Wort. „Gerade diese heben sich ja von denen ab, die nur ein zusammengesetztes Puzzle unseres Verstandes sind."

„Richtig", bestätigte Linda, als hätte sie darauf gewartet. „Die Inspirationen, die vor allem Kunstschaffende, aber auch Wissenschaftler während ihrer Arbeit erhalten, sind – und da bin ich mir ganz sicher – Informationen aus Parallelwelten. Ich weiß nicht wie vertraut sie mit der Lehre der `Quantenphysik und die endgültige Wahrheit der Realität´ sind."

John sah Gerry etwas ratlos an. Dieser Fachbereich war in seiner Zeit längst noch nicht in der Wissenschaft etabliert. Er erinnerte sich an einer Meditationssitzung, in der er erstmals die Begriffe `Quantenphysik und die endgültige Wahrheit der Realität´ gehört hatte.

„Ich glaube meine Kenntnisse auf dem Gebiet sind bei mir lückenhaft", gab John vorsichtshalber zu. „Neulich habe ich an einem Vortrag im buddhistischen Zentrum teilgenommen, in dem es um die drei Welten ging: Die Formlose Welt, die Welt der Form und die Welt der Begierde. Hat das damit zu tun?"

„Ja, es handelt sich um Parallelen zwischen spirituellen Weisheiten – wie hier der Buddhismus – und wissenschaftliche Erkenntnisse. Ich habe Philosophie und Quantenphysik studiert und bringe in streng wissenschaftlichen Überlegungen den Aspekt der Philosophie mit rein. Dabei stellt sich immer die zentrale Frage, ob es eine objektive Beurteilung der Realität überhaupt gibt", argumentierte Linda und griff nach dem

Cocktailglas.

„Dann lasst uns doch einfach mal versuchen, unsere Realität in der wir uns momentan befinden objektiv zu beurteilen", forderte Gerry auf. „Sind wir Produkte einer Geschichtenerzählerin?"

„Wenn wir dies widerlegen wollten, müssten wir beweisen können das wir Substanz haben", argumentierte Linda, während sie das Glas absetzte. „Wenn es sie nicht langweilt, würde ich gerne darauf eingehen."

Alle drei nickten zustimmend.

„Ich behaupte mal: Alles was wir hier erleben ist ein Traum. Wie könnte man beweisen, dass es nicht so ist?" Linda verschränkte die Arme und sah auffordernd in die Runde.

„Indem wir uns kneifen."

„Das können wir auch im Traum."

„Diese Umgebung ist real, ist zu ertasten", meinte Claudia.

„Im Traum erscheint die Umgebung auch real. Erst wenn wir erwachen und uns an den Traum erinnern wissen wir das die Umgebung keine physische Substanz hatte", sagte Linda und gab damit den Ball in die Runde zurück.

„Wir wachen aus diesem Traum nicht auf, also ist es keiner", versuchte Gerry einen Beweis für seine reale Existenz zu finden.

Linda schüttelte den Kopf. „Wenn sie sterben, wo bleibt dann diese Realität?"

„Na hier."

„Wo ist das, das `Hier´?"

„An dem Ort wo es von mehreren Menschen bestätigt", antwortete John.

„Sie vergessen dabei: die Menschen, die das

bestätigen, sind auch ein Teil des Traumes."
Eine laute, Kaskade symphonische Melodie unterbrach ihre anregende Debatte. Die Beleuchtung veränderte sich. Über der Halle erschien eine holographische Großprojektion und zeigte Bilder der Außen-Kammaras.
„Wir verlassen jetzt unser Sonnensystem", kündigte eine freundliche Stimme an. Spontan verstummte das Sprachengewirr, und die Anwesenden blickten angenehm überrascht auf das riesige Banner. Die weit entfernte Sonne leuchtete wie ein großer Stern. Sie passierten gerade die Umlaufahn vom Planet Pluto, der sich gerade ziemlich nah an der Flugschneise des Raumschiffs befand. Schon bei der Annäherung an Saturn gab es prachtvolle Aufnahmen zu bewundern. Pluto hatte zwar nicht die optische Pracht zu bieten, aber mit Hilfe von virtueller Bilderänzung, ließ sich eine beeindruckende Show erzeugen.
Jetzt hieß es endgültig Abschied vom Sonnensystem zu nehmen. Ein weiter dunkler Weg lag vor ihnen. Ein Raum, leer von jeglicher geistiger Aura und frei irgendwelcher Phänomene. Wirklich? ...

Dara hätte sich nur umdrehen müssen um ihre ehemaligen Shuttle-Passagiere zu erkennen, die ein paar Tische weiter die Holo-Show betrachteten.
An ihrem Cocktail nippend, verfolgte sie genauso wie Vera die letzten Aufnahmen zu einer modernen elektronischen Musikdarbietung.
Vera spürte, wie jemand die Hand auf ihre Schulter legte, fuhr herum und dachte sie hätte Halluzinationen.

„Barbara? Nein ich glaub es nicht!"

Barbara setzte sich breit grinsend und bestellte ein Getränk.

„Dort drüben ist noch ein Tisch frei. Sie können sich dort hinsetzen. Wir möchten gerne unter uns bleiben", sagte Dara in einem abwertenden Tonfall und wandte sich ab.

„Hallo Dara", entgegnete Barbara unbeirrt „Wie geht's denn so? Ich habe ja viel gutes von deiner Mutter gehört", schwadronierte sie weiter. Dara merkte, wie bei ihr langsam die Wut aufstieg. Die arrogante Art diese Frau ging sie ziemlich auf die Nerven. Sie bekam Gänsehaut, wenn sie daran dachte, dass ausgerechnet diese Frau sie zur Welt gebracht haben soll. Sie konnte es kaum glauben – nein sie wollte es auch nicht.

Trotzig stand sie auf. „Komm wir gehen."

„Dara warte!", befahl Vera. „Wir regeln das hier und sofort", sagte sie entschlossen und wandte sich Barbara zu. „Wenn du hier mitfliegst ist das deine Sache. Aber lass uns in Ruhe. Bei unserer letzten Diskussion hatte ich mich ja wohl klar ausgedrückt, oder?"

„Entschuldige, liebe Vera, aber man wird doch mal Hallo sagen dürfen."

„Wie du siehst, ist Dara nicht sonderlich an einem Schwätzchen interessiert. Und ich auch nicht."

„Na schön, ich will auch nicht länger stören." Barbara erhob sich und schickte sich an zu gehen, aber zögerte noch. „Da wäre noch eine Kleinigkeit."

„Die wäre", fragte Vera genervt.

„Dein Versprechen."

„Versp...", Vera wurde wütend. „Das habe ich mir

fast gedacht", sie sprach so laut, dass man sie an den Nachbartischen gut verstehen konnte. „Wenn du Volumenpunkte brauchst, dann verdiene sie dir. Nur weil ich einmal versprochen habe, dich zu unterstützen..."

„Ja, ist ja schon gut", beschwichtigte Barbara. „Dann werde ich eben die Grundsicherung beantragen, bei der ich alle Einkünfte der letzten Jahre angeben muss."

Vera hätte es nicht für möglich gehalten, dass sie jemals so außer Kontrolle geraten könnte. Vielleicht war es der Schock darüber, dass Barbara plötzlich auftauchte und dann ihre Dreistigkeit. Sie nahm ihr halb volles Glas und schüttete den Cocktail Barbara mit Schwung ins Gesicht. Die wich entsetzt zurück, betrachtete mit aufgerissenen Augen ihre mit rosarotem Cocktail bekleckerte Jacke, die sie vergebens mit einer Serviette zu reinigen versuchte, nachdem sie notdürftig das Gesicht von der klebrigen Masse befreit hatte.

„Vera, du bist ja nicht ganz richtig im Kopf", schimpfte sie und machte sich davon.

Vera wollte sie noch etwas hinterher rufen, aber hielt sich zurück, da ihr momentaner Unmut sie zu blamablen Äußerungen verleitet hätte. Dara schloss sie liebevoll in den Arm. Während die kleinen Roboter noch den Boden aufwischten, sprach sie John höflich an: „Was war los?"

Vera schmunzelte, da sie John sofort als John erkannte und seine Verkleidung komisch fand.

„Nur eine kleine private Aussprache", antwortete Vera verlegen. „Ich weiß wer sie sind", sagte sie, noch bevor John sich als Johanna vorstellen konnte. „Sie sind die beiden unfreiwilligen

Zeitreisenden." Sie blickte abwechselnd John und Gerry an. „Gesichter kann ich mir immer gut merken."

„Dürfen wir sie zu einen Drink einladen, da sie ihren ja leider verschüttet haben", plauderte Gerry scharmant.

Wenig später saßen sie zu fünft in Daras Quartier. Die Katze Hydra beäugte mit ihren glänzenden Augen misstrauisch aus sicherer Entfernung die fremden Gäste. Dara servierte Tee.

„Können sie uns vielleicht etwas von den Zeitreisenden Beschützerinnen erzählen", kam Gerry schnell auf den Punkt. Vera rührte nachdenklich Süßstoff in den Tee, bevor sie antwortete: „Es müssen von der wissenschaftlichen Seite betrachtet, hochentwickelte Wesen sein, die eine andere Bewusstseinsebene erlangt haben, und als Folge daraus in einer anderen Realität leben", argumentierte sie. „Aber beweisen können wir das noch nicht. Wir haben eine Technologie entwickelt, die sich durch Gedanken steuern lässt – sie kennen das schon, es ist das Bardo-Interface, eine Methode um unser Bewusstsein direkt in die virtuelle Welt zu lenken, sodass wir unseren Körper und der wirklichen Realität nicht mehr wahrnehmen. Es ist ein meditativer Zustand, der durch Farbeffekte und unterschwellige akustische Frequenzen erreicht wird."

„Ich habe nichts gehört, als ich dort war", sagte Claudia.

„Das sind Tiefen-Schwingungen, außerhalb unseres Hörbewusstseins. Aber sie werden auf einer subtilen Ebene wahrgenommen", dozierte Vera.

„Gibt es denn konkrete Anhaltspunkte, die auf die Existenz der Zeitreisenden Wesen hinweisen", wollte John wissen.

„Keine Messbaren, wenn sie das meinen", antwortete Vera während sie die Tasse absetzte.

„Und wie ist man nun darauf gekommen, dass es die Zeitreisenden Frauen überhaupt gibt", hakte Gerry nach.

„Es müssen nicht unbedingt Frauen sein. Wie sie vielleicht bemerkt haben, beziehen wir in der femininen Ausdrucksweise die maskuline Möglichkeit mit ein", erläuterte Vera, bevor sie zu einem Erklärungsversuch ansetzte: „Es gibt Erfahrungsberichte von Psychologinnen, Grenzwissenschaftlerinnen und spirituell Praktizierende, sowie Hinweise aus der virtuellen Welt, die Erscheinungen wahrgenommen haben, die bis auf wenigen Punkten exakt übereinstimmen. Laut der neuen Evolutionstheorie können wir davon ausgehen, dass ständige Eingriffe von außen die Entwicklung beeinflussten. Wenn wir nun den aktuellen Stand unserer Weltraumfahrt betrachten, sind Reisen wie diese hier nur für relativ kurze Strecken möglich. Weitere Reisen zu hundert oder gar tausend Lichtjahre entfernten Planeten sind mit Unterlichtgeschwindigkeit unmöglich. Überlichtgeschwindigkeit bedeutet auch, durch die Zeit zu reisen, da bei Lichtgeschwindigkeit die Zeit im Raumschiff still steht, bei Überlichtgeschwindigkeit theoretisch zurücklaufen müsste. Daraus können wir ableiten, dass Weltraumreisende, die größere Entfernungen überbrücken können, auch Zeitreisende sind."

Hydra näherte sich schnurrend entlang der Sofalehne und schnupperte vorsichtig an ihr Daras Haar, bevor sie behutsam herunter hangelte und sich auf ihre Oberschenkel bequem machte.

„Neuen Evolutionstheorie?", fragte John.

„Ja, darin berücksichtigte man Erkenntnisse und Betrachtungsweisen, die vorher von der Wissenschaft abgelehnt wurden – zum Beispiel, dass evolutionäre Entwicklungen von Besuchern aus dem All beeinflusst werden."

„Ja ich weiß", warf John ein. „Es gab da aber wirklich viel Unsinn, die eine wissenschaftliche Analyse nicht standgehalten hätte."

„Eben, dass ist der Punkt", entgegnete Vera. „Es wurde erst gar nicht versucht, sondern gleich abgelehnt. Wir lassen jede Idee, mag sie auch noch so unwahrscheinlich klingen, in wissenschaftlichen Überlegungen mit einfließen und zwar übergreifend in allen Fachrichtungen, von Physik bis Philosophie, um dann die einzelnen Standpunkte verschiedener Fachrichtungen zu einem gesamten Meinungsbild zu verarbeiten, woraus neue Forschungsschwerpunkte entstehen."

„Und was ist nun dabei heraus gekommen?", fragte Gerry.

„Nun, wir teilen das Universum in drei Ebenen ein: die physisch materielle Ebene, die tachyonisierte, feinstoffliche Formebene und die formlose Nullpunktenergie, die das ganze Potenzial des Universums besitzt", erklärte Vera und fügte hinzu: „Die zweite Ebene, die tachyonisierte Formebene, ist eine Welt zwischen der formlosen und der physischen Welt, durch die Zeitreisen und damit auch weite Entfernungen in Nullzeit möglich

149

sind."

„In Nullzeit?", fragte John und lachte. „Und dann materialisieren die sich am Zielort in der physischen Welt? Wirklich genial, wenn das so funktioniert."

„Materialisieren ist nach unseren Forschungsergebnissen eher eine seltene Ausnahme die, so vermuten wir, von bestimmten Bedingungen in der physischen Welt abhängen. Wir gehen davon aus, dass diese Lebensformen uns beobachten, aber nicht direkt im Lauf der physischen Welt eingreifen können. Sie durchdringen uns mental und beeinflussen uns wahrscheinlich auf irgendeiner Weise."

„Hört sich ja richtig unheimlich an", meinte Claudia.

Dara hob Hydra sanft an und setzte sie neben sich ab. „Ich will ja nicht unhöflich sein, aber können wir vielleicht mal das Thema wechseln?"

Vera schmunzelte: „Wollte ich gerade vorschlagen."

„Sicher, nachdem du noch drei Stunden über Tachyonen und was weiß ich nicht alles erzählt hättest und wir schon alle eingeschlafen währen", meinte sie mit einem Seitenhieb und erhob sich.

„Ich hole gerne noch einen Tee, oder vielleicht einen Vitaminshake?"

„Vitaminshake wäre gut", meinte John. „Wie geht's denn Luxa?"

Dara legte ein Pat auf den Tisch und tippte mit dem Finger darauf. Prompt stieg Luxa lachend aus dem Pat hervor und schwebte darüber wie ein Flaschengeist.

„Ich gestehe, ich habe gelauscht. Dara, du hattest

dein Pat wieder nicht ausgeschaltet", sagte sie. Die holographische Erscheinung hatte die Größe einer kleinen Puppe. Luxa hatte eine blaue Hose an, dazu eine blau samtglitzernde Bluse. Sie wirkte niedlich, so wie sie mit verschränkten Armen auffordernd in die Runde blickte.

„Nun, was gibt's?"

„John wollte wissen wie es dir geht und außerdem suchen wir nach einem unterhaltenden Gesprächsthema", sagte Dara.

„Danke der Nachfrage. Zur Zeit geht es mir bestens, auch wenn hier bei uns merkwürdige Veränderungen stattfinden. Ich glaube durch die immer größer werdende Distanz zur Erde entstehen Zeitverzögerungen zwischen den Servern."

„Luxa, ich sagte `unterhaltsames´ Gesprächsthema", forderte Dara.

„Wie wär's mit einer kleinen Musikdarbietung?"

Allgemeine Zustimmung aus der Runde.

Augenblicklich erklang eine schöne einleitende Melodie einer Flöte und nach und nach setzte eine begleitende Sound-Fläche ein. Luxa spielte auf einer spontan generierten Gitarre und sang mit hoher, durchdringender Stimme eine, nach irischer Folklore klingende Melodie. Die Strophen handelten von mystischen Abenteuern in dünn besiedelten Landstrichen, Menschen, Tiere und Leid, und kurze Momente tiefgründigen Glücks, der göttlichen Einheit allen Seins, die in uns eine tiefe Sehnsucht weckt.

Als die letzte Strophe endete, und die letzten Noten der ausklingenden Melodie sich in eine meditative Stille auflösten, blickten alle melancholisch aus dem Fenster und hingen ihren persönlichen Leiden nach, die tief aus dem Keller ihrer Herzen, plötzlich in das Bewusstsein eindrangen.

„Jetzt mal was fröhliches", regte Gerry an, während er sich die wässrigen Augen rieb.

Luxa stimmte einen alten Schlager aus der Datenbank des zwanzigsten Jahrhunderts an und sie trug dabei einen Cowboyhut. In dem Text ging es nur darum, dass die Sängerin einen Cowboy als Mann haben wollte.

Nachdem derartig aufgesetzte `Stimmungsmacher´ schnell langweilten, verabschiedeten sich die drei Gäste von Dara und Vera mit einem verbindlichen Wunsch, sich wiederzusehen.

*

Die Situation stellte sich für Lydia äußerst befremdend dar, als sie mit Viktoria und Daxa durch die Begegnungshalle schlenderte. Sie glaubte immer noch zu Träumen – irgendwie ein schöner Traum, aber der Wunsch wieder `normal´ zu sein dominierte.

„Die Unsicherheit vergeht", sagte Victoria, als hätte sie Lydias Gedanken gelesen.

Wahrscheinlich war es so.

Auf den Weg zur Bar begegnete sie Menschen für die sie jetzt unsichtbar war. Anfangs ertappte sie sich immer wieder dabei, bei Blickkontakt die Person freundlich zuzunicken, diese dann aber einfach durch sie hindurch sahen. Ein anderes mal wich sie nicht rechtzeitig einer Entgegenkommenden aus und rauschte einfach durch den Körper.

152

„Vermeide es möglichst ihre Körper zu durchdringen. Das merken sie auf eine subtile Weise", erklärte Viktoria. „Manchmal spüren sie es wie einen kalten Schauer und bekommen Gänsehaut, oder sie fühlen sich plötzlich beobachtet."

Sie erreichten die Bar. Zuerst dachte Lydia die Einladung zu einem Drink wäre ein Scherz von Viktoria gewesen, da sie sich nicht vorstellen konnte, wie sie als Unsichtbare einen Vitaminshake bestellt. Aber schnell merkte sie, dass die Bar nur eine Kulisse darstellte. Alles was eine feinstoffliche Existenz benötigte, konnte spontan `erdacht´ werden. Es bedarf dafür keiner physikalischen Handlungen. Für ihre virtuelle Assistentin Daxa, die jetzt auch zum Kreis der Feinstofflichen gehörte, keineswegs ungewohnt, denn die virtuelle Wesensart ähnelt den der feinstofflichen Existenzen, allerdings konnten sie sich weder in der physikalischen Welt bewegen, noch in der Zeit reisen. Sie waren an der virtuellen Matrix gebunden, auch wenn diese in der so genannten `alten Stadt´ eine Verbindung zu feinstofflichen Wesen haben musste, wie ihr Daxa einmal erklärte.

„Hiermit darf ich euch ganz herzlich zu den neuen Mitgliedern in der Welt ohne Zeit beglückwünschen", sagte Viktoria, nachdem sie augenblicklich drei freie Barhocker generierte.

„Lasst euch den Tachyonen-Cocktail schmecken, er ist reich an Nullpunktenergie und sehr gesund", sagte die Barkeeperin in einem Ton, der nach einer um eine halben Oktave herab gesenkte Frauenstimme klang. Wenn Lydia noch aus Fleisch und Blut bestanden hätte, wäre ihr jetzt wahrscheinlich das Herz vor Schreck stehen geblieben. Die exotische Kreatur hinter der Theke glich einem Wesen aus der Urzeit. Es hatte grüne Schuppenhaut. An den Oberarmen im Gesicht und an der Brust schien die Haut aufgerissen und violett schimmerndes Fleisch kam zum Vorschein. Die länglichen Pupillen in ihren großen Augen leuchteten rot wie die Glut eines Feuers. Trotzdem wirkte das Wesen menschlich, in gewisser Weise sogar erotisch. Sie – oder was auch immer – verzog die wulstigen Lippen zu einem Lächeln und die spitzen Schneidezähne traten bedrohlich hervor.

„Darf ich vorstellen: Xinux, ein begabtes Dinosaurier-Mädchen. Ich habe sie vor 150 Millionen Jahren aus dem Urwald retten können, als sie gerade von diesen widerlichen Tyrann-Sauriern attackiert wurde", berichtete Viktoria.

„Hallo Xinux, der Cocktail ist sehr lecker", lobte Daxa, die von der freundlichen Kreatur sichtlich beeindruckt schien.

„Danke, aber das war nur ein kleiner Vorgeschmack", prahlte Xinux und beugte sich zu Daxa hinunter. „Ich hätte da eine Urkraut-Mischung anzubieten, die deine Dino-Instinkte in dir weckt." Und prompt stand ein dunkelgrün leuchtendes Getränk auf der Theke, aus den Flammen herausschossen. Daxa betrachtete es mit weit aufgerissenen Augen, bevor sie zögernd danach griff und ein Schluck wagte.

„Sind wir jetzt unsterblich", wollte Lydia wissen, als sie Daxa dabei beobachtete, wie sie ihre Nase in den brodelnden Vulkan tauchte.

„Nein, aber wir können uns transformieren", versuchte Viktoria zu erklären. „Unsere Form ist gegenüber der physikalischen Ebene flexibel. Wir haben Form, aber keine Größe, das heißt, wir sind unendlich groß und gleichzeitig unendlich klein. Deshalb sind wir physikalisch nicht messbar."

Lydia stieß einen Schrei aus und hielt sich entsetzt die Hand vor den Mund, während sie mit weit aufgerissenen Augen Daxa ansah. Sie hatte sich verändert und ähnelte jetzt sehr stark der Barkeeperin.

„Xinux Urkraut-Mischung scheint gewirkt zu haben", kommentierte Viktoria schmunzelnd.

„Hier haben wir ein schönes Beispiel der Transformation", führte die weise Dame weiter aus. „In unserer feinstofflichen Ebene können wir mühelos von einem Körper in einen anderen wechseln. Voraussetzung ist, dass wir unseren momentanen Körper nicht so wichtig halten, oder anders ausgedrückt: Wir dürfen unsere äußere Form nicht als unser Ich halten."

„Du meinst ich könnte mich jetzt einfach in etwas anderes verwandeln?", fragte Lydia und betrachtete nachdenklich ihre Hände.

„Wenn du nicht vorher über dein Selbst meditiert hast, würde ich erst mal die jetzige Form beibehalten", sagte Viktoria mit warnender Stimme.

„Und was ist mit Daxa? Sie hat sicher nicht ausreichend über ihr Selbst meditiert", sagte Lydia und sah ihre ehemalige Assistentin mitleidsvoll an, die mit rotleuchtenden Augen ihre wulstigen Dinosaurier-Pranken betrachtete.

„Sie ist nur betrunken", beruhigte Viktoria, „wenn

155

sie wieder nüchtern ist, nimmt sie ihre alte Form wieder an. Gefährlich wird es nur, wenn man die Transformations-Technik nutzt, aber keine innere Stabilität besitzt. Dann wird man zu den Wandernden, die unkontrolliert von einer Form zur anderen wandern. Sie bedürfen Hilfe von außen, sonst sind die verloren", mahnte sie und ihre Augen strahlten majestätischen Glanz aus, wie die einer spirituellen Meisterin.

Welt ohne Zeit

„Nun kommt mal alle mit! Zu einen kleinen Weltraumspaziergang", sagte Viktoria, während das auf der Theke abgesetzte Cocktailglas sofort verschwand. Daxa nahm langsam wieder ihre ursprüngliche Form an. Ihre Schuppenhaut glättete sich, und auch die roten Augen verwandelten sich von Sekunde zu Sekunde in Daxas ursprünglichen hübschen Blauen. Lydia zögerte kurz, als sie auf die Außenwand des Raumschiffes zuging. Vorsichtshalber streckte sie die Hand aus, bevor sie in den freien Raum trat. Erst jetzt, nachdem sie die gewohnte Umgebung verlassen hatte, erkannte sie die grenzenlose Freiheit ihrer neuen Daseinsform am eigenen Leib. Zum ersten mal seit ihrer Geburt fühlte sie sich unabhängig und frei von Ängsten. Mit der Gewissheit, den physikalischen Kräften nicht im geringsten ausgesetzt zu sein, glitt sie wie ein Adler durch die unendliche Stille. Neben ihr Daxa, Viktoria und Xinux.

„Wartet mal", sagte Lydia, als sie durch ein Außenfenster Yvonne an einem Tisch sitzen sah, „ich würde gerne Kontakt mit unserer Raumschiff -Kommandantin aufnehmen. Ist das irgendwie möglich?" Der Klang ihrer Stimme hatte jetzt eine göttergleiche voluminöse Kraft, als durchdringe sie das ganze Universum.

„Es ist von seltenen Bedingungen abhängig, um mit der physikalischen Welt zu kommunizieren", betonte Viktoria während die vier ganz nah an das Fenster schwebten und in das Restaurant schauten. „Es kommt zum Beispiel bei talentierten Persönlichkeiten in bestimmten Situationen gelegentlich vor. So war es bei Anna als ich sie vor der Reise kontaktierte. Bei spirituell weit fortgeschrittenen Menschen ebenfalls, aber es hängt in beiden Fällen immer von dem aktuellen Geisteszustand der jeweiligen Person ab und nicht von uns."

Yvonne erweckte den Eindruck, als könnte auch sie die vier `Geister´ sehen, denn sie wirkte plötzlich verstört als sie nach draußen sah.

„Sie spürt uns", sagte Viktoria und entfernte sich, „halten wir Abstand um sie nicht zu verängstigen."

„Ich würde ihr gerne auf irgendeine Weise mitteilen, dass sie sich keine Sorgen um mich zu machen braucht", bekräftigte Lydia ihren Wunsch.

„Da gibt es glaube ich eine Möglichkeit", äußerte sich die nun wieder vollständig hergestellte Daxa. „Die virtuelle Welt."

„Auch hier sind wir auf den Geisteszustand begabter Virtueller angewiesen, denn die virtuelle Welt ist nichts anderes als eine subtile physikalische Welt", erklärte Viktoria. „Aber keine Angst, ich finde schon was", sagte sie augenzwinkernd. „Folgt mir einfach!"

Augenblicklich verschwand sie mit den anderen in die Unendlichkeit.

*

„Du grinst schon den ganzen Morgen gedankenverloren vor dich hin, Yvonne. Sag mal, hat Anna dir vielleicht ein Geschenk gemacht." Michaela traf den Nagel auf dem Kopf. Sie streckte lässig ihre Beine unter Yvonnes Schreibtisch und stupste leicht gegen ihr

Schienbein.

„Kannst du mir mal sagen, wie du jetzt darauf kommst", versuchte Yvonne abzuwehren. Innerlich freute sie sich, weil ihre Kollegin das Thema ansprach.

„Nach langer Zeit endlich mal wieder ein Abend mit Anna. Da brauche ich nur eins und eins zusammenzählen", konterte Michaela.

Yvonne schmunzelte verlegen. „Eigentlich wollte ich ja die Gebende sein."

„Ha, Ha, bis du dir das überlegt hättest, wäre Anna zu alt gewesen." Michaela ging um den Schreibtisch herum, gab Yvonne einen Kuss auf die Wange und lächelte sie an. „Ich beneide dich. Ein Kind auszutragen stelle ich mir als eines der intensivsten Erfahrungen im Leben einer Frau vor. Ist der Schwangerschaftstest positiv?"

„Ja"

„Ich schlage vor, du machst heute früher Schluss und lässt dich von Anna richtig gut verwöhnen. Ich schaffe das mit Kyra und Mirele auch alleine", bot ihr Michaela an.

Yvonne streichelte liebevoll Michaelas Arm. „Danke, du bist wirklich eine richtige Freundin. Wer weiß, wenn es anders gekommen wäre..." Sie wollte den Gedanken nicht weiter ausführen, weil sie spontan an Michaelas Trennung zu Lana denken musste. Michaela blickte gedankenverloren aus dem Fenster in die schwarze Sternen-Welt.

„Michaela, wenn dich etwas bedrückt, du kannst jederzeit mit mir darüber reden", bot sich Yvonne an, weil sie wusste, dass ihre Navigatorin die eigenen Gefühle gern hinter ihrer vordergründigen Frohnatur verbarg.

„Wie kommst du darauf, dass mich etwas bedrücken sollte?"

„Ich kenne dich. Du schiebst gerne alles Unangenehme zur Seite. Schließlich musstest du dich von Lana trennen."

„Musste ich nicht, es war meine freie Entscheidung." Michaela ging mit verschränkten Armen zum Fenster und lehnte sich lässig mit der Schulter daran. Mit einem melancholischen Lächeln blickte sie zu Yvonne rüber, als sich Yvonne2 im Schreibtisch-Monitor meldete.

„Tut mir leid das ich störe, aber im buddhistischen Zentrum gibt es eine außergewöhnliche Erscheinung. Deine Anwesenheit wird verlangt."

Yvonne sprang auf, ging zu Michaela rüber und tätschelte ihre Schulter. „Übernehme mal die Brücke, bis ich wieder da bin", sie küsste sie auf die Wange. „Wir unterhalten uns später weiter."

In der Gompa des Meditations-Zentrums empfing sie Arian mit einem ehrfurchtsvollen Gesichtsausdruck und führte die Raumschiff-Kommandantin in einem kleineren hinteren Bereich, welches als Sushis Unterkunft diente. Direkt neben Sushis Meditations-Altar warteten Viktoria und Lydia, halb durchscheinend wie eine holographische Projektion, auf Yvonne, die sich respektvoll vor Sushi, den Buddha-Statuen und vor den Gästen verneigte.

„Frau Traor, sind sie wirklich die Person, die ich sehe?"

Ja, und ich möchte diese seltene Möglichkeit zuerst dazu benutzen, ihnen mitzuteilen, dass sie sich keine Sorgen machen brauchen. Mir geht es

160

gut. Ich habe jetzt eine andere Existenz angenommen – oder genauer, ich bin aufgenommen worden", sagte Lydia mit einem Blick zu Viktoria.

„Ich verstehe natürlich das sie jetzt viele Fragen an uns richten möchten", ergriff Viktoria sofort das Wort, bevor Yvonne was sagen konnte. „Aber ich darf ihnen den Wunsch nicht erfüllen, da sich dann die Zeitlinie ungünstig verändern würde. Ich muss sie bitten mir zu vertrauen", bat sie inständig, „wir haben nicht viel Zeit. Dieses Fenster ist unstabil und kann sich jeden Augenblick wieder schließen. Es geht um die drei `Gäste´ aus der Vergangenheit. Daras Assistentin wird Daten erhalten, aus dem hervorgeht, wann die Drei mit ihrem Shuttle bestimmte Koordinaten im All erreichen müssen. Bitte halten sie sich genau an diese Anweisung", betonte Viktoria, „es ist sehr wichtig!" Im selben Moment leuchteten die beiden Gestalten grell auf und verschwanden, während der Nachhall von Viktorias Stimme den Raum durchdrang.

Yvonne, Sushi und Arian sahen sich verwirrt an.

„Das ist eine Prophezeiung", meinte Arian. „Die Frau hatte uns schon mal vor unsere Reise besucht, als wir mit den Space-Lifter hier herauf gefahren sind."

„Meine Lebenspartnerin, hatte ebenfalls von der ehrenwerten Dame Besuch erhalten", sagte Yvonne nachdenklich. „Wir sollten sie vertrauen."

„Von welchen Gästen hat sie gesprochen?", fragte Sushi.

Yvonne hielt es für besser, ihnen gleich reinen Wein einzuschenken, ehe sie aus Neugierde Nachforschungen anstellen. „...bitte betrachten sie dies als streng vertraulich", betonte sie abschließend und sah sich in der Gompa um.

„Ihr habt es hier wirklich schön eingerichtet. Unverzeihlich, dass ich bis jetzt noch nie hierher gekommen bin", sagte sie zu Sushi, „das muss ich aber schleunigst nachholen."

„Das ehrt uns sehr", freute sich Sushi. „Jede, die hierher findet ist ein Gewinn, nicht nur für uns, sondern für das ganze Schiff. Aus diesem Grund habe ich eine kleine Bitte, die sie mir in ihrer Eigenschaft als Raumschiff-Kommandantin vielleicht erfüllen könnten." Yvonne nickte zustimmend. „Das tägliche Info-Banner würde viele an die Möglichkeit zur spirituellen Praxis erinnern. Allein die Tatsache, wenn sich dann viele Menschen zumindest vornehmen zu kommen, verbessert unser kollektives Karma wesentlich", argumentierte sie.

„Das ist doch selbstverständlich. Ich kümmere mich darum. Sie können sich ab sofort direkt über meine Assistentin bei mir melden", sagte Yvonne und verabschiedete sich von den Beiden.

„Das war knapp", bemerkte Viktoria, kurz nach dem sie sich wieder aufgelöst hatten.

„Wie war das möglich, dass sie uns sehen konnten", fragte Lydia neugierig, nachdem sie sich wieder in den freien Raum zurückgezogen hatten.

„Sushi konnte uns für eine Zeit als Medium dienen, als sie einsgerichtet über das kollektive Bewusstsein meditierte. Solange die Konzentration rein ist, können wir mit ihr in Verbindung stehen", erklärte Viktoria.

„Was meinst du mit kollektives Bewusstsein?"

Viktoria schmunzelte. „Du betrachtest immer noch deine dualistische Sichtweise als die Wahrheit. Aus diesem Grund möchtest du auch jetzt dein Ich noch mit deinem Körper verbinden. Dem ist aber nicht so. Du bist wir, und wir sind du. Dein Äußeres ist nur eine Erfindung vom kollektiven `Wir´", versuchte Viktoria ein Erklärungsversuch und spürte wie sie Lydia damit überforderte. „Du brauchst darüber nicht nachzugrübeln, beobachte nur, dann begreifst du es nach und nach von selbst, denn du bist wir."

*

Als Gerry von Vera die Aufforderung übermittelt bekam, sich bei der Raumschiff-Kommandantin zu melden, dachte er mit flauem Gefühl im Magen sich jetzt ein Rüffel einzufangen, da er sich in der Vergangenheit ja nicht immer kooperativ gezeigte, als es darum ging seine wahre Existenz zu tarnen. Später, nachdem er und John sich öfters privat mit Vera und Dara trafen, fiel es ihm etwas leichter die Situation zu akzeptieren, weil er sich dort nicht verstecken musste. Die offenen Gespräche mit Vera taten im und auch John und Claudia gut. Wer weiß, vielleicht hatte es eine tiefere Bedeutung, wenn sich Menschen aus unterschiedlichen Zeiten austauschen.
Als sich die Tür zum Büro öffnete, stand Yvonne am Fenster und tätschelte ihren Bauch. Die Kommandantin, die Gerry früher öfters von weitem gesehen hatte, wenn sie in der Bar verweilte, wirkte jetzt etwas fülliger. Ihre Schwangerschaft hatte nun die Form eines

hübschen kleinen Kugelbauches angenommen, der sich unter einen weißen Rock versteckte.

„Sie sind Herr Andersson", begrüßte ihn Yvonne freundlich und bot ihm am Schreibtisch einen Platz an. „Schön das wir uns nun persönlich kennen lernen", fuhr sie fort und setzte sich. „Mein Name ist ebenfalls Andersson."

„Andersson? Das ist ja interessant", sagte Gerry, während er sich in den Sessel setzte, die Beine übereinander schlug und leicht vorgebeugt die gefalteten Hände auf sein Knie legte.

„Ja, dass finde ich auch." Yvonne lehnte sich schmunzelnd zurück. „Ich habe deshalb einige Nachforschungen angestellt. Sie sind mein Ururur- und-so-weiter-Großvater. Jedenfalls geht das mit ziemlicher Sicherheit aus der Ahnenlinie hervor."

„Da muss ich sie enttäuschen, ich habe keine Kinder."

„Sie haben *noch* keine Kinder", betonte Yvonne.

„Sie meinen..."

„Ganz genau. Wenn sie keinen Nachwuchs bekommen, werde ich nicht geboren. Ich werde nicht-existent, wie es so schön heißt. Und nicht nur ich. Auch alle die nach mir kommen werden." Yvonne tätschelte, während sie dies sagte, ihren Bauch.

„Sind sie wirklich sicher? Ich meine, da ich ja nun schon hier bin, hätte sich logischerweise bei ihnen bereis was verändern müssen."

„Nicht, solange noch die Möglichkeit besteht in ihrer Zeit zurückzukehren. Sie können auf den gleichen Weg wieder zurückkehren, wie sie hierher gekommen sind. Ich denke das wird auch in ihrem Interesse sein, schnell wieder nach Hause zu kommen."

Ich bin gerade dabei, mich an meiner neuen Umgebung zu gewöhnen. Und wenn sie wirklich meine Enkelin sind, ist es da nicht üblich zu duzen?", bot Gerry frech an.

„Ok, ist gebongt, Opa", gab Yvonne breit grinsend zurück.

„Wie geht es den jetzt weiter?" Gerry lehnte sich zurück und wartete gespannt auf einen Vorschlag.

Na schön, Gerry. Die näheren Umstände darf ich dir leider nicht mitteilen, weil es die Operation gefährden könnte. Um so weniger du weißt, um so größer ist die Chance, dass du deine Zeitlinie möglichst unverändert fortsetzt. „Ich muss aber ausdrücklich darauf hinweisen, dass du die Erinnerungen die du von deinem Besuch bei uns mit nach Hause nimmst für dich behältst", ermahnte Yvonne und beugte sich vor während sie Gerry in die Augen sah. „Auch wenn es dir schwer fallen wird. Rede mit keinem darüber. Schon gar nicht mit der NASA. Erzähle einfach, dass du kurz durch eine Raumanomalie geflogen bist und nach ein paar Sekunden wieder am Ausgangspunkt warst. Das klingt plausibel, da du für die NASA, wenn alles planmäßig funktioniert, vielleicht zwei, drei Minuten verschwunden sein wirst. Wenn wir Glück haben, merken sie es gar nicht."

Gerry saß einen Moment nachdenklich im Sessel, bevor er was sagte: „Was ist mit meiner Frau, Linda?"

„Wenn sie den Mund hält und ihre Geschichte nicht an die Öffentlichkeit gelangt, ist das nicht schlimm. Aber bedenke: Um so mehr von deiner Zeitreise wissen, umso größer ist die Gefahr das ich mich verändere, und damit auch dein Umfeld, Gerry. Es hängt alles zusammen."

„Wenn ich das jetzt richtig verstanden habe, ist deine Existenz ganz und gar davon abhängig, das ich Linda ein Kind mache." Gerry schmunzelte.

„Ja, und das befehle ich dir hiermit als deine Vorgesetzte", sagte Yvonne augenzwinkernd. „In zwei Tagen ist es soweit. Bitte mache dein Shuttle bis dahin startklar", wies Yvonne an. „Es ist von ungeheurer Wichtigkeit den Start auf die Sekunde genau zu planen. Halte dich strikt an meine Anweisungen. Es ist auch notwendig deine Navigationssysteme mit unseren Computer zu synchronisieren."

„Hab ich schon mal gemacht, ich bin Raumschiffkommandant", sagte Gerry gelangweilt und sank tiefer in den Sessel.

„Sorry, ist nicht so gemeint. Ich gebe nur die Anweisung weiter."

„Von wem?"

„Kein Kommentar."

„Von den Zeitreisenden Frauen", schoss Gerry ins Kraut.

Yvonne schwieg.

Gerry erhob sich. „Wie wär's mit einem kleinen Familienessen", lud Gerry ein.

„Danke, dass nehme ich gerne an", freute sich Yvonne.

*

„Sehr interessant, erzähl weiter. Ich will alles wissen." Barbara quetschte alles aus ihren virtuellen Assistenten, der einer Heuschrecke mit

Menschenkopf glich, heraus. „Viel mehr weiß ich nicht", sagte er mit einer synthetischen Stimme und wippte auf seinen dünnen Beinen. „Das war schon schwierig genug an diese Informationen zu gelangen. Wenn ich noch öfter die Verschlüsselung knacke, finden die mich und schicken mich in Quarantäne", versuchte Ernie – so nannte er sich selbst immer gern – zu erklären.

„Hör mal zu, Heuschrecke", sagte Barbara. „Ich will nur wissen, wo das Shuttle von diesen drei sogenannten Touristinnen steht und einen biochemischen Dietrich für die Zugangstüren." Barbara verzog den Mund zu einem breiten Grinsen. „Das wird eine Abenteuerreise in einer aufregenden Zeit."

„Jetzt ziehen sie die zweite Karte aus dem Ärmel", sagte Viktoria. Sie verweilte mit Lydia, Daxa und Xinux auf einer Beobachtung, was bedeutete, dass sie sich auf einem Punkt im physikalischen Raum konzentrierten, in dem etwas Entscheidendes passieren wird. Den aberwitzigen Versuch von Barbara hätten sie zwar leicht stoppen können, da sie ja jetzt über die Omna, als Schleuse zu der virtuellen Welt, einen dauerhaften Kontakt zu Yvonne hatten. Aber die Sache hatte einen Haken, der tief verzweigt in den Raumzeit-Gefüge lag.

„Die dachten ich würde auf diese Falle hereinfallen", stellte Viktoria fest und ihr entfuhr ein tiefes, spöttisches Lachen.

„Was meinst du mit die? Ist das auch ein Teil von mir?", fragte Lydia.

„Alles ist ein Teil von dir."

„Also stellen wir unser Selbst diese Falle."

„Ja, du beginnst zu lernen", sagte Viktoria und ihre Augen funkelten als hätten sie das Potenzial des gesamten Universums.

*

Gerry verriegelte das Shuttle von innen, setzte sich auf den Pilotensitz und kontrollierte noch einmal alle Systeme. Yvonne erschien auf den Monitor.

„Die Synchronisation ist jetzt endlich abgeschlossen. Das war nicht einfach die beiden Systeme zusammenzubringen," meinte sie.

„Das liegt an diesen NASA-Mist. Die machen alles immer alles komplizierter als nötig", schimpfte John, der den Platz neben Gerry eingenommen hatte. Auch Claudia saß vorne und blickte gebannt auf die großen Hangar-Tore, die sich gleich öffnen werden.

„Habt ihr auch alles mitgenommen?", fragte Yvonne. „Es ist sehr wichtig, dass nichts hier zurückbleibt und auch nichts von hier mitgenommen wird. Könnte alles die Zeitlinie verändern."

„Was guckt ihr mich an", empörte sich Claudia.

„Alles startklar", sagte Gerry und zwinkerte Yvonne zu.

Wenige Sekunden später öffneten sich die großen Hangar-Flügel und die Triebwerke heulten mit zunehmender Aggressivität, als sich das Shuttle sich vom Boden löste.

„Na dann übernehmt mal", sagte Gerry zu Yvonne.

„Ich hoffe die Daten stimmen."

Yvonne atmete tief ein: „Werden wir gleich wissen. Wenn ich plötzlich nicht mehr da bin."

„Wie war das noch, mit dem positiven denken?"

„Danke, Gerry."

Mit einer rasanten Linkskurve verließ der Raumgleiter die riesige Stadt im All, flog dann auf gleicher Höhe, seitlich abdriftend. Schließlich konnte man das gesamte Rad aus dem Seitenfenster sehen. Weit leuchtete es aus der Ferne. Gerry überkam ein mulmiges Gefühl, als er daran dachte, wenn er das Wurmloch nicht findet, aber dann auch das Mutterschiff verloren hätte. Der Alptraum eines jeden Astronauten. Als er Yvonne auf den Monitor erblickte, fühlte er sich wieder besser.

„Alles noch im grünen Bereich?", fragte er, um die angespannte Stille aufzulockern.

„Bei euch auch?", gab sie zurück. Die Spannung stieg an. Keiner wollte aussprechen, was alle dachten: Die Aktion abbrechen, ehe es zu spät ist. Aber was passiert dann?

„Klar, wenn man sitzt, dann geht´s", scherzte Gerry und blickte dabei durch das Seitenfenster. Die letzte Rettung vor einem elenden Dahinsiechen in der Unendlichkeit, verschwand langsam aber sicher im Meer der Sterne. Es viel ihm schwer die Konturen zu erkennen, bald wird der Sichtkontakt ganz abgebrochen sein.

„Was machen wir jetzt?" Claudia stand auf und wollte den Steuerraum verlassen, aber Gerry befahl sie zu bleiben. Er blickte auf den Monitor und richtete sich auf, als hätte er einen Stromschlag erhalten.

„Was ist?", fragte John.

„Yvonne... sie ist verschwunden." Er merkte, wie ihm der Schweiß aus den Poren quoll. Jetzt wurde es ernst. Ein panischer Blick aus dem Seitenfenster bestätigte seine Befürchtung.

Sie waren allein, verloren in den endlosen Weiten des Alls.

Gerne hätte Yvonne jetzt Kontakt mit Viktoria aufgenommen, weil sie wissen wollte ob die Aktion nun gelungen ist oder nicht. Die Sensoren gaben keine Daten. Sie konnte die Position des Shuttles nicht lokalisieren. Damit war die letzte Option, Dara zu einem Rettungsflug loszuschicken gestorben. Sie saß allein in ihrem Quartier und versuchte vergebens die Verbindung wieder herzustellen.

„Hast du eine Idee?", fragte sie schließlich Vera in der Hoffnung, dass vielleicht die clevere Ingenieurin Rat wusste. Vera seufzte als sie sich an das Terminal setzte.

„Die einzigste Chance zu den Zeitreisenden Beschützerinnen Kontakt zu bekommen wäre, wenn Luxa versucht Kontakt zur Omna zu bekommen", erklärte sie. „Aber bisher hat *sie* sich immer gemeldet. Ob das auch von unserer Seite geht? Keine Ahnung. Vielleicht machen wir uns aber auch zu viele Gedanken. Möglicherweise haben sie das Wurmloch schon durchflogen", versuchte Vera zu beruhigen.

„Wenn sie scheitern, was passiert dann eigentlich mit mir?"

„Das ist sehr schwer vorauszusagen", meinte Vera. „Du kannst nicht wissen, ob deine Ahnenlinie die einzigste mögliche ist. Eventuell könnte sich auch eine Linie ohne Gerry manifestieren. Du könntest dich zum Beispiel charakterlich ändern, oder auch physisch."

„Kann ich auch ganz verschwinden?"

„Ganz auszuschließen ist das nicht."

Yvonne ging zum Fenster und blickte in die unendliche Weite. „Wir müssen Viktoria vertrauen und abwarten was geschieht."

*

Sie blitzten kurz auf und verschwanden dann wieder. Kleine schwarze Löcher im Raum. Mal hier, mal dort veranstalteten die Erscheinungen auf der Profectio ein bedrohliches Feuerwerk. Gelegentlich trafen sie direkt auf die Struktur des Schiffes und empfindliche elektronische Module wurden beschädigt. Bei Menschen hinterließen diese mysteriösen Phänomene schmerzhafte Verbrennungen. Auch Michaela hatte einen von diesen Lichtblitzen am Oberarm abbekommen, als sie auf die Brücke stürmte. Vera erschien mit einem Koffer, um das Problem zu analysieren. Sie programmierte ihren Scanner immer wieder neu, denn sie hatte nur eine vage Vorstellung von diesem Phänomen.

„Es könnte sich um Antiwesen handeln", sagte sie und tippte hektisch auf den Scanner herum, als wieder ein Lichtblitz unmittelbar vor ihnen aufflammte.

„Könnte das mit einer gescheiterten Mission von Gerry zu tun haben?", fragte Yvonne.

Vera blickte kurz von dem Scanner auf. „Gut möglich. Schließlich habt ihr jetzt eine abhängige, zeitübergreifende Beziehung", stellte Vera klar.

Yvonne hielt sich schmerzverkrampft den Bauch.

171

Die Wehen setzten ein.

„Ihr müsst jetzt ohne mich weitermachen." Yvonne richtete sich schwerfällig auf. „Ich glaube meine Kleine ist neugierig auf die Welt hier draußen geworden." Kyra begleitete ihre Chefin auf dem Weg zu Lauras Praxis und sie entkam auf den Rückweg zur Brücke nur knapp einer Attacke der Antiwesen.

Laura hatte die Geburtsbadewanne bereiz vorbereitet und empfing Yvonne in einem weißen Umhang.

„Heute in weiß, wieso denn das?", scherzte Yvonne.

„Nur bei Geburten", antwortete Laura trocken und half Yvonne aus den Kleidern, die sich danach langsam in das angenehm warme Wasser setzte und vorsichtig die Beine auf den gepolsterten Rand der Wanne platzierte. Entspannt legte sie ihren Kopf zurück. Mit Freuden erwartete sie nun die Geburt ihres ersten Kindes, eines der intensivsten Erfahrungen im Leben einer Frau, wie Michaela es so treffend ausdrückte.

Anna stürzte zur Tür herein und machte den Eindruck, als hätte sie ein Spießruten-Laufen hinter sich.

„Das ist ja grauenvoll! Man ist nirgendwo sicher", beklagte sie sich.

„Kümmere dich nicht darum. Die sind nicht lebensgefährlich", beruhigte sie Yvonne. „Komm her und hilf mir bei der Geburt unserer Toch...", noch bevor sie Tochter aussprechen konnte, setzten erneut starke Wehen ein.

*

172

Die vorgegebene Position lag weit hinter ihnen. Nichts ist passiert. Im geheimen hatte Gerry sich schon damit abgefunden, dass dies das Ende ist. Die Stunden vergingen. Nur ein sadistischer Mörder hätte sich so etwas ausdenken können: Sein Opfer einfach mit einem Shuttle im interstellaren Raum auszusetzen. Sie flogen weiterhin den gleichen Kurs mit gleichbleibender Geschwindigkeit. Dabei entfernten sie sich immer mehr von dem Heimatsonnensystem. Claudia hatte angeregt zu wenden, um wenigstens zurückzufliegen, aber bei dem Tempo zu wenden, um dann mit vollem Schub in die entgegengesetzte Richtung zu starten, hätte allein schon fast die ganzen Energiereserven aufgebraucht. Ohnehin sinnlos. Für die Entfernung bis zur Erde würde der Flug so lange dauern, dass sie es nicht überleben würden. Letztendlich hätten sie den vorgesehenen Kurs verlassen, und damit die letzte Chance verspielt, das Wurmloch zu finden.

Im mittleren Wohnbereich des Shuttles polterte es. Wie elektrisiert sahen sich die Drei an.

„Sind die Schränke wieder nicht verriegelt und alles fliegt da durch die Gegend?", schimpfte Gerry. Als sich keiner anschickte, nachzuschauen, erhob der Kommandant sich selbst. Noch bevor er die Tür zum Wohnbereich öffnete, wurde sie von innen geöffnet. Barbara! Leicht zerzaust, ihre Haare wirbelten schwerelos vor ihrem Gesicht, tapste sie unsicher zu der nächsten Sitzgelegenheit.

„Sorry, ich habe versehentlich eine Kaffeekanne zerbrochen."

„Sie haben noch viel mehr zerbrochen", zischte

Gerry und kochte vor Wut.

„Ich dachte wir wären per du", scherzte Barbara.

„Ok, warum nicht, wir werden hier sowieso alle verrecken", konterte Gerry. „Wenn ich das richtig einschätze, hast du durch diese Aktion die Zeitlinie verändert und das Wurmloch taucht ganz woanders, oder überhaupt nicht auf." Gerry setzte sich wieder. „Was hat dich nur auf diese absurde Idee gebracht, von einem Luxusdampfer in ein kleines Rettungsboot zu steigen", wollte Gerry wissen.

„Abenteuerlust. Mir war es dort einfach zu langweilig."

„Gratuliere, hier wird es sicher richtig spannend." Gerry drehte seinen Sessel in Richtung Frontscheibe und blickte in die Leere des Raumes. Vielleicht nur um seine ironischen Ausführungen zu trotzen, blitze plötzlich vor dem Shuttle die langersehnte Rettung auf. Drei bis vier Sekunden. Zu kurz, um zu realisieren, was passiert. Zu lang um keine Angst zu bekommen. Die Hände aller Insassen schlossen sich krampfhaft um die Armlehnen, ihre Haltung erstarrt und die Augen weit geöffnet. Geschafft! Sie schwebten wieder im Weltraum. Die Bestimmung der aktuellen Position ließ nicht lange auf sich warten.

„Die Erde", triumphierte Claudia, während Gerry und John sich mit der Navigationseinheit beschäftigten.

„Wir haben den 19.08.2018", kommentierte John, „genau der Zeitpunkt, an dem wir vom Mars-Orbit verschwunden sind."

„Und jetzt sind wir im Erd-Orbit. Das ist ein gravierender Unterschied", stellte Gerry lakonisch fest.

„Wer weiß, was sich sonst noch alles verändert hat", knurrte John vor sich hin.

Gerry sendete ein Notruf an die Raumüberwachung.

„Wie kommt ihr denn plötzlich hierher", wunderte sich kurz darauf eine männliche Stimme. Gerry nickte Claudia und John zu, bevor er sich meldete: „Das erkläre ich euch später. Zuerst brauche ich die Lande-Koordinaten."

Nachdem diese übermittelt wurden, wandte er sich Barbara zu: „Was machen wir jetzt mit dir? Ich schlage, vor wir jagen sie durch die Schleuse ins All, da wird sie uns keine Probleme bereiten. Was meinst du, John?"

Barbara schmunzelte: „Du bist ein schlechter Lügner, Gerry und alles andere als ein Mörder."

Gerry verzog nur kurz seinen Mund zu einem gönnerhaften Lächeln, bevor seine Miene den Ernst der Lage wieder-spiegelte.

„Barbara, wir landen gleich auf die Raumbasis Cape Canaveral und wir haben schon genug damit zu tun, unseren Trip in der Zukunft geheim zu halten. Denn die werden uns und das Shuttle ziemlich pedantisch unter die Lupe nehmen. Um es kurz zu machen: Wir haben gerade mal eine gute Stunde Zeit, um uns eine Lösung einfallen zu lassen, wie wir dich unbemerkt aus dem Shuttle und dann vom Gelände der Raumbasis schaffen."

*

Monique trat kraftvoll in die Pedale und das Bike sauste durch den langen Korridor, verfolgt von den

Blitzen der Antiwesen. Der Rucksack lag schwer auf ihren Rücken und die Gurte drückten schmerzhaft auf den Schultern. Sie hatte Werkzeug und elektronische Module hineingestopft und hetzte mit einer Generalermächtigung, die ihr bei Notfällen Zugang zu allen Räumen ermöglichte, von einer Baustelle zur anderen. Immer wieder fiel irgendwo auf dem Raumschiff die Energiezufuhr aus. Die Antiwesen sorgten mittlerweile für ein handfestes Chaos.

Die nächste Baustelle: Die Praxis der Doktorin. Alles dunkel! „Vermutlich wieder der Hauptenergie-Verteiler platt", murmelte Monique und schaltete ihre Handlampe ein. Der Lichtkegel traf Yvonne, in der Geburtsbadewanne sitzend, mitfühlend begleitet von Anna und Laura.

„Oh, entschuldigt. Ich muss mal an den Schaltkasten." Monique war es peinlich, ständig in Privatsphären eindringen zu müssen. Eine Geburt war zu mindestens eine Abwechslung gegenüber einigen vorherigen Stationen.

Als sie routinemäßig die Module ersetzte, empfing sie kurz ein Schwall telepatische Schwingungen, die offensichtlich von der gebärenden Kommandantin ausgingen. Wenn sie das Gefühl hätte beschreiben sollen, wäre es ihr schwergefallen. War es Leid? Oder Freude? Eher beides, die Freude am Leiden vielleicht. Irgendwie ein schönes Gefühl, fand sie.

Das Licht ging an.

„Hallo Monique, hab dich erst gar nicht erkannt", freute sich Anna.

Yvonne entspannte sich, denn die Wehen ließen wieder nach. Sie schmunzelte. „Hallo, das ging

176

aber schnell mit der Reparatur. Anna hat mir schon von dir erzählt. Setz dich", bot Yvonne an und richtete sich schwerfällig ein wenig aus der Wanne auf. Ihre dünnen blonden Haare klebten an ihren Wangen. Sie wirkte erschöpft, aber ihre Augen funkelten. Monique dachte spontan an die vielen Störungen, die sie noch zu beheben gedachte. Wahrscheinlich ein Fass ohne Boden, denn die kleinen schwarzen Löcher setzten unermüdlich ihren Beschuss fort. Im selben Moment erwischte sie eines direkt in der Bauchgegend. Sie schrie kurz auf und wich zurück, zog das verschwitzte T-Shirt hoch. Über ihrem Bauchnabel protzte eine handgroße Brandwunde.

„Nimm dies", bot Laura an, während sie Monique eine Salbe überreichte.

„Mir hat es am Fuß erwischt", sagte Anna und verzog ihr Gesicht. Moniques Kommunikator piepste. Vera brauchte ihre Hilfe auf der Brücke.

„Was ist los?" fragte Yvonne, laut genug, dass es Vera hörte.

„Nicht der Rede wert. Nur ein kleines Energieproblem", log Vera, als sie Yvonnes Stimme hörte.

„Na dann muss ich wohl", verabschiedete sich Monique und nickte nacheinander den drei Frauen zu, als sie sich den Rucksack umhängte und schnell den Raum verließ.

„Anna, gib mir mal meinen Kommunikator. Ich muss mal mit Vera oder Michaela sprechen", forderte Yvonne und versuchte sich in der Wanne aufzurichten.

„Du wirst jetzt weder mit Vera noch mit Michaela sprechen", empörte sich Anna und begann ihre

177

Schultern zu massieren. „Du musst dich entspannen."

Im selben Moment blitzte ein Antiwesen haarscharf neben Yvonnes Ohr. Sie stieß einen kurzen Schrei aus und riss den Kopf zur Seite.

Die Wehen setzten wieder ein. Diesmal heftiger als vorher.

*

Barbara schüttelte energisch den Kopf. „Ihr seit ja bekloppt. Ich springe doch nicht da raus!"

„Das ist die einzigste Lösung", versuchte Gerry zu beruhigen. „Der Fallschirm öffnet sich von selbst. In ein paar Minuten landest du weich auf den Boden. Vertraue mir, Barbara, ich habe das schon hundert mal gemacht und da ist nie was passiert." Gerry öffnete einen Schrank und griff nach einem Overall. „Die werden wahrscheinlich nicht sofort die   Bordbestandsliste checken. Bis die merken, dass ein Rettungsanzug fehlt, wird mir schon eine Erklärung   eingefallen sein", hoffte er und reichte das gelbe Kleidungsstück Barbara, die sich nervös eine Haarsträhne aus dem Gesicht strich. „Nein, das kann ich nicht. Ich habe Höhenangst."

„Hör zu", sagte Gerry, „wenn die dich hier entdecken, können wir unsere Reise in die Zukunft nicht mehr verheimlichen. Wir leben hier in einer Zeit, die von Terror, Krisen und Mistrauen beherrscht wird. Die USA liegen in punkto Weltraumtechnik im Wettstreit mit China. Den zu gewinnen ist Amerikas einzigste Hoffnung, aus der schweren Depression wieder herauszukommen." Gerry ging auf Barbara zu und sah sie in die

178

Augen. „Für die Öffentlichkeit steht jetzt schon fest, dass diese Marsmission ein Erfolg wird. Und sie soll genau das zu hören bekommen." Gerry reichte ihr den Overall. „Denke vor allem an deine Zeitlinie. Wir alle sind nun unmittelbar mit der Zukunft verknüpft. Umso unsichtbarer wir uns verhalten, umso besser für uns alle." Barbara schluckte und nahm den Rettungsanzug. „Erkläre mir wie das funktioniert und wo soll ich raus?"

Wenig später hangelte sich Barbara im Rettungsanzug durch eine Luke im hinteren Bereich des Shuttles. Gerry half ihr dabei, achtete auf den dicken Fallschirmrucksack, dass er nirgendwo hängen blieb. Mit zittrigen Händen suchte sie nach halt, als sie schwerelos in die Absprungschleuse sank.

„Warte hier. Wir werden gleich in die Erdatmosphäre eintauchen. Ich muss jetzt nach vorne. Wenn es soweit ist, komme ich noch mal. Setz dich dorthin, es wird gleich etwas ruckeln." Gerry zwinkerte Barbara zu und stupste sie an der Schulter. „Wird schon schief gehen."

Barbara musste plötzlich dringend pinkeln. Das kannte sie schon aus ihrer Kindheit. Immer, wenn sie Angst hatte, musste sie. Vielleicht sollte sie einfach in den Overall machen. Sie beschloss noch etwas damit zu warten.

Es ruckelte, es zischte und pfiff. Die Temperatur stieg an. Barbara hielt sich krampfhaft an den Griffen fest und saß auf einem Metallboden, der sich gleich nach unten öffnen wird und sie in die Tiefe stürzen lässt. Ihr Herz pochte wie ein Hammer und sie ärgerte sich darüber, nur aus Abenteuerlust in dieser Situation zu sein, wo sie es doch auf der Profectio viel angenehmer hätte haben können.

„Es ist so weit. Wir erreichen gleich eine Höhe von Viertausend Metern", kommandierte Gerry von oben und reichte Barbara ein kleines Gerät. „Das ist ein Handy, ein Kommunikator aus unserer Zeit. Ich nehme so schnell wie es geht Verbindung mit dir auf. Alles weitere besprechen wir dann. Warte einfach da, wo du runterkommst, ich hole dich später ab", Gerry zwinkerte sie zu und schmunzelte. „So Barbara, ich schließe jetzt die Luke hier oben. Alles andere geht automatisch, du brauchst nichts zu machen. Nach fünfzehn Sekunden geht es abwärts. Bist du bereit?" Gerry wartete, bis Barbara nickend zustimmte und schloss die Klappe. Die fünfzehn Sekunden kamen Barbara unendlich lang vor. Grade als sie hoffte, Gerry hätte sein Plan geändert, sackte sie nach unten und es erwischte sie ein Keulenschlag, als der Fahrtwind sie mitriss. Alles drehte sich. Barbara ruderte hilflos mit den Armen, sah das Shuttle in den Himmel steigen. Sekunden später öffnete sich der Fallschirm und riss schmerzhaft an die Haltegurte, während Barbara ihre Blase entleerte.

Planmäßig steuerten sie die Landebahn in Cape Canaveral an und kamen sicher vor der großen Flugzeughalle zum Stillstand. Vier Männer schritten eiligst auf das Shuttle zu. Gerry atmete tief durch. „Hoffentlich halten die uns nicht zu lange mit ihrer Fragerei auf."

Wenig später saß Gerry im Büro von NASA Chef Billy Schmith. Sie kannten sich von der Akademie und hatten ein freundschaftliches Verhältnis zueinander.

„Ich verstehe ja, dass du jetzt nach Hause willst, aber ein paar Fragen hätte ich da noch", brachte er seine Verwirrung bezüglich der mysteriösen `Rückreise´ zum Ausdruck.

„Diese Anomalie", begann er und musterte Gerry nachdenklich durch seine dezente Brille, die irgendwie nicht zu seinem großen Kopf passte, „wann genau seit ihr darauf gestoßen?"

„Na unmittelbar, nachdem wir im Orbit des Mars eingetreten sind."

„Wie lang seit ihr denn dort drin gewesen?"

„Ich schätze mal vier Sekunden", antwortete Gerry korrekt.

„Und danach wart ihr hier im Orbit", hakte Billy nach.

„Ja, dass sagte ich doch", raunte Gerry genervt.

„Gerry, sei mir nicht böse, aber ich muss die Sache aufklären." Billy lehnte sich zurück legte behutsam die Fingerspitzen zusammen. „Deine Story ist einfach zu phantastisch, um damit der Öffentlichkeit zu erklären, warum ihr jetzt schon von einer Marsmission zurückgekehrt seid, die eigentlich über mehrere Monate hätte laufen sollen."

„Die braucht darüber ja nichts zu erfahren", schlug Gerry vor.

Barbara hantierte lange an den Verschlüssen herum, bis sie die komplizierte Mechanik begriff, um sich von dem Fallschirm zu befreien, der sich hin und wieder vom Wind aufblähte und an den Gurten zog.

Erleichtert, den Boden heil erreicht zu haben, atmete sie tief durch und sah sich um. Kilometerweit erstreckte sich eine seicht hügelige, mit Sträuchern bewachsene Landschaft. Am Horizont zog sich eine Baumreihe entlang und deutete auf eine Straße hin. Barbara beschloss, den Fallschirm im Gebüsch zu verstecken und zur Straße zu laufen, in der Hoffnung, dass Gerry sie dort besser findet. Sie vergewisserte sich, ob das Mobiltelefon funktionsbereit ist, marschierte los und zog sich dabei den Pullover tief nach unten, sodass er die durchnässte Hose verdeckte. Dabei viel ihr ein, dass sie ihre Reisekoffer im Shuttle vergessen hatte und Gerry wusste es nicht. Wenn das mal kein Ärger gibt! Sie verwarf die spontane Idee, ihn sofort anzurufen.

John verließ mit seinem Wagen das Gelände und atmete tief durch. Er blickte erleichtert zu Gerry und Claudia.
„Na endlich! Das hat ja geklappt."
„Ich bin nicht sicher, ob Billy uns alles abgenommen hat", meinte Gerry, „er hat gemerkt das ich ihm was verschwiegen habe und wird so schnell keine Ruhe geben."
„War das deine Idee, eine Show über einen erfolgreichen Marsflug abzuziehen?", fragte Claudia.
„Nee, Billy kam damit, als ich im vorschlug, die Sache zu verheimlichen. Die NASA braucht Erfolgsmeldungen und da lügen wir ja nicht, denn es *war* ein Erfolg. Wir ergänzen nur den Rückflug." Gerry betätigte die Ruftaste an seinem Mobiltelefon. John beschleunigte, als sie endlich

die Landstraße erreichten. Nervös lauschte Gerry eine Weile das Freizeichen, bis sich Barbara meldete.

Wenig später bestieg sie den Wagen. Freudestrahlend umarmte sie Claudia.

„Der Fallschirm! Der kann dort nicht liegen bleiben." Gerry blickte besorgt in die Ferne. „Wenn jemand den Absprung beobachtet hat, suchen sie das ganze Gelände ab. Barbara, mir wäre es lieber, wir holen ihn sofort."

Während John und Claudia im Wagen sitzend sanfte Jazzmusik im Radio lauschten, marschierten die anderen beiden zu dem Versteck. Nervös beobachtete Gerry ständig die Umgebung. Wenn sie jetzt hier entdeckt würden, kämen sie in ziemlicher Erklärungsnot. Er beschleunigte seinen Schritt.

„Weißt du noch wo er liegt?"

„Gerry, bleib ruhig, den finde ich schon. Ich glaube dort drüben." Barbara blieb kurz stehen, überlegte und ging weiter. Mal in dieser, mal in jener Richtung. Gerry trottete wie ein Hund hinterher. Er wollte gerade die Aktion abbrechen, da zog Barbara den Fallschirm aus dem Gestrüpp.

Kurz, bevor sie den Wagen erreichten, fuhr eine Polizeistreife entlang und verlangsamte das Tempo. Die Polizistin blickte neugierig herüber, während Gerry den Atem anhaltend, sie freundlich zunickte. Er schleuderte den Schirm in den Kofferraum, knallte den Deckel zu und bestieg zügig den Wagen.

„Gib Gas", sagte er gepresst und beobachtete, wie der Streifenwagen nur zögerlich seine Fahrt fortsetzte. „Bevor sie es sich anders überlegt."

183

„Habt ihr an mein Gepäck gedacht?"

„Klar, Barbara und ich habe auch schon eine Unterkunft für dich. Das Fellow-Land-Hotel am Rande von Daytona Beach. Dort in der Nähe habe ich mein Haus. Ich kenne die Inhaberin des Hotels gut. Sie stellt keine Fragen und hat vielleicht noch Personalbedarf für die Bar." Gerry wandte sich Barbara zu. „Den Job hast du ja schon gemacht."

Sie zuckte nur mit den Schultern und nickte zustimmend.

Wenig später stand sie mit Gerry an der Rezeption. Helena, eine Frau um die Fünfzig, saß entspannt in einem Schaukelstuhl, der, wie das gesamte Inventar, nur noch einen traurigen Rest einer stolzen Ära vermittelte.

„Wie du siehst, ist das kein Luxushotel und viel Geld gibt es hier nicht zu verdienen", warnte sie die neue Bewerberin vorsorglich. Barbara hatte sich ja schon an den historischen Dialekt von Gerry, John und Claudia gewöhnt, aber Helena sprach einen Slang, den sie nicht sofort verstand. Sie wechselte einen fragenden Blick mit Gerry, der darauf Helena dezent ins Ohr flüsterte. Die beiden Frauen verstanden sich trotzdem gut. Barbara spürte eine warmherzige Dame, hinter einer rauen Schale.

„Wir werden schon miteinander klar kommen", sagte Helena, nachdem sie Barbaras Zimmer aufschloss und sich dann eine Etage tiefer in ihrem Schaukelstuhl zurückzog.

Barbara fand es nun angebracht, sich für alles zu bedanken. Gerry schmunzelte. „Das habe ich nicht nur aus reiner Nächstenliebe gemacht. Meine eigene Existenz hängt auch davon ab. Wir

Zeitreisende sollten jetzt immer gegenseitig auf uns aufpassen, dass wir kein Mist bauen."

„Dann sieh mal zu, dass du kein Mist baust. Du hast noch eine Mission zu erfüllen", ermahnte Barbara.

„Mission?"

„Na, deine Ahnenlinie."

Gerry verschränkte brüskiert die Arme. „Du weißt davon?"

Barbara setzte sich auf das Bett. „Ich weiß alles über dich. Die Raumschiff-Kommandantin hatte deine Daten nur mit einem leicht zu knackenden Code verschlüsselt. Geh und besorg es deiner Frau, bevor du impotent wirst, so wie es schon viele Männer in dieser Zeit sind."

„Ich frage mich, ob es nicht ein Fluch ist, die Zukunft zu kennen", bemerkte Gerry, als er zur Tür hinausging.

Claudia ließ sich von John nach Hause bringen. Sie lebten beide in Jacksonville an der Ostküste Floridas. Peter, Claudias Lebenspartner war nicht da, als sie die Tür zu ihrer Wohnung aufschloss. Sie nahm es mit Freude zur Kenntnis, weil sie jetzt nach dem Stress einfach mal abhängen wollte. Sie ließ das Bad einlaufen, während sie die Reisetasche auspackte und sich anschließend auszog. Als sie sich auf Klo setzte, stellte sie überrascht fest, dass sie immer noch die Khatangafrucht in sich hatte, die Laura ihr vor der Abreise zur Reinigung ihrer Yoni mitgab. Dieses Andenken aus der Zukunft, das ihr jetzt hier in der gewohnten Umgebung wie ein Relikt aus einer anderen Welt erschien, konnte sie nicht einfach ins

185

Klo oder in die Mülltonne werfen. Andererseits wäre es nicht gut, wenn es Peter finden würde. Was sollte sie ihm erzählen? Sie hatte mit John und Gerry vereinbart, auch bei nächsten Bekannten die Reise in die Zukunft zu verheimlichen. Claudia suchte nach einem sicheren Versteck, fand aber keine geeignete Lösung, bis ihr Blick auf eine Blumenvase fiel. Schnell füllte sie diese mit Erde und legte die Frucht hinein und versteckte die Vase zwischen den Blumen auf dem Fenstersims. Entspannt genoss sie daraufhin das heiße Schaumbad. Sie schloss die Augen und träumte von einer phantastischen Reise in einem exotischen Land, die sie gerne mal wiederholen möchte.

*

Das Licht flackerte, überall zischte und puffe es. Die Technik schien nun ganz außer Kontrolle geraten zu sein. Es sah so aus als versuchten die Antiwesen einen finalen Anlauf, um dem Schiff den Rest zu geben. Wenn es ihnen gelingt, die Navigation und den Antrieb lahm zulegen, wäre die Profectio dazu verdammt, auf ewig wie ein Komet führrerlos durch das All zu treiben. Und nachdem die Vorräte verbraucht sind, gäbe es keine Überlebenschance. Als fliegender Sarg stürzt sie vielleicht irgendwann auf einem Planeten, oder direkt in eine Sonne.
Yvonne störte das nicht im geringsten. Überglücklich legte sie das neugeborene Kind an ihre Brust. Laut schreiend streckte es die winzigen Händchen in die Höhe, während Laura die

186

Nabelschnur löste. Die Antiwesen schienen Respekt vor der kleinen Dame zu haben, denn seitdem sie das schwache Licht der momentanen düsteren Welt erblickte, gingen die Attacken deutlich zurück. Laura hatte es für Yvonne, Anna und ihr Kind gemütlich hergerichtet. Sie schaffte es auch ohne Energieversorgung mit magischen kleinen Leuchteinheiten, die ohne elektrische Energie und ohne Feuer funktionierten, eine stilvolle Beleuchtung zu zaubern. Selbst für musikalische Untermalung hatte sie eine Lösung: Ihre Gitarre.

„Du kannst so was spielen?", fragte Anna angenehm überrascht.

„Ja, wir Yetanas spielen fast alle ein akustisches Instrument. Es ist unabhängig von Energiezufuhr."

Laura schlug ein paar sanfte Akkorde an, während sie leise dazu summte.

Michaela saß im Halbdunkel an ihrem Platz auf der Brücke und tippte vergebens auf der Konsole herum.

„Funktioniert hier auf dem Schiff überhaupt noch was?", fragte sie Vera, die neben ihr saß und ein umfangreiches Equipment an Messgeräten aufgebaut hatte.

„Kann sein, dass die Klospülung noch funktioniert."

„Gut zu wissen! Dann kann ich ja jetzt wenigstens pinkeln gehen", raunte Michaela und schob genervt die Konsole bei Seite.

Vera seufzte und lehnte sich zurück. „Wenigstens haben die Attacken aufgehört."

„Und was jetzt?"

187

„Wir warten bis Monique und Dara zurückkommen und arbeiten dann einen Arbeitsplan aus. Wir müssen so schnell wie möglich wieder das Notsystem in Gang bekommen. Wir brauchen Fahrräder um schneller überall hin zu kommen."

Michaela fragte Kyra und Mirele, die beide mit einem komfortablen Moonrider-Galaxo aufwarten konnten.

„Yvonne und Anna haben auch je eins."

„Das reicht. Ich fahre mit Monique und Dara zu den wichtigsten Verteilerstellen. Das Problem ist, dass uns langsam die Ersatzteile ausgehen." Vera rieb sich ihre übermüdeten Augen. „Die Zeit für Luxus ist jedenfalls vorbei."

„Das sehe ich auch so", bestätigte Michaela. „Hast du eine Ahnung womit wir es zu tun hatten?"

Vera zuckte mit den Schultern. „Es gibt eine Theorie über sogenannte Antiwesen, die als Erklärungsansatz für diese Phänomene dienen könnte. Dazu muss ich aber erst die Messdaten auswerten."

„Antiwesen?" Michaela verzog staunend ihren Mund und wechselte den Blick mit Kyra. „Das hat, glaube ich, mit dem Zeitlinien-Paradoxon zu tun", versuchte Kyra zu erklären.

„Ja genau. Der Extremfall wäre, dass sich zwei Ereignisse gegenseitig auflösen. Aber solange wir linear denken, kommen wir nicht weiter, weil die Ursache für die Auflösung bei der Auflösung verschwindet und diese sich dann nicht auflösen könnte und damit wiederum die Ursache für eine Auflösung vorhanden ist."

„Donnerwetter! Vera." Michaela lachte.

Die Tür zur Brücke wurde von Hand aufgeschoben. Monique und Dara schulterten ihre Rucksäcke, prall gefüllt mit Werkzeug und Ersatzteilen. Schnaufend legten sie ab und setzten sich. „Kurze Pause", sagte Monique und schmunzelte.

„Alles fertig?", scherzte Michaela.

„Ja, gleich! Wir müssen nur noch eben das ganze Energiesystem checken und reparieren." Monique streckte ihre Beine aus, während sie das Proviant-Paket auspackte.

„Michaela und ich helfen gleich mit. Kyra und Mirele halten hier die Brücke", schlug Vera vor. „Was haltet ihr davon?"

Da hatte keiner was einzuwenden.

Auf dem Schiff herrschte spirituelle Ruhe. Die komplett ausgefallene Beleuchtung veranlasste bei fast allen eine Flucht in den Quartieren. Das schaffte freie Gänge und gute Bedingungen schnell mit den Fahrrädern überall hin zu kommen. Mittlerweile halfen zehn weitere Monteurinnen mit und nach fünf Stunden lief das Notsystem an. Die Roboter erwachten zum Leben.

*

„Ist es nicht ziemlich schamlos, wenn wir als unsichtbare Geister in die Privatsphäre der Menschen eindringen?", wollte Lydia wissen, als sie Gerry und Linda in ihrem Schlafzimmer bei einem Liebesakt beobachtete.

„In gewisser Weise schon", antwortete Viktoria und seufzte, „aber was sollen wir machen? Wir verstehen uns ja als Schutzengel. Immer da, immer nah."

Gerry verlangsamte schnaufend seine rhythmischen Bewegungen und rollte sich dann erschöpft zur Seite.

„Na, heute wohl nicht dein Tag", flüsterte Linda und küsste ihn leidenschaftlich. „Nicht so schlimm. Das Wichtigste ist, dass du wieder gesund zurück bist." Sie kuschelte sich an ihm und schloss die Augen, während Gerry nachdenklich an die Decke starrte.

„Er überlegt, ob er ihr alles erzählen soll", kommentierte Viktoria. „Das Risiko zu einer Veränderung der Zeitlinie ist ziemlich gering, wenn er es tut. Darum werde ich ihm von seinem inneren Kampf befreien, indem ich eine kleine Entscheidungshilfe gebe." Ein roter Lichtstrahl von Viktorias Stirn traf auf Gerrys Stirn. Der wandte sich darauf Linda zu und streichelte sanft ihre Schulter. „Linda, ich muss dir was sagen", begann er.

Viktoria schmunzelte mit funkelnden Augen. „Wenn er Linda alles erzählt hat, ist er von seiner inneren Last befreit. Dann klappt das mit dem Sex auch wieder und er wird eine Tochter zeugen. Damit ist Yvonnes Ahnenlinie lückenlos. Komm Lydia, wir kümmern uns jetzt um die anderen."

In der Bar des Fellow-Land-Hotels drängten sie Frauen und Männer an der Theke. Für Barbara die erste Bewährungsprobe nach den ruhigen Tagen in der Woche. Ein Bier zu zapfen beherrschte sie mittlerweile perfekt, auch wenn der üble Geruch dieses hier so beliebten Getränks ziemlich gewöhnungsbedürftig war. Die mentalen Veränderungen bei den Menschen, wenn sie viel

190

davon tranken, merkte sie nicht nur an den äußeren Gebärden, sondern fühlte sie auch direkt. Besonders bei den Männern spürte sie die typisch hormongesteuerten sexuellen Begierden gegenüber Frauen, genauso wie sie es in den Geschichtsdateien der Tarashing-Bewegung gelesen hatte. Irgendwie interessant, fand sie.

Viktoria und Lydia postierten sich hochschwebend über einen vollbesetzten Tisch und beobachteten so, ohne jemand zu durchdringen, das Geschehen.

„Kannst du nicht alle Menschen glücklich machen." Lydia sank herab und stand einen Mann gegenüber, dessen Blick Trübsal und Frust signalisierte.

„Wir sind keine allmächtigen Götter, sondern Gesetzen unterworfen, genauso wie physikalische Wesen den physikalischen Gesetzmäßigkeiten folgen müssen", erklärte Viktoria. „Ob wir helfen können oder nicht, ist immer vom Geisteszustand der Wesen abhängig. Alle Phänomene sind Resultate des Geisteszustandes, Lydia. Es gibt nichts ohne Geist."

„Aber in der physikalischen Welt bewirken Gedanken keinen direkten Einfluss auf die Umwelt, wie hier in unserer Existenz", gab Lydia zu bedenken.

„Das mag kurzfristig gedacht auch so stimmen, weil die Veränderung dort nicht spontan eintritt, sondern sehr langsam, sodass ein Zusammenhang zwischen Gedanken und Auswirkung nicht sichtbar wird. Selbst wenn eine Reaktion auf negative Gedanken spontan eintritt – zum Beispiel, indem eine andere Person sich aggressiv uns gegenüber verhält, weil wir vorher abwertend über sie gedacht haben – erkennen die meisten Menschen nicht den unmittelbaren Zusammenhang", dozierte Viktoria, bevor sie augenblicklich ihre Position wechselte.

Verblüfft sah sich Lydia in der neuen Umgebung um. Diese spontanen Standortwechsel überraschten sie immer wieder aufs neue. Einmal dachte sie intensiv über einen Ort nach und befand sich im nächsten Augenblick dort. Sie glaubte sie wäre verloren und würde Viktoria nicht wiederfinden, bis sie kurz darauf ihre Stimme hörte, die ihr mitteilte sie solle sich beruhigen und einfach daran denken, wieder zurückzukommen.

„Gefährlich wird es, wenn du deine eigene Identität vergisst, weil du dich in ein Wesen verwandelt hast, das die Zusammenhänge nicht begreifen kann, wie zum Beispiel in ein Tier", ermahnte Viktoria öfters und schlug vor, Wunschdenken zu vermeiden und sich auf das Hier und Jetzt zu konzentrieren. Meditative Praxis erwies sich hier als lebensnotwendig.

Feinstoffliche Wesen bauen feinstoffliche Häuser deren Wände sie berühren können, ohne sie zu durchdringen. Sie sind real für sie, aber in der physikalischen Welt weder wahrnehmbar, noch auf irgendeine Weise messtechnisch nachzuweisen. Trotzdem können sensible Menschen und Tiere auf einer subtilen Ebene die Anwesenheit feinstofflicher Welten fühlen. Aus diesem Grund bevorzugen die Feinstofflichen einsame Plätze, hoch über den Bergen freischwebend am Himmel. Über einen langen Zeitraum erfühlen spirituell hochentwickelte Menschen diese Orte und sie errichten Bauwerke darunter, damit sie anderen als

Ort der Inspirationen dienen.

Auf dem Planeten Oxma gab es nur Ödland, keine Vegetation. Fernab jeglicher physikalischer Lebensform, lieferte dieser Planet, wie zahllose andere, ideale Bedingungen für eine feinstoffliche Zivilisation. In der Stadt Shandra hatte Viktoria ein Haus. Es glich auf dem ersten Blick einem normalen Haus wie Lydia es aus ihrer physikalischen Existenz kannte, doch hier schien alles in ständiger Bewegung zu sein. Das Sofa veränderte nicht nur seine Farbe, sondern auch die Form und das für jeden Betrachter anders. Anfangs teilte sie diese ungewöhnlichen Erlebnisse Daxa mit: „Sieh mal, das blaue Sofa ist jetzt violett geworden und viel länger als vorher." Worauf Daxa, felsenfest überzeugt behauptete, es sei ein grüner Sessel, der sich gerade in ein gelbes Sofa verwandelt. Angesichts der Tatsache, dass diese Veränderungen sich auf die gesamte Umgebung bezogen, wirkte alles so, als wäre es lebendige, organische Masse.

„Die Welt hier ist wie dein Geist", sagte Viktoria öfters. „Ist dein Geist sprunghaft und unkonzentriert, so ist es auch die Umgebung. Der Teufelskreis schließt sich, wenn du dadurch unsicher, oder gar panisch wirst. Dann kann es vorkommen das du in einem Labyrinth landest, aus dem du dich ohne fremde Hilfe nicht mehr befreien kannst."

Lydia dachte auch nicht daran, abenteuerlustig kreuz und quer durch Raum und Zeit zu reisen, sondern hielt sich immer an Viktoria, die ihr ein Quartier in ihrem Haus anbot. Dort wohnte sie zusammen mit Daxa Tür an Tür neben Xinux, der charmanten Dinosaurier-Dame und Viktoria. Wenngleich der Begriff `nebenan´ in dieser Welt immer zutrifft, da Entfernung keine Bedeutung hat, diente dieser vertraute Ort als jener, an dem sie sich immer spontan in jeder Situation genau erinnern können muss um einen festen Bezugspunkt zu haben.

Phänomen-freier Raum

„Die brauchen nicht noch jahrelang mühsam und langsam durch das Weltall bummeln. Wir können das abkürzen", erklärte Viktoria den drei Schülerinnen Lydia, Daxa und Xinux, die in freischwebenden Schalensessel saßen. „Wir kommen ihnen einfach entgegen. Jetzt, da sie sich im sogenannten Phänomen-freien Raum befinden, können wir mit einem kleinen Raumschiff auf Unterlichtgeschwindigkeit beschleunigen und so in die physikalische Welt eintauchen."

„Auf Unterlichtgeschwindigkeit beschleunigen?", fragte Lydia.

Viktorias Sofa verwandelte sich augenblicklich in einem Schaukelstuhl. Vor ihr schwebte ein goldenes Tablett mit vier Teetassen.

„Trinkt erst mal."

Xinux griff zuerst mit ihren großen Pranken zu. Lydia kostete als letzte von den Tee. Er schmeckte genauso geheimnisvoll und interessant wie alles, was sie bisher hier kennen gelernt hatte.

„Nun", begann Viktoria, „wir befinden uns von physikalischem Standpunkt gesehen, oberhalb der Lichtgeschwindigkeit. Wenn ein Körper die Lichtgeschwindigkeit überschreitet verlässt er die physikalische Welt und erreicht einen Ruhezustand, in dem sich alle physikalischen Phänomene in reine Energie verwandeln, so wie sich Wasser am Siedepunkt zu Wasserdampf verwandelt und Metall am Schmelzpunkt flüssig wird. Da alle Phänomene zum Stillstand gekommen sind, kehrt dieser Körper nicht wieder selbst in die physikalische Welt zurück. Um aus diesem Ruhezustand in die physikalische Welt zurückzukehren, müssen wir ihn wieder beschleunigen."

„Soweit habe ich das verstanden", sagte Lydia und setzte nachdenklich die Teetasse auf das Tablett. „Entstehen denn alle physikalischen Körper und Phänomene ursprünglich aus der feinstofflichen Welt?"

„Ja und nein." Viktoria wiegte ihren Kopf. „Das ist schwer zu erklären, weil physikalisch und feinstofflich voneinander abhängig ist, dass heißt, zusammen mit der formlosen Welt ein Ganzes bilden und wir können nicht sagen, dass eine Welt vor der anderen existiert hat, weil der Zeitbegriff nur eine Erfindung unseres Geistes ist, um denken zu können." Viktoria erhob sich aus ihrem Schaukelstuhl. „Jetzt ist aber Schluss mit der Theorie, dass können wir später fortführen. Jetzt geht es an die Praxis." In dem Moment wie sie es sagte, wechselten sich alle in einem kleinen runden Raum, der, wie Lydia vermutete, die Kommandobrücke des Raumschiffes zu sein schien. Allerdings fehlten hier die üblichen Bedien-Konsolen. Stattdessen erhob sich in der Mitte eine exotisch anmutende Anordnung. Grün und blau leuchtende Kristalle in der Form der platonischen fünf Körper dienten offensichtlich als Bedien-Einheiten eines Kommandostandes. Viktoria breitete mit geschlossenen Augen beide Arme vor der faszinierenden Kristalllandschaft aus, in der sich sofort ein funkelndes Blitzgewitter entfachte. Sie sang mit einem tiefen gleichbleibenden Ton ein Mantra. Eine Klangfläche wie aus tausend in Schwingung versetzter Weingläser übertönte schließlich Viktorias Gesang. Analog dazu verstärkten sich die Blitze in den Kristallen zu einer gleißenden Lichtquelle. Lydia und Daxa bestaunten mit offenen Mündern das faszinierende Schauspiel, während Xinux eher teilnahmslos mit verschränkten Armen neben ihnen stand. Mehrmals wechselte das Licht in einem fünffarbigen Wirbel, der gegen den Uhrzeiger-sinn schnell rotierte und sich dann wieder in weißes Licht verwandelte.

Viktoria ließ die ausgebreiteten Arme sacken und beendete ihren Mantra-Gesang. Spontan verstummte die Klangfläche und die Kristalle strahlten jetzt wieder ein schwaches blaugrünes Licht aus.

Viktoria wandte sich den Drei zu. „Wollt ihr euch nicht setzen? Denkt euch einfach schöne Sitzgelegenheiten aus."

Da gab es nicht viel nachzudenken: Flugs materialisierten sich wieder drei freischwebende Schalensessel.

„Wir machen jetzt einen Abstecher in einer grobstofflichen Welt", begann Viktoria während sie sich auf einen spontan erzeugten Schemel setzte.

„Das heißt, sobald wir die Lichtgeschwindigkeits-Grenze unterschritten haben, sind wir wie alle anderen grobstofflichen Wesen. Sie können uns dann sehen und berühren. Wir sind dann den physikalischen Gesetzten genauso unterworfen wie sie. Damit machen wir uns abhängig von der Technik, denn nur mit dem Raumschiff kommen wir wieder in unsere feinstoffliche Existenz zurück."

Lydia signalisierte einen Fragewunsch.

„Wie bin in die feinstoffliche Existenz gekommen?"

Viktoria blickte Lydia nachdenklich an. „Das war der spirituelle Weg. Du selbst hast dazu beigetragen, indem du eine kraftvolle spirituelle Praxis ausgeübt hast und...", Viktoria zögerte, „du hättest in der grobstofflichen Existenz nicht mehr lange gelebt. Ein dummer kleiner Unfall mit tödlichem Ausgang stand unmittelbar bevor. Ich habe dann einfach eine telekinetische Transformation versucht und es hat geklappt. So etwas ist sehr selten! Ein glücklicher Zustand in den unendlichen Raumzeit-Verknüpfungen, ein Haupttreffer im Lotto, also." Viktoria zwinkerte mit dem Auge.

Lydia bedankte sich herzlich bei ihr.

„Danke dir selbst. Das warst du. Jedes Lebewesen schafft sich selbst sein Karma." Die Ehrwürdige Dame erhob sich und betrachtete sich in einem Spiegel. „Das ist jetzt die letzte Möglichkeit auf Formen unmittelbar einzuwirken. Unterhalb der L-Grenze brauchen wir eine Bürste um uns die Haare zu kämmen", erklärte sie und verwandelte ihr weißes Haar, das ihren Rücken bis zur Taille bedeckte, in eine kürzere, praktischere Frisur. „Macht euch noch einmal richtig schön für die physikalische Welt."

„Was ist mit mir", fragte Xinux, „soll ich mein Aussehen in eine menschliche Frau verwandeln?"

„Warum? Du bist doch auf deine Art sehr hübsch", meinte Lydia. „Auf der Profectio wirst du eine angenehme Abwechslung sein."

„Ach ja, ehe ich es vergesse. Eure

198

freischwebenden Sessel benötigen Standbeine, sonst liegt ihr gleich auf den Boden", sagte Viktoria und wandte sich wieder der kristallinen Anordnung zu. In der Mitte schob sich langsam ein Tetraeder-Kristall heraus. Viktoria berührte mit der flachen Hand alle drei Seiten und rezitierte dabei ein Mantra. Als sie das abwechselnd grün und blau blinkende Tetraeder mit beiden Händen in einer horizontalen Lage drehte, erklang erneut eine Symphonie wie tausend singende Weingläser. Das gesamte Raumschiff vibrierte.

*

Yvonne saß als frisch gebackene Mutter in ihrem Führerstand auf der Brücke. Die kleine Nicole auf ihrem Schoß saugte genüsslich an ihre Brustwarze, während sie   sich auf das Terminal konzentrierte. Gelegentlich ermahnte sie die drei Kolleginnen ihren Job zu machen, wenn das allgemeine Interesse nur dem neuen Besatzungsmitglied galt. Als ihre Chefin musste sie nun mal Disziplin einfordern, obwohl sie selbst auch nicht immer bei der Sache war. Normalerweise lief alles automatisch und ihre Aufgabe bestand darin, gelegentlich die Instrumente im Auge zu behalten und im entscheidenden Moment schnell zu reagieren. Das macht den Job anspruchsvoll und alles andere als einfach. Besonders jetzt, da es keine technischen Reserven mehr gab, vermieden sie es darüber zu spekulieren, ob diese Antiwesen erneut angreifen, oder vielleicht andere Gefahren auf sie zukommen. Nicole half ihnen dabei, nicht ins Grübeln zu kommen, indem sie immer wieder für Aufmerksamkeit sorgte. Michaela schlug öfters vor, Yvonne solle sich frei nehmen.

„Das geht schon, aber danke," bekam sie dann immer zur Antwort.

„Wenn die Stillzeit vorüber ist, kann Anna sich mehr um sie kümmern", erläuterte Yvonne ihre Familienplanung.

„Falls ihr beide mal verhindert sein solltet..."

„...komme ich auf das Angebot zurück", ergänzte Yvonne.

„Zweieinhalb Jahre sind wir schon unterwegs", wechselte Michaela das Thema. „Das kommt mir viel kürzer vor."

„Dann werden dir die gut dreizehn Jahre, die noch vor uns liegen, bestimmt nicht langweilig werden", gab Yvonne zu bedenken.

„Dreizehn Jahre! Manchmal frage ich mich ernsthaft, warum ich mich hierauf eingelassen habe."

„Du gehörst hierher. Das sind deine Worte, an die ich mich noch genau erinnern kann." Yvonne tätschelte Nicoles Rücken während sie sanft den Sessel hin und her drehte.

„Ja das stimmt", seufzte Michaela. „Aber es wäre wirklich mal interessant zu wissen, was uns Menschen letztendlich antreibt."

„Die Sehnsucht", warf Kyra ein.

„Sehnsucht auf was?"

„Die Sehnsucht nach dem Himmel."

„Ist das nicht ein wenig pathetisch?"

„Kommt darauf an, was man unter Himmel versteht", meinte Kyra.

„Vielleicht Große Glückseligkeit", schlug Mirele vor.

„Nee, dass ist mir jetzt zu religiös", wehrte Michaela ab.

„Dann gib dir doch selber eine Antwort", provozierte Yvonne.

Nicole fing an zu weinen.

„Die Kleine hat wieder die Hose voll." Yvonne wiegte das Baby liebevoll in den Armen. „Ich muss mal kurz an den Wickeltisch."

„Ich wüsste da eine mögliche Antwort auf die Frage was uns antreibt", freute sich Michaela. „Der Wunsch, anderen zu helfen."

„Ja, kannst du sofort umsetzen. Gib mir mal bitte meine Tasche mit den Windeln", forderte Yvonne.

Michaela sprang gerade aus dem Sessel, als der Annäherungsalarm los jaulte. Die Außenkameras erfassten das fremde Objekt, welches von hinten mit einer unvorstellbaren Geschwindigkeit auf die Profectio zu raste. Eine Flutwelle aus Licht, die sich walzenartig über den gesamten Horizont erstreckte, verwandelte den Weltraum in eine gigantische Lichtwelt bizarrer sich ständig verändernder Farbverläufe, die von einem zentralen Punkt des Phänomens entsprangen und mit rasender Geschwindigkeit nach vorne drifteten, bis schließlich das Farbspektakel wie ein Schweif durch das All schoss. Allmählich verlangsamte sich die kometenhafte Erscheinung, bis sie schließlich zum Stillstand kam und erlosch.

Obwohl dieser Vorgang nur rund fünf Sekunden dauerte, schien es für die Besatzungsmitglieder auf der Profectio ein Augenblick der Ewigkeit gewesen zu sein, als sie regungslos erstarrt auf die Monitore blickend, vom schrillen Alarmsignal hypnotisiert, dass Phänomen beobachteten. Auch

Yvonne lähmten die Schrecksekunden zur Untätigkeit, in der sie die vollgemachten Windeln mit spitzen Fingern in der Hand hielt.

„Hast du Informationen, Kyra?", fragte sie und wandte sich der kleinen Nicole zu.

„Nichts Konkretes, aber das Objekt muss sehr nahe an der Lichtgeschwindigkeit gewesen sein. Die Scala der Annäherungssensoren reichte nicht aus um den Wert anzuzeigen."

„Michaela, gib mir mal die neue Windel."

„Sofort, Chefin!"

„Wo ist das Objekt jetzt?", fragte Yvonne, während sie die Kleine das Höschen anzog.

„Es fliegt jetzt mit gleicher Geschwindigkeit unmittelbar hinter uns", stellte Kyra fest. Im selben Augenblick blinkte ein rotes Licht an ihrer Konsole. „Ich empfange ein visuelles Signal. Soll ich öffnen?"

„Aber klar", bestätigte Yvonne und setzte sich mit dem Kind wieder in den Sessel.

„Hallo Frau Andersson, ich bitte hiermit um Erlaubnis, auf die Profectio landen zu dürfen." Lydia prangte überlebensgroß auf den Bildschirm. Yvonne öffnete erstaunt den Mund.

Wenig später schwebte die ´Vratsha´ durch die Andock-Schleuse. Das Raumschiff glich zwei ineinander verschmolzener Tetraeder und hatte in etwa die Größe eines Shuttles. Die Spitze der kopfstehenden Tetraeder ragte nach unten und versank im oberen Teil, als das Raumschiff sanft aufsetzte. Lydia verließ nun wieder als normales physikalisches Wesen das exotische Raumschiff. Die Scout-Roboter überprüften die Eindringlinge, bevor sie die Halle verlassen durften und endlich

Yvonne und Michaela gegenübertraten.

„Sicherheit geht vor, verstehe ich, aber jetzt möchte ich euch allen die Hand geben, um sicher zu sein das es wirklich geht", brachte Lydia freudestrahlend zum Ausdruck, bevor sie mit Viktoria in Yvonnes Büro begleitete. Daxa schlenderte zusammen mit Xinux den langen Korridor entlang Richtung Pioniers-Loft, das sie aus der feinstofflichen Perspektive ja schon kannte. „Schön, mal ein Teil der physikalischen Welt zu sein", dachte sie, als sie an der Theke einen Drink bestellte. Xinux sorgte im Loft für eine willkommene Abwechslung im tristen Weltraumalltag.

„Ein Raumschiff wie dieses hier macht nur Sinn, wenn wir damit auch überall hin kommen", betonte Viktoria, nachdem sie sich in Yvonnes Büro an einem Tisch versammelt hatten. „Dazu ist es notwendig die Lichtgeschwindigkeit zu überschreiten."

„Und wir können dann in einer beliebigen Zeit und an jeden Ort wieder in die physikalische Welt eintauchen?", hakte Yvonne nach, als Viktoria ihren einführenden Vortrag über die feinstoffliche Welt beendet hatte.

„So einfach ist das nicht. Wir müssen dabei beachten, dass Zeit und der Raum `frei´ ist."

„Ein Phänomen-freier Raum also", bestätigte Vera, die zusammen mit Dara ebenfalls an das Meeting teilnahm.

„Ja richtig. `Frei´ kann man wörtlich auffassen. Wir stoßen mit Lichtgeschwindigkeit in die physikalische Welt. Für diesen Vorgang benötigen wir Platz, sozusagen eine Landebahn um aus der

Maximalgeschwindigkeit abzubremsen. Das konnten sie ja jetzt aus nächster Nähe beobachten. Stellen sie sich vor, das würde in einem Sonnensystem zwischen den Planeten durchgeführt. Es käme einer Landung eines sehr schnellen Flugzeuges inmitten einer Großstadt gleich. Es kracht gewaltig und verursacht große Verwüstungen. So etwas passiert gelegentlich, wir sind schließlich auch keine Perfektionistinnen. Diese Katastrophen ähneln die eines Kometen-Einschlags. Ein bekannter Unfall aus der Geschichte, ist das Tunguska Ereignis im Jahre 1908 in Sibirien. Ist ihnen das bekannt?"

„Ja", meldete sich Vera, „bei dem Ereignis wurden Bäume bis in etwa 30 Kilometer Entfernung entwurzelt und Fenster und Türen in der 65 Kilometer entfernten Handelssiedlung Wanawara eingedrückt. Man schätzte, dass auf einem Gebiet von über 2000 km² rund 60 Millionen Bäume umgeknickt wurden. Noch in über 500 Kilometern Entfernung nahmen die Menschen einen hellen Feuerschein, eine starke Erschütterung, eine Druckwelle und ein Donnergeräusch wahr, unter anderem von Reisenden der Transsibirischen Eisenbahn. Aufgrund der dünnen Besiedlung des Gebietes gab es nur wenige Personenschäden."

„Das war Glück im Unglück." Viktoria schmunzelte verlegen. „Ein unreiner Kristall verursachte eine Verzerrung der Koordinaten. Ein paar Nano-Sekunden vor den Eintritt in die physikalische Welt, spürte ich das etwas nicht stimmte und rettete mich indem ich einfach das Raumschiff verließ, bevor ich die Lichtgeschwindigkeit unterschritten hatte."

Viktoria atmete mit einem Seufzer aus. „Dumm gelaufen."

„Und wenn sie ein paar Nano-Sekunden länger gewartet hätten?", fragte Yvonne.

„Dann wäre es vorbei gewesen."

„Dann können Feinstoffliche also auch sterben?", fragte Michaela.

„Oh ja, da genügt schon ein negativer, destruktiver Gedanke, der unsere feinstoffliche Existenz auslöscht."

„Und wie ist das mit dem Altern? , wollte Vera wissen.

„Einen natürlichen Alterungsprozess gibt es bei uns nicht. Äußere Veränderungen sind unmittelbar abhängig von unserem Geisteszustand. Das heißt, wir können altern, wenn wir das wollen, oder eben so bleiben. Aber in dem Moment, wo wir die Lichtgeschwindigkeits-Grenze unterschreiten, sind wir normal sterblich", führte Viktoria aus.

„Das ist ja echt klasse", scherzte Michaela.

„Ja, das stimmt. Aber zuerst müssen wir dorthin kommen. Das ist der Grund, warum ich hierher gekommen bin." Viktoria machte eine Pause und blickte zuversichtlich in die Runde. „Zuerst möchte ich ihnen mein Du anbieten." Sie hob das Glas mit einem Vitaminshake um mit allen Beteiligten anzustoßen, bevor sie ihnen ihren Plan erläuterte.

*

Gerry versuchte es noch mal. Sein T-Shirt musste sowieso in die Wäsche, da würde es nicht stören, wenn Yvonne erneut lautschreiend den Haferbrei ausspuckte.

„Du musst was essen, damit du groß und stark wirst und deine Ururenkelin mich zur Erde zurückbringt, welches die Voraussetzung ist um dich zu zeugen", plauderte er liebevoll, während er dem Kind ein Löffel in den Mund schob. „Ist doch verrückt, oder?" Wiederwillig spuckte sie die grüne Zwangsernährung in Gerrys Gesicht. Er seufzte, strich sich mit der Hand die Grütze aus dem Gesicht und leckte sich die Finger. „Das Zeug schmeckt ja wie eingeschlafene Füße. Da würde ich auch rebellieren."

Als er vergebens die Küche nach schmackhafter Babynahrung durchsuchte, hörte er Linda reinkommen. Sie schmunzelte, als sie Gerry sah. „Na, hat es Spaß gemacht?" Linda öffnete die Einkaufstasche und holte zwei Gläser hervor. „Das isst sie gerne. Heute haben sie im Supermarkt endlich wieder neue Ware bekommen. Das war vielleicht ein Gedränge. Große Auswahl gibt es leider nicht, wir müssen uns mit dem begnügen, was da ist."

Als Linda die kleine Yvonne gefüttert und ins Bett gelegt hatte, wandte sie sich Gerry zu. „Sag mal Gerry, ist es eigentlich möglich so eine Zeitreise zu wiederholen?"

Gerry sah sie entsetzt an. „Linda, wie kommst du denn jetzt darauf."

„Wir leben in einer trostlosen Zeit, wissen nicht ob wir morgen noch etwas zu Essen bekommen. Überall Diebstahl und Plünderungen, die Polizei überfordert. Willst du noch mehr hören? Gerry, in deiner phantastischen Geschichte hast du eine Welt beschrieben, in der ich viel lieber leben möchte.

Du hast auch von diesen Zeitreisenden Wesen erzählt. Meinst du wir könnten Kontakt mit ihnen aufnehmen?"

Gerry lachte. „Wie stellst du dir das vor? Meinst du ich brauche nur in den Himmel zu rufen, hallo ihr Zeitreisenden, bringt mich bitte ins Jahr 2198. Und schon sind wir dort."

„Hast du es schon versucht?"

„Nee, aber wenn es dich beruhigt, kann ich das gleich mal ausprobieren. Mach dir da mal nicht so viel Hoffnung, Linda. Ich selbst hatte nämlich noch nie Kontakt mit ihnen. Es war Yvonne, die Raumschiff-Kommandantin, die mit ihnen kommuniziert hat. Leider konnte ich aber nichts näheres erfahren. Zu viel Wissen verändert unsere Zeitlinie zu unserem Nachteil, hatte sie gesagt."

„Zu welchem Nachteil eigentlich? Zu Yvonnes oder zu unserem?"

„Das macht kein Unterschied, Linda. Zukunft und Vergangenheit sind miteinander verknüpft. Wir nehmen es nur nicht so wahr."

„Oh doch, wir beide schon. Wir kennen Barbara und wir wissen das sie ist aus der Zukunft ist", bemerkte Linda.

Gerry presste die Lippen zusammen und dachte einen Moment nach. „Linda, ich bin mir sicher, dass die Zeitreisenden sie deswegen im Auge behalten. Und uns auch." Gerry berührte sanft Lindas Arm und schmunzelte. „Wir werden schon nicht bis ans Ende unserer Tage hier versauern. Eines Tages wird Dara hier mit dem Shuttle erscheinen und uns mit in die Zukunft nehmen."

Linda sah ihn melancholisch an und streichelte zärtlich seinen Nacken.

Yvonne fing an zu schreien.

*

Das zylinderförmige, rund fünfzig Zentimeter lange Aggregat glich einem dekorativen Kunstgegenstand, den man sich gerne an einem geeigneten Platz im Wohnquartier stellen würde. Durchsichtig wie Acryl, schimmerte es im inneren rötlich.

„Das sind die Triebwerke?" Vera hielt den Zylinder mit einem respektvollen Abstand vor ihrem Bauch, während Viktoria ein zweites Aggregat aus ihrem Raumschiff hervorholte.

„Triebwerke ist nicht der richtige Ausdruck", erklärte Viktoria und überreichte das andere Gerät Dara. „Es sind sogenannte Nullpunkt-Energiekonverter. Sie wandeln die allgegenwärtige Energie des Universums in nutzbare Energie um. Allerdings benötigen sie dazu ein Medium. Und das bin in diesem Fall ich."

„Wie schnell erreichen wir hiermit die Lichtgeschwindigkeit?"

„Na ich denke so in zwei Stunden." Viktoria schloss die Ausstiegs-Luke der Vratsha. Fast hätte Vera den Wunderzylinder vor Schreck fallengelassen. „In zwei Stunden!?"

„Schneller geht es leider nicht." Viktoria versuchte umständlich einen zusammenklappbaren Rolltisch aufzubauen. „An Mechanik muss ich mich erst wieder gewöhnen. Ich war lange nicht mehr hier unten."

„Viktoria, in zwei Stunden eine Geschwindigkeit zu erreichen, die wir mit unserer Technik nicht einmal in Jahrzehnten schaffen, ist für mich unfassbar", staunte Vera.

„Wenn du erst oben bei uns bist, wirst du noch vieles unfassbar finden, Vera." Viktoria hatte endlich den Rollwagen aufgebaut. Dara und Vera legten erleichtert ihre kostbare Last ab. „Die Möglichkeiten sind grenzenlos, aber auch unberechenbar", warnte sie.

Vera wechselte einen liebevollen Blick zu ihrer wortkargen Tochter um sie einzuladen sich daran zu beteiligen, wenn es darum ging Viktoria mit Fragen zu löchern, aber auch um zu signalisieren, wie froh sie darüber ist, dass Dara sie zu dieser Reise ermutigt hatte.

„Zerreißt die Profectio nicht in Stücke, bei solch einer starken Beschleunigung?", gab Vera zu bedenken, als sie auf den Weg zum Maschinenraum den Rollwagen vor sich herschob.

„Nach dem Gesetz der Massenträgheit würde das auch passieren." Viktoria half beim Schieben mit, so dass sie sich nun zu dritt, Schulter an Schulter an den Bügel des Rollwagens klammerten.

„Das Prinzip, dass wir hier jetzt anwenden basiert nicht auf eine punktierte Schubkraft durch Rückstoß, sondern das Schiff wird ganzheitlich angetrieben. Das heißt, nicht an den Triebwerks-Aufhängungen entsteht der Schub nach vorn, sondern an der gesamten Konstruktion. Sozusagen von innen aus jedem Atom. Normalerweise befindet sich die Nullpunktenergie überall gleichmäßig verteilt. Im leeren Raum ebenso wie in Metall, Stein oder in der Luft. Darum sagen wir ja, dass alles letztendlich reine Energie ist. Und das nutzen wir aus. Anstatt mühsam Treibstoff aufzuwenden, die ein Objekt vorantreibt, nutzen wir einfach die unerschöpfliche Energie, die im Objekt selbst steckt."

„Mit diesen kleinen Stäben hier?", fragte Dara.

„Die sind nur Hilfsmittel für die Telekinese. Es sind Außenantennen für das Meditations-Kristall, das wir gleich in der Versammlungshalle Südstern installieren."

Vera hatte noch eine Menge Fragen, aber sie verschob diese, da sie jetzt im Maschinenraum vor den Lift standen, der sie in den schwerelosen Sektor der Triebwerks-Montage-Schächte brachte. Die Montage gestaltete sich nicht so schwierig, weil die Triebwerke bereiz stillgelegt wurden. Vera platzierte einfach die Zylinder an der Innenseite vom Triebwerks-Gehäuse.

Anschließend postierten Viktoria zusammen mit Dara, Vera und Monique in der Versammlungshalle Südstern auf einer Bühne einen Kommandostand aus platonischen Kristallen. Yvonne lud alle Passagiere ein, zu einer sehr wichtigen außerordentlichen Versammlung in der Halle zu erscheinen. „In den nächsten Stunden, während wir beschleunigen, werden hier merkwürdige Dinge passieren", warnte Viktoria den vollzählig erschienenen Passagieren. Es fiel ihr nicht besonders schwer die Frauen von dem abenteuerlichen Plan zu überzeugen. Denn was hatten sie noch zu verlieren? „Deshalb ist es notwendig, uns zu konzentrieren und von nichts beirren zu lassen, sonst   erreichen wir die L-Grenze nicht, denn ein unruhiger Geist erzeugt negative Energien", beschwor sie eindringlich. „Sobald wir in die Beschleunigungsphase eintreten, hört ihr einen gläsernen Klang, der analog zur Geschwindigkeit aufsteigt. Wenn dieser Klang nicht mehr zu hören ist, haben wir es geschafft. Ich darf euch nun bitten einer Meditation unserer spirituellen Meisterin Sushi zu folgen, um euren Geist vorzubereiten."

Die Meditation dauerte zwei Stunden. Sushi erzeugte einen geistigen Zirkel, indem sie allen Frauen bat, sich an den Händen, oder an der Schulter zu fassen. Sie selbst schloss den Kreis als letztes Glied. Auch die Virtuellen und Tiere sollten Kontakt zu ihren menschlichen Bezugspersonen halten. Viktoria blieb als einzigste außerhalb des Zirkels und postierte sich vor den Kristallen, die aufblitzen, als sie mit erhobenen Armen ein Mantra sang. Ein tiefer gläserner Klang ertönte. Gleißendes Licht aus der kristallinen Anordnung versetzte die Halle in einer sakralen Stimmung. Dara saß mit geschlossenen Augen neben Vera und Michaela und fasste sie bei den Händen. Sie lauschte den hypnotischen Klang und spürte die Katze in ihrem Schoß, wie sie ihre Oberschenkel wärmte. Das Pat mit Luxas holographische Projektion lag auf ihren Knien. Sie glaubte zuerst, der Ton steigt überhaupt nicht an. Erst nach einer längeren Zeit bemerkte sie Obertöne aus dem tiefen Klangteppich heraufsteigen.

Ungeduld zupfte an Daras Nerven: „Wie lange soll das hier noch dauern?", rebellierte ihr Verstand. „Bleib entspannt, höre in den Klang", beschwichtigte eine innere Stimme. Die Obertöne drückten auf die Trommelfelle, brannten sich ein, wie starkes Licht in die Netzhaut. „Es ist zu laut, ich will mir die Ohren zuhalten." Reflexartig zog sie an Michaelas und Veras Hand. „Lass nicht los, bleib ruhig!" Der Klangteppich erreichte den nächsten Terz. „Lauf weg! Du wirst sterben! Wenn du die L-Grenze überschreitest, bist du tot." Das Pat rutschte in den Schoß und erschreckte Hydra als es sie berührte. „Ich bin bei dir, habe vertrauen", hörte Dara ihre innere Stimme sagen.

Die Zeit verging und der Klangteppich stieg und stieg.

Michaela löste ihre Hand, aber Dara fasste nach und griff fest zu.

„Lass mich los", hörte sie Michaelas hysterische Stimme. Sie klang allgegenwärtig wie in einem Bardo-Interface.

Michaela zog energisch an ihrem Arm. „Lass mich los, du bringst mich um!"

„Nein, ich halte dich, wir ziehen das gemeinsam durch", befahl sie ihre Nachbarin und blinzelte zu ihr rüber. Michaela zappelte nervös herum und ihr Gesichtsausdruck verriet, dass sie offensichtlich mit bedrohlichen Angstzuständen zu kämpfen hatte.

„Na, mein liebes Töchterchen." Dara hörte plötzlich Barbaras Stimme direkt von vorn. Vor Schreck riss die Augen weit auf. Vom gleißenden Licht der Kristalle geblendet, schloss sie schmunzelnd wieder die Augen. „Du bist nicht hier, du kannst mich nicht ärgern."

„Oh, doch, ich bin in dir, ein Teil von dir, genauso wie du ein Teil von mir bist". Barbara lachte spöttisch. Dara hatte immer dieses Lachen gehasst. Warum eigentlich? Michaela zehrte heftig an ihrem Arm und auch Vera machte sich bemerkbar. „Lass mich los, du beschränkte Shuttle-Kutscherin. Ich

212

will hier weg, ihr seit hier alle übergeschnappt",
provozierte Michaela. Hydra wälzte sich und
wollte weg. „Hydra, bleib hier!" Jetzt schrie Dara,
aber der Klangteppich übertönte alles. Sie brüllte
Michaela an, sie soll gefälligst ihre beleidigenden
Gedanken für sich behalten. Um sie herum schien
der geistige Zirkel an einigen Stellen
aufzubrechen. Weiter hinten gab es ein handfestes
Gerangel. Hydra! Sie war verschwunden. Jetzt
hielt es Dara nicht mehr aus und riss sich von Vera
und Michaela los um gleich unter den
Sitzbänkchen nachzuschauen. Vera zehrte sie
zurück auf ihrem Platz und brüllte ihr was
unverständliches ins Ohr. Auch Michaela, die sie
vor zwei Minuten noch beschimpfte, schien
besorgt um Daras Verfassung zu sein. Sie drückte
sie zusammen mit Vera in den Meditationssitz.
Beide redeten beschwörend auf sie ein, es schien
als würden sie immer dasselbe wiederholen. Zu
ihrem Erstaunen gesellte sich auch Luxa dazu. Sie
wirkte richtig real, so wie sie zwischen Vera und
Michaela stand. Zu dritt blickten sie von oben auf
sie herab, als läge sie die auf einem
Operationstisch. Hydra saß auf Veras Schulter und
miaute. Nein, es war nicht die katzenübliche
Gestik, sondern wirkte menschlich. „Ich bin
übergeschnappt! Oder auf den Weg ins Jenseits!",
versuchte sie eine Erklärung. Der tobende Orkan
aus Kristallklängen hypnotisierte sie.
„Grenzen sind da, um sie zu überschreiten."
Jetzt verstand sie, was die drei Frauen und die
Katze ständig wiederholend zu ihr sagten.
„Grenzen sind da, um sie zu überschreiten."
Ein sakraler Chor erfüllte die gesamte Halle. Alle

anwesenden Menschen, Virtuellen und Tiere, rezitierten einstimmig die selben Worte: „Grenzen sind da, um sie zu überschreiten."

Der kristalline Klang erreichte gerade die obere Schwelle der menschlichen Hörbarkeits-Grenze. Dara stellte erleichtert fest, dass sie sich alles nur eingebildet hatte, denn sie saß immer noch in der anfänglichen Sitzposition. Das Pat lag nach wie vor auf ihren Knien und Hydra schlummerte seelenruhig in ihrem Schoß, ihre rechte Hand in Michaelas und ihre Linke in Veras. Sie blinzelte nur kurz, denn die Kristalle durchfluteten die Halle unablässig mit gleißendem Licht.

„Grenzen sind da, um sie zu überschreiten."

Viktoria rezitierte das Mantra seit Beginn der Beschleunigungsphase. Wahrscheinlich zuerst in einer anderen Sprache, vermutete Dara, denn sie konnte es anfangs nicht verstehen.

Elektrische Spannung zwischen Michaelas und Veras Hand floss kribbelnd durch ihren Körper. Sie öffnete die Augen. Die Kristalle hatten die Aktivität beendet und glimmten blaugrün vor sich hin. Sie atmete erleichtert aus und wechselte einen Blick mit Vera. Sie schmunzelte.

„War es das?", fragte Michaela.

„Warte es ab", schlug Yvonne vor, die rechts von Michaela mit Nicole auf dem Schoß die stürmische Reise heil überstanden hatte. Gefasst auf Überraschungen, die ihre neue Existenz möglicherweise bereithielt, warteten sie auf weitere Anweisungen von Viktoria, die jetzt mit spontan erzeugten glitzernden Galakleid und langem, weißen Haar auf der Bühne stand. Freudestrahlend wandte sie sich dem Publikum zu:

„Herzlich willkommen in der feinstofflichen Formebene. Wir sind jetzt da wo Geister, Götter, Engel und alle spirituellen Wesen sind, dessen Existenz viele von euch bereis spürten. Vielleicht habt ihr in der Meditation an abgelegenen Orten in der Natur mit ihnen gesprochen, gefühlt, dass sie in eurer Nähe sind. Einen wissenschaftlichen Beweis für uns gibt es nicht und es wird ihn auch nicht geben, weil die rein auf Fakten beruhende wissenschaftliche Denkweise verhindert, mit uns in Kontakt zu kommen. Denn wenn wir nicht an das Unvorstellbare glauben, nicht bereit sind, mit Phantasie und Intuition die Grenzen unseres Verstandes zu überschreiten, für denjenigen existiert nur die Physik. Diese endet da, wo Spiritualität beginnt, nämlich jenseits der Lichtgeschwindigkeits-Grenze." Ein donnernder Applaus unterbrach Viktorias Rede. „Ihr seit jetzt hier, weil ihr uns die Chance gegeben habt, euch entgegenzukommen. Der Verstand versucht uns ständig einzureden: was ich nicht sehen, hören und messen kann, das gibt es nicht. Wer glaubt denn noch an Geister? Diese spirituelle Blindheit läst es nicht zu, die endgültige Wahrheit zu entdecken, die jenseits allen Begrifflichen liegt.

So, jetzt ist erst mal Schluss mit dem Gerede. Ich möchte euch erst mal was zeigen." Viktoria gestikulierte mit den Armen und sang ein Mantra. Noch, bevor sie es ausgesprochen hatte, wechselten alle Anwesenden zu einem anderen Standort.

Eine unbeschreiblich schöne Stadt. Exotische Häuser, perfekt aufeinander abgestimmt und in ständiger Bewegung. Hier und dort durchsichtige

Säulen in den Luftblasen aufstiegen. Sobald sie auf herabsinkende Blasen trafen, rotierten sie immer kleiner werdend um sich selbst, bis sie sich gänzlich auflösten. Staunend blickten die Frauen auf eine Erscheinung, welche die zentrale Einheit der Stadt verkörperte. Ähnlich wie Viktorias Raumschiff, glich es zwei ineinander verschmolzener Tetraeder. Die Spitze des kopfstehenden Tetraeders ruhte mitten auf einen Kubus.

„Das ist die Stadt Shandra. Wir befinden uns hier auf dem Planeten Oxma. Nach physikalisch messbaren Bedingungen gibt es hier nur Ödland", erklärte Viktoria. „Und ihr werdet sehen, dass es jetzt auch auf der Erde viele unbekannte Städte zu entdecken gibt, die euch vorher verborgen geblieben sind.

Zuerst richtet euch hier bei uns ein und werdet vertraut mit allem. Um es euch so leicht wie möglich zu machen, schlage ich vor, ihr wohnt weiterhin auf der Profectio, die jetzt dort drüben auf einen Landeplatz steht." Viktoria deutete in einer Richtung. Als die Frauen sich umsahen, erblickten sie das Raumschiff, welches wie ein gigantisches Riesenrad zwischen Palmen-ähnlichen Baumreihen und verschiedenen Skulpturen in den roten Himmel von Oxma ragte.

„Es ist alles wie gewohnt, allerdings mit vielen kleinen Veränderungen. Ihr werdet es schon sehen. Bewegt euch zu Fuß, oder mit euren Fahrrädern. Einen spontanen Ortswechsel kontrolliert durchzuführen bedarf etwas Übung. Das habt ihr aber schnell raus", sagte Viktoria augenzwinkernd zu den Newcomer. „So, ich muss jetzt mal weg.

216

Wer mich sprechen möchte, braucht nur an mich
zu denken und dabei einen Wunsch definieren",
erklärte sie, bevor sie verschwand.

Real? Nicht Real?

„Seit wann kannst du sprechen?", fragte Dara ihre Katze, als sie sich auf dem Weg zum Quartier auf der Profectio befanden.

„Seit wann kannst du mich verstehen?", gab Hydra mit hoher piepsiger Stimme zurück und blickte, neben Dara her trabend, zu ihr hinauf.

„Seit wir hier in der Überlichtgeschwindigkeit sind und du sprichst, anstatt zu miauen, wie es Katzen normalerweise immer machen."

„Ich habe schon immer gesprochen. Du hast mich nur nicht verstanden."

„Und du? Konntest du mich verstehen?"

„Ja, aber das war mehr ein direktes Gefühl, weniger intellektuell, wie jetzt. Das ist wirklich neu für mich", erklärte Hydra, als sie das Quartier betraten. „Allerdings auch verwirrend. Alles zu erklären und zu analysieren, wie Menschen es immer machen, ist eher eine Belastung."

Dara legte das Pat ab. Plötzlich ging ein Lichtstrahl davon aus und eine Sekunde später stand Luxa in voller Lebensgröße vor ihr.

„Huch, das geht wirklich", entfuhr es Luxa mit freudiger Überraschung. Schmunzelnd ging sie auf ihre, nun real existierende Freundin zu. „Wir brauchen das Bardo jetzt nicht mehr." Spontan streichelte sie Daras Arm und es fühlte sich richtig echt an, so als wäre Dara jetzt eine Virtuelle. Sie zog Dara an sich und küsste sie leidenschaftlich. Daras naturgegebene Verstocktheit hatte kaum Chancen. Nach kurzem Zögern gab sie nach und berührte sanft Luxas Hüften. Beide ließen sich auf das Bett fallen. Hydra gesellte sich ungeniert dazu.

„Ist ja wirklich interessant", piepste sie leise vor sich hin.

Vera hatte kurz an Dara gedacht und stand gleich neben ihr am Bett. Die beiden schreckten aus ihrer intimen Zweisamkeit hoch und blickten Vera an.

„Oh, Verzeihung, ich wollte gar nicht..."

Dara schmunzelte, während sie ihr T-Shirt runterzog. „Die Privatsphäre leidet doch sehr darunter, wenn man die Tür nicht zusperren kann."

„Das müssen wir bestimmt genauso lernen, wie die Selbst-Teleportration. Hallo Luxa. Wie ich sehe bist du gut rübergekommen. Bei Dyna scheint es noch Probleme zu geben. Ich habe kein Kontakt zu ihr. Viktoria meint, ich solle immer an sie denken, das ist die einzige Möglichkeit hier jemanden zu finden. Wenn sie das Gleiche tut treffen wir uns wieder."

„Ah, dann hast du offensichtlich mehr an mich als an Dyna gedacht", schlussfolgerte Dara.

„Ich glaube ihr Menschen denkt zu viel und schafft euch damit Probleme", mischte sich Hydra ein und sprang auf das Bett. Vera beugte sich verblüfft zu ihr herunter und streichelte die Katze sanft am Hals. „Mit Tieren kann ich mich jetzt richtig unterhalten. Das ist ja fantastisch! Jetzt kannst du mir einfach sagen, was du willst, Hydra."

„Ja, dass ist wirklich klasse. Kraule mir bitte den Nacken. Ja, dass ist gut", säuselte Hydra genüsslich mit geschlossenen Augen.

„Was haltet ihr davon, wenn wir eine kleine Versammlung mit der Besatzung der Profectio und Viktoria organisieren", schlug Vera vor. „Ich habe noch viele Fragen."

„Wer soll denn alles kommen?", fragte Luxa.

„Ich denke außer uns noch Lydia Traor, Yvonne, Anna, Michaela, Kyra und Mirele. Die drei Frauen aus dem buddhistischen Zentrum, Monique und unsere Doktorin Laura. Ach ja, die philosophische Wissenschaftsassistentin Linda sollte vielleicht auch kommen.

Alle schlossen die Augen und konzentrierten sich auf eine Versammlung mit Viktoria.

Wenige Sekunden später saßen sie in einen runden fensterlosen Raum, der an Lauras Praxis erinnerte. In dem Moment als Dara auf die Wand sah und dabei den Wunsch äußerte, nach draußen zu sehen, manifestierte sich ein Fenster.

„Ich glaube wir sind ganz oben in diesem Tetraeder-Gebäude."

„Herzlich willkommen im Raum des kollektiven Bewusstseins." Mit diesen Worten begrüßte Viktoria alle Anwesenden und stellte zwei altbekannte Persönlichkeiten vor: Die Präsidentin und die spirituelle Meisterin Tra Longri.

„Frau Präsidentin, sie hier und nicht auf der Erde?", wollte Lydia wissen.

„Ich bin noch auf der Erde und immer noch im Amt, gleichzeitig gibt es eine vom physischen Körper losgelöste feinstoffliche Existenz, die jetzt vor euch steht. Jedes Lebewesen hat einen feinstofflichen Körper, der in der Regel mit der physikalischen Existenz verbunden ist. Bei spirituell fortgeschrittenen Wesen können feinstofflicher und physikalischer Körper getrennt voneinander an verschiedenen Orten verweilen. Wenn der physische Körper stirbt, bleibt eine feinstoffliche Identität erhalten und wir können uns aussuchen, wo wir als physikalische Existenz wiedergeboren werden wollen."

„Sie kannten meine Zukunft, als sie in meinem Büro von irgendwelchen Problemen gesprochen hatten und mir die Startentscheidung überlassen haben", schlussfolgerte Lydia. Die Präsidentin schmunzelte verschmitzt und neigte den Kopf zur Seite. „Ich konnte ihnen ja nicht sagen, dass sie sterben, Frau Traor. Direkte Versuche von mir den Ablauf ihrer Zeitlinie zu verändern hätte nur Varianten in ihrer Zukunft erzeugt, aber nichts verändert. Nur sie konnten das, indem ich sie bat eine Entscheidung zu treffen. Und ich war mir ziemlich sicher, dass sie das Richtige tun", sagte die Präsidentin.

Tra Longri trat ein Schritt vor. „Der entscheidende Faktor, der unsere Zukunft bestimmt, ist das Gesetz des Karmas. Es spielt eine wichtige Rolle in der Existenz aller fühlenden Wesen. Von der Mücke bis zum Menschen. Alle haben eins gemeinsam: sie sind das momentane Ergebnis der karmischen Anhäufungen. Diese Anhäufungen können Jahrtausende, sogar Jahrmillionen in uns schlummern, bis sie entstehen."

„Was bewirkt nun, dass das Karma Realität wird?", fragte Michaela.

„Das sind die entscheidenden begleitenden Umstände, die unseren Weg kreuzen. Der Stolperstein ist dann der begleitende Umstand. Unser Karma bewirkt, dass wir über ihn stolpern, oder nicht. Auch wenn du aufpasst und noch rechtzeitig ausweichst, sorgt das Karma dafür, dass du dich bei der nächsten Gelegenheit langlegst", erklärte Tra Longri.

„Das heißt im Umkehrschluss: wenn ich gutes

221

Karma habe, kann ich blind durch eine Baustelle latschen, ohne mich aufs Maul zu legen?"

„Ja, dass ist richtig. Es sei denn, du möchtest dich langlegen, dann klappt das sofort", sagte Tra Longri schmunzelnd und das Publikum lachte. „Wenn du allerdings böswillig dir und andere Schaden zufügst und selbstsüchtig handelst, sammelst du erneut negatives Karma an, welches unmittelbar, oder später wirkt. Mit diesem Wissen planen wir unser aktuelles Handeln im großen Zusammenhang. Denn wer kurzfristig denkt, handelt ganz anders."

Vera erhob ihre Hand um einen Fragewunsch zu signalisieren. „Ist hier das Nirvana?"

„Nein, Nirvana ist ein Geisteszustand und kein Ort", betonte Tra Longri. „Wenn du diesen Zustand erreichst, hast du jegliche dualistische Sichtweise aufgegeben und kannst Tod und Wiedergeburt entgehen, was so viel heißt, dass dein Bewusstsein auf einer höheren Ebene, den höchsten Geist der Vereinigung existiert. Stell dir deinen eigenen Geist als Tropfen vor, der in einen Ocean eintaucht. Ich persönlich finde es ziemlich egoistisch, wenn ich mich einfach in das Nirvana zurückziehen würde. Darum `verkörpere´ ich mich in der physikalischen und auch in der feinstofflichen Welt, um allen Wesen zu helfen, die den höchsten Geist der Vereinigung noch nicht erreicht haben. Ihr nennt uns Zeitreisende Beschützerinnen. Im Buddhismus sind wir Bodhisattvas, eben solche, die den Geist der Vereinigung zum Wohle aller Wesen angestrebt haben."

„Das ist ja sehr schön", wandte Michaela ein,

„aber warum nehmt ihr uns nicht gleich mit ins Nirvana?"

Tra Longri grinste. „Das Nirvana ist kein Ort, sondern, wie ich schon sagte, ein Geisteszustand. Dieser Zustand entsteht aus deinem Geisteskontinuum. Das kannst du sehen wie ein Datenspeicher der alle deine negativen und positiven Handlungen speichert. Du wirst in deinen Leben mit dem konfrontiert, was in deinem Geisteskontinuum angehäuft ist. Das heißt, wenn keine negativen Handlungen gespeichert sind erreichst du Nirvana, ein Zustand der wahren Glückseligkeit."

„Ist ja leicht", meinte Michaela, während sie eine nervende Fliege verscheuchte.

„Wenn es so wäre, gebe es kein Leid, alle Lebewesen wären glücklich und hätten keinen Grund negative Handlungen zu begehen. Die Fliege, die dich gerade stört, ist das Ergebnis deines Geisteskontinuums, deines Karmas. Sie könnte Ursache für weitere negative Handlungen werden. Du hattest gerade schon daran gedacht sie zu töten."

„Hab ich aber nicht."

„Noch nicht. Aber wenn du nicht aufpasst, entsteht sehr schnell Wut in deinem Geist."

„Kann man das denn verhindern?"

„Die Fliege kannst du in diesen Moment nicht verhindern, aber deine Einstellung. Anstatt alles bekämpfen und verhindern zu wollen, ist es unter den Gesichtspunkt des karmischen Gesetzes besser Probleme dankbar anzunehmen. Wenn keine Lösung parat ist, brauchen wir nicht krampfhaft danach zu suchen. Denn, wenn wir Probleme

223

entspannt betrachten lösen sie sich nach und nach von selbst."

„Soll ich dann alles passiv auf mich zukommen lassen", wunderte sich Michaela.

„Keineswegs. Aber wenn du dich stets daran erinnerst, dass alle Probleme von dir selbst erschaffen wurden, bist du auf den richtigen Weg, diese in Zukunft nicht mehr zu begegnen."

Laura erhob ihren Arm. „Viktoria, wie kam die Menschheit auf der Erde?"

Viktoria trat vor dem Publikum, setzte sich auf einen spontan manifestierten Baumstumpf und dachte einen Moment nach. Während sie dies tat, wechselte die gesamte Versammlung den Ort. Der Baumstumpf auf den Viktoria saß, passte in der neuen Umgebung. Sie befanden sich nun mitten im Dschungel. Wie eine Gruppe Picknicktouristen saßen sie auf einer kleinen Lichtung zwischen hochgewachsenen Bäumen und Sträuchern, zwischen denen Vogelgezwitscher, lautes Papageien-Geschrei und das Geschimpfe der Affen wieder-hallten. Bevor die Frauen staunend die neue urwüchsige Umgebung richtig realisiert hatten, traten aus den Büschen rechts von ihnen eine Gruppe aufrecht-gehender Ureinwohner heraus. Halb Mensch, halb Affe, erkundeten sie mit wachsamen Augen die Umgebung. Sie hielten Speere in der Hand, bereit, jede Gelegenheit zur Nahrungsbeschaffung zu nutzen, aber auch um das eigene Leben zu schützen. Leicht vorgebeugt staksten sie direkt auf die für sie unsichtbare Besucher zu. Laura blickte in das vom Wetter zerfurchte Gesicht eines Ureinwohners, als dieser direkt vor ihr verweilte. Er schloss die Augen und

224

brummelte vor sich hin, bevor er weiterging und Lauras feinstofflicher Körper seinen durchdrang. In diesem Moment spürte sie seine innere Stärke, seine Anspannung und ein spontanes, einfaches Glücksgefühl.

„Hier wird es gleich geschehen", sagte Viktoria und blickte zum Himmel. Etwas Silbernes bewegte sich auf sie zu. Die Uhreinwohner blieben wie erstarrt stehen, als sie mit eigenen Augen das Unfassbare sahen. Drohend erhoben sie ihre Waffen, während sie respektvoll zurückwichen. Dieser Riesenvogel bewegte sich mit unvorstellbarer Geschwindigkeit. So etwas hatten sie noch nicht gesehen. Ist es Gott, der vom Himmel herab kommt?

Langsam setzte das Ding mit einem leisen Pfeifton mitten auf der Lichtung zur Landung an. Dara wollte es nicht glauben, aber vor ihr landete gerade ihr eigenes Shuttle, welches nach ihrem momentanen Kenntnisstand im feinstofflichen Zustand auf Oxma parkte. Es blieb ihr nicht viel Zeit darüber nachzudenken. Sie hatte es in der neuen Welt ohnehin aufgegeben alles erklären zu wollen. Aber als sich die Ausstiegs-Luke öffnete, drängte sich erneut die Frage auf, ob sie nicht schon längst verrückt geworden ist. Zu viel musste der Verstand in der letzten Zeit von seinem vorgefassten Verständnis, was real und nicht real ist über den Haufen werfen, dass er nun begann an sich selbst zu zweifeln. Beruhigend wirkte die Tatsache, dass Dara nicht allein, sondern in Begleitung mit den anderen und mit Viktoria als vertrauenswürdiges höheres Wesen war. Sie sah sich selbst die Treppe des Shuttles heruntersteigen, gefolgt von Monique und Viktoria, die zu den Ureinwohnern herüberblickten, die ängstlich auf das Shuttle starrten, sich langsam rückwärts in den Wald zurückzogen und dann verschwanden. Dann deutete Monique auf die Gruppe. Offensichtlich anders als bei den Ureinwohnern und den Tieren konnte sie feinstoffliche Erscheinungen sehen. Sie staunte nicht schlecht als sie sich selbst begegnete. Viktoria verließ als letzte das Shuttle. Sie stampfte durch das hohe Gras auf ihr feinstoffliches Selbst zu und winkte den verdutzt am Shuttle stehenden Frauen zu, sich zu nähern.

„Nur keine Angst", rief sie, „das seit ihr selbst." Sie deutete auf die ebenso verdutzte feinstoffliche Gruppe. „Nur in einer jeweils unterschiedlichen Wesenheit."

Tatsächlich trafen hier physikalische Wesen ihr feinstoffliches Pendant gegenüber. Dieses Phänomen verdanken sie der Tatsache, dass diese selbst feinstoffliche Wesen sind, die durch Beschleunigung auf Unterlichtgeschwindigkeit in die physikalische Welt eingedrungen sind. Monique trat fasziniert ihrer feinstofflichen Zwillingsschwester gegenüber und legte vorsichtig die Hand auf ihrer Schulter, die einfach darin versank und die Bewegung weiterführend, wieder aus dem Bauchbereich austrat.

„Du bist ja aus Luft", sagte die physikalische Monique.

„Ich glaube das ist weniger", antwortete die feinstoffliche Monique. „Das muss irgend etwas zwischen Geist und Materie sein."

„Das ist richtig. Die feinstoffliche geistige Formwelt demonstriert die evolutionäre

Wechselwirkung zwischen einer schneller als Lichtwelt und der physikalischen langsamer als Lichtwelt", erklärte die feinstoffliche Viktoria.

„Was wollt ihr denn hier in dieser Gegend?", fragte die feinstoffliche Yvonne, während sie vergebens nach ihrem physikalischen Pendant Ausschau hielt.

„Zuerst einfach hier in der freien Natur leben. Monique und ich wollen uns hier ein kleines Häuschen bauen. Dara wird regelmäßig mit dem Shuttle aus der feinstofflichen Welt zu uns herabkommen um uns zu helfen, wenn es erforderlich ist. Es wird eine schöne Erfahrung sein", freute sich Viktoria und atmete tief durch.

„Wir lernen wieder einfach zu leben, und können gleichzeitig unseren spirituellen Vorteil für die hier lebenden Geschöpfe nutzen. Die Gefahr lauert nicht nur hier im Dschungel, sondern auch aus der feinstofflichen Welt. Nicht alle spirituell hochentwickelten Wesen sind so gutherzig und mitfühlend wie wir. Du wirst sie später noch kennen lernen, wenn du durch die unendlichen Weiten der feinstofflichen Welt reist, Yvonne."

„Und wie können wir unseren spirituellen Vorteil hier nutzen?"

„Wir schließen den Kreis", antwortete die physikalische Viktoria. „Evolution ist kein lineares, endloses Phänomen, wie man das von der physikalischen Logik annehmen könnte, sondern ein Kreis der sich schließt. Immer, wenn das passiert, manifestiert sich eine Zeitlinie. Wir können dies, was wir gerade tun als Anfang und Ende unserer Zeitlinie betrachten, da wir durch unser Erscheinen hier bei den Ureinwohnern eine Veränderung ihrer Entwicklung herbeiführen, die

Grundlage dafür ist, dass wir in vielen tausend Jahren entstehen und hierher kommen und unsere Zeitlinie in Gang setzen. Eine Zeitlinie ist aber kein Film, auf dem jede Handlung genau festgelegt ist, sondern nur das Potenzial vieler möglicher Phänomene."

„Demnach könnte man sagen das es unendlich viele Kreise gibt, die sich schließen", warf Vera ein.

„Ja, in unseren feinstofflichen Zustand befinden wir uns nicht an einem Ort und einem bestimmten Zeitpunkt, sondern sind letztendlich überall und gleichzeitig. Aus diesem Grund können wir uns mittels Konzentration zu jedem erdenklichen Ort und Zeitpunkt bewegen", dozierte die feinstoffliche Viktoria und während sie dies aussprach befand sie sich mit ihrer `Reisegruppe´ wieder im Raum des kollektiven Bewusstseins.

„Bin ich jetzt nun hier oder im Dschungel", wollte die leicht verwirrte Dara wissen.

„Du bist hier seit dem du mit uns die L-Grenze überschritten hast. Dein physischer Körper hat sich aufgelöst und übrig blieb dein feinstofflicher Körper, der vorher untrennbarer Bestandteil deines physischen Körpers war."

„Moment", unterbrach Michaela, „sie stieg soeben physisch leibhaftig aus dem Shuttle."

„Soeben? Das war vor rund zwanzigtausend Jahren", gab Viktoria schmunzelnd zurück.

„Aber sie existiert dort als physischer Körper und sitzt gleichzeitig hier. Genauso wie ich", schlussfolgerte Monique.

„Ich verstehe was du meinst. Deine Wahrnehmung als physikalisches Wesen hat dir stets

228

vorgegaukelt, dass alles um dir herum eigenständig existiert. Da wir aus unserer Sicht vor ein paar Minuten in dieser Lichtung verweilten, denkst du das diese jetzt noch existiert. Das stimmt aber nicht. Das war auch schon so, als du noch auf der Erde lebtest. Die Welt um dich herum, einschließlich deinen Körper existieren in der Weise wie du es siehst nur in Abhängigkeit deiner Wahrnehmung."

„War meine Wohnung auf der Erde etwa nur eine perfekte Illusion?" Michaela kam mit ihrer Frage Monique zuvor, die nur noch zustimmend nickte.

„Ja, dass kann man sagen. Unsere Sinne täuschen uns dahingehend das sie uns den Eindruck vermitteln, alles was wir sehen, hören und ertasten können, befände sich außerhalb von uns. Das es nicht so ist, wird euch jetzt in der feinstofflichen Welt bewusst, weil die Abhängigkeit unserer Vorstellungskraft und dem was wir erleben unmittelbar vonstatten geht", erklärte Viktoria geduldig, während sie sich auf einen mittels Vorstellungskraft erzeugten Barhocker setzte.

„Ich möchte dich nicht langweilen, Viktoria", meldete sich nun Vera zu Wort, „mir ist nicht ganz klar, wie Geist auf Materie wirkt."

„Materie ist nichts anderes als erstarrte Energie", kam Viktoria auf den Punkt. „Hier bei uns ist Energie in einem aktiven, flüchtigen Zustand. Bei der erstarrten Energie wirkt unser Geist nicht sofort. Wir können Dinge nicht `spontan´ durch Willenskraft verändern, sondern wir beeinflussen die Entwicklungen sehr langsam, also durch unser Karma."

„Aber vor allem indem Hand anlegen", bemerkte

Monique.

„Das ist der markanteste Unterschied zwischen feinstofflich und physikalisch. Hier bei uns ist handwerkliches Geschick letztendlich überflüssig. Natürlich können wir auch mit den Händen Dinge fertigen, wenn wir das wollen. Aber die Herausforderung ist nicht groß, da wir bei Problemen `schummeln´ können. Wir glauben, dass es die physikalische Welt aus diesem Grund gibt. Nämlich, als Welt der perfekten Illusion, um Erfahrungen zu sammeln."

Die philosophische Wissenschaftsassistentin Linda meldete sich zu Wort: „Stellt euch mal vor, wir gehen mit dem Raumschiff in einer Zeit vor unserer Abreise Unterlichtgeschwindigkeit und fliegen zurück zur Erde. Das würde bedeuten, dass die jetzt wieder physikalisch gewordene feinstoffliche Linda, die noch physikalische Linda in der Vergangenheit besucht. Was würde dann passieren?"

Viktoria lachte: „Ganz einfach. Die Linda aus der Vergangenheit würde sich zunächst einmal über eine fremde Doppelgängerin wundern. Du versuchst nun zu erklären, dass du aus der Zukunft kommend, du selbst bist. Entweder hält sie dich für verrückt, oder, was ich bei dir eher glaube, sie geht darauf ein, und es wird eine interessante Unterhaltung. Probleme entstehen dann, wenn du wichtige Ursachen beeinflusst. Wenn du der Linda aus der Vergangenheit die Reiselust nimmst, und sie plötzlich nicht mehr auf die Profectio anheuern will. Dann könnten plötzlich merkwürdige Dinge passieren. Ein Unwetter zum Beispiel und dich trifft der Blitz, plötzlicher Herzstillstand, oder ein

Unfall. Manchmal passieren auch ganz exotische Sachen. Ihr habt es auf der Profectio erlebt, als Gerry es zunächst nicht schaffte die Ursache für Yvonne zu erzeugen. Hier war es nämlich genau umgekehrt wie in Lindas Beispiel. Gerry musste die Vergangenheit beeinflussen, ein Unterlassen hätte ein Paradoxon ausgelöst. Also, bei allen Reisen in die Unterlichtgeschwindigkeit müssen wir zuerst die über die Konsequenzen im Raumzeit-Gefüge nachdenken. Das heißt, wir sollten erst eine längere Meditation absolvieren um uns darüber Klarheit zu verschaffen, warum wir das wollen."

„Warum musste Gerry denn zurück. Oder warum ist er überhaupt in unsere Zeit geraten?" Yvonne streichelte sanft durch Nicoles Haar. Aus dem Säugling ist bereis ein Mädchen geworden, die nach irdischen Verhältnissen etwa fünf Jahre alt wäre.

„Gute Frage", lobte Viktoria. „Das war eine Rettungsaktion. Die Menschheit hatte sich mal wieder am Rande des Abgrunds manövriert. Diesmal nicht durch Kriege, sondern durch aberwitzige Genmanipulationen in der Nahrungskette und auch an sich selbst, ohne sich über die Komplexität bewusst zu sein. Denn Gene sind nicht nur Teil unseres Körpers, sondern auch Teil eines kosmischen Programms. Ich erkläre euch das später mal näher. Die Khatangafrucht, die letztendlich Grundlage für die weibliche Regenbogengesellschaft werden sollte, welche wiederum aus Ureinwohner einen Menschen hervorbringen wird, habe ich in eure Zeitlinie eingeschleust. So etwas nennen wir

Evolutionsmodulation. Wir bringen die Zukunft in die Vergangenheit, um einen kleinen Kreis zu schließen, der wiederum ein Teil eines größeren Kreises ist. Claudia, Gerry und John haben wir zu unseren Verbündeten ausgewählt. Und natürlich Menschen wie ihr, die bereit sind über sich hinaus zu wachsen. Auch die Wurmlöcher sind denkende und fühlende Wesen. Sie sind feinstofflich und physikalisch und stehen sozusagen mit den Beinen in der Unterlichtgeschwindigkeit und mit dem Oberkörper in Überlichtgeschwindigkeit. Ihr werdet diese scheuen Wesen noch kennen lernen, wenn es darum geht, in der physikalischen Welt durch Raum und Zeit zu reisen.

„Wie wurde die Khatangafrucht dann entdeckt?", fragte Laura.

„Das ist eine etwas komplizierte Geschichte. Wir mussten oft nachhelfen. Aber der Kreis ist nun geschlossen.

Kyra erhob nun die Hand. „Viktoria, es gibt aus physikalischer Sicht so viele unvorhersehbare Katastrophen, die wir, da wir ja in deren Zukunft blicken können, voraussehen können. Warum tauchen wir nicht einfach vorher dort auf und warnen die Menschen?"

„Erstens ist es nicht leicht Menschen auf ein drohendes Unheil aufmerksam zu machen. Wir versuchen es so gut wie es geht. Zu einigen bekannten Propheten halten wir Kontakt, wie zum Beispiel Nostradamus. Wie ich vorher schon erklärt hatte, ist eine Zeitlinie keine abgeschlossene unumstößliches Ereignis, sondern eine Möglichkeitskette, die durch unendlich viele Faktoren beeinflusst wird, die ebenfalls nur als

Möglichkeitsketten existieren. In dem Moment, wenn wir den Menschen sagen das etwas schlimmes auf sie zukommt, bündeln sich die Ketten und es entsteht ein Phänomen, welches Grundlage für ein weiteres Phänomen ist." Viktoria machte eine kurze Pause. „Um es kurz zu machen: Die Vorhersage könnte bewirken, dass ein drohendes Ereignis anders eintrifft, oder die Leute glauben uns nicht und es trifft ein. Eine Vorhersage ist also eine Zeitlinien-Modulation, die eine Veränderung herbeiruft. Deshalb können wir so etwas nie direkt voraussagen, sondern machen es mit Fingerspitzengefühl, indem wir es verschleiert und mehrdeutig vortragen. Das hat meistens eine bessere Wirkung."

Anna war etwas verwirrt. „Was existierte denn nun als erstes, die Zukunft oder die Vergangenheit?"

„Keines von beiden. Das ist schwer zu verstehen, aber es gibt kein zuerst und danach. Es gibt nur die Gegenwart, dass Jetzt. Du kannst die Antwort nur in der Meditation erfahren, wenn du in der Realität des jetzigen Moments lebst, ohne an die sich verändernden Bedingungen anzuhaften." Viktoria beendete den Vortrag und schlug vor, das zuletzt gesagte gleich in die Tat umzusetzen und mit Tra Longri, Sushi, Arian und Farah eine stille Meditation zu zelebrieren.

*

Ich saß nun vor meinem PC und überlegte wie es weitergehen sollte.

Nehmen wir also an, diese feinstoffliche Ebene existiert. Wie könnte man das beweisen. Auf

233

direkte Weise nicht. Genauso wenig wie wir Gedanken direkt messen können. Der Gefühlszustand eines Wesens läst sich nur indirekt durch äußere Erscheinungen – verhalten, Schweißausbruch, Blutdruck, Hirnströme usw. – ergründen. Mittlerweile ist die Medizin tief im Inneren des menschlichen Organismus eingedrungen. Der Geist wurde nie gefunden, weil er sich nicht im Körper befindet. Die feinstoffliche Welt ist vielleicht eine Vorstellungswelt aus freier Energie, die in seltenen Extremen (Uri Geller und Co) spontan auf Materie – also erstarrter Energie – wirkt. `Normale´ Menschen bewirken aufgrund geringerer Konzentration viel weniger. Wenn sich vielleicht tausend Menschen einsgerichtet auf einen Löffel konzentrieren, könnte es vielleicht klappen.

Keine Ahnung wie es nun weitergehen soll, denn die Story ist nach allen Richtungen offen. Ich könnte die Zeitreisenden Frauen zu vergangenen und zukünftigen Zeiten an verschiedenen Orten quer durch das Universum reisen lassen. Oder warum sollten sie nicht gleich in meiner Zeit hier in Recklinghausen vorbeischauen. Vielleicht später in einen anderen Roman. Jetzt werde ich erst mal selbst nach Oxma reisen. Auf einer feinstofflichen Ebene sollte das möglich sein. Ich versuche meine feinstoffliche Existenz von meiner Physikalischen kurzfristig zu trennen. Eine Astral-Reise, also...

Eine gute Gelegenheit meine erfundenen Protagonisten persönlich kennen zulernen.

Ich schließe die Augen und horche in die Stille hinein, nachdem sich die letzten Töne der

Meditations-Musik verflüchtigt hatten. „Alle Erscheinungen, alle Phänomene sind frei von eigener Existenz. Sie haben die Natur von Leerheit", spreche ich das Mantra mehrmals. Meine Konzentration richtet sich auf mein Herz-Chakra und dann auf den unzerstörbaren Tropfen der sich darin befindet. Er besteht aus zwei Halbschalen, unten weiß, der männliche Aspekt, oben rot, der weibliche Aspekt. Ich tauchte in den Tropfen ein. Tief im inneren befindet sich ein Hohlraum, der meinen eigenen Geist umschließt. Dieser ist weiß und hat einem rötlichen Schimmer. Dort sinke ich hinab in den subtilen Bereich. Alles um mich herum leuchtet rot wie der Himmel während eines Sonnenaufgangs. Tausend Gedanken drängen sich auf, stören meine einsgerichtete Konzentration. Stimmengewirr aus Traumwelten quasseln ohne Ende. Ich lasse sie vorbeiziehen, denn es interessiert mich nicht. Unbeirrt halte ich Kurs auf den sehr subtilen Bereich meines Geistes, der jenseits von Worten, Gedanken und Ausdruck liegt. Jetzt erkenne ich es: das klare Licht der Glückseligkeit. Es ist blau wie der Himmel an einem schönen Sommertag. Ich schwimme in einem Ocean formloser Nullpunktenergie. Sie ist grenzenlos und besitzt das gesamte Potenzial des Universums. Aus ihr kann ich mich neu erschaffen und mir eine neue Form geben. Ich löse mich tropfen-förmig aus den Ocean und verwandle mich in einem feinstofflichen Wesen. Mein schwarzes, glatt herabfallendes Haar bedeckt meinen Rücken bis zur Taille. Ich habe pralle Brüste, trage ein langes, seidenes Kleid und ein Stirnband mit einer

235

Brosche.

Viktoria zwinkerte mir unauffällig zu, als ich mich im Raum des Kollektiven Bewusstseins manifestierte. Die anderen bemerkten mich nicht, sie konzentrierten sich einsgerichtet auf ihr Meditations-Objekt. Viktoria kam auf mich zu, blieb vor mir stehen und ihre Brosche auf der Stirn begann zu leuchten. Im selben Moment wechselte ich zusammen mit ihr zu einem mir bekannten Ort. Es war ein einsamer Platz in der freien Natur neben einen alten schattenspendenden Baum, an den ich im physikalischen Leben als Michael immer gern verweile, wenn ich bei schönem Wetter mit dem Fahrrad aufbreche um Inspirationen und neue positive Energie zu sammeln.

„Woher kennst du diese Stelle?", fragte ich mit meiner sanften, weiblichen Stimme.

„Vor mir kannst du nichts verheimlichen", antwortete Viktoria. „Ich bin ein Teil von dir, genauso wie du ein Teil von mir bist." Sie setzte sich auf den Boden und lehnte sich an den Baum. Auch ich setzte mich. Die Welt um mich herum wirkte realistisch, ich konnte alles berühren. Neugierig streckte ich die Hand nach Viktoria aus um auch sie zu berühren, aber ich zögerte noch.

Viktoria lächelte. „Fass mich ruhig an, Dara."

„Dara?"

„Ja, du bist die Spirituelle Mutter von der Shuttle-Pilotin Dara, darum nenne ich dich mal so. Der Name Michael passt ja jetzt nicht zu dir."

„Spirituelle Mutter? Was meinst du damit?"

„Du hast durch deine Kreativität ein Wesen erschaffen. Nämlich Dara. Und das Wesen bist du."

„Wenn du das so siehst, habe ich alle erschaffen. Vera, Monique, Yvonne, Gerry und auch dich. Ihr seit alle eine Erfindung von mir."

Viktoria lachte und warf mir einen spöttischen Seitenblick zu. „Dara, oder soll ich dich jetzt besser Michael nennen. Männer neigen ja eher zur Selbstüberschätzung. Meinst du das ist alles auf deinen Mist gewachsen?"

Mir wurde schwindelig. Meine Konzentration ließ nach. Wahrscheinlich schmerzte mir vom langen sitzen auf dem Meditations-Bänkchen der Hintern.

„Ja, natürlich", antwortete ich trotzig. „Ich habe nur einen Roman geschrieben."

„Richtig, aber woher kamen deine Ideen und woher kam deine Motivation diese Fleißarbeit zusende zu bringen?"

Ich überlegte. „Ich wollte schon früher einen Roman schreiben, merkte aber, dass ich nicht besonders talentiert bin und gab das Vorhaben auf. Eine innere Unruhe pikste mich ständig und als ich dann den Entschluss fasste wieder zu schreiben, entstand in meinem Herzen eine wohltuende Ausgeglichenheit. Auf der Suche nach dem Sinn des Lebens bin ich auf den buddhistischen Pfad gekommen und dachte das damit all mein kreatives Schaffen für mich bedeutungslos wird."

„Im Gegenteil", ergänzte Viktoria, „das kreative Schaffen ist Teil deines persönlichen spirituellen Pfades. Einen spirituellen Pfad zu folgen heißt ja letztendlich nichts anderes als sich selbst zu erkennen, indem man seiner inneren, sehr leisen Stimme zuhört. Das tust du schon länger. Deine sehr präsente Erscheinung Michael in der physikalischen Welt verhindert es, dein wahres

Selbst unmittelbar zu fühlen, Dara. Aber du bist auf den richtigen Weg." Viktoria zwinkerte mir zu.

Ich stand auf, weil mir der Hintern schmerzte. Es war aber der Hintern von Michael. „Viktoria, ich bin gleich weg, meine Konzentration lässt nach. Ich kann die physikalische Ebene nicht länger ignorieren. Schade eigentlich. Eine Frage noch: kannst du nicht einfach zu mir in die physikalische Welt eindringen, indem du dein Raumschiff auf Unterlichtgeschwindigkeit beschleunigst, so wie du das bei der Profectio gemacht hast und mich dann auch in die feinstoffliche Welt aufzunehmen?"

Viktoria richtete sich ebenfalls auf und berührte sanft meinen Arm. Ein Prickeln durchströmte meinen Körper. „Das ist leider nicht möglich, du bist noch nicht so weit. Deine Zeitlinie hat diesen Punkt noch nicht erreicht, Michael. Du musst noch ein wenig Zeit in die Entwicklung deines positiven Karmas investieren."

Gerne hätte ich noch gewusst, was sie mit `wenig Zeit´ meint, aber im nächsten Moment war Viktoria verschwunden und ich blickte auf eine Dakini-Statue, die auf meinen Altar stand. Die physikalische Welt hatte mich wieder.

Ich begab mich auf eine Radtour zu meinen Lieblingsplatz und hoffte, wieder viele Ideen zu sammeln, die geordnet werden wollen. Einfach die Gedanken kommen lassen, ohne nachzudenken, Notizen machen, meditieren, alles sacken lassen, und nie die positive Einstellung zum Leben verlieren, egal was die Zukunft noch alles bringt.

Ein glücklicher Geist ist innerlich ausgeglichen.

Eine neue Zeitlinie manifestiert sich.

Positives Karma.